KB162735

國政亦如此。凡事有害民之甚者，始恬不爲怪，而及民敗國危而後急欲改更，則其於扶起也難哉。可不慎耶。

雷說

天鼓震時，人心同畏，故曰雷同。予之聞雷，始焉喪膽，及反覆省非，未見所嫉，然後稍肆體矣。但一事有畧嫌者，予嘗讀左傳見華父目逆事，未嘗不非之，故於行路中遇美色，則意不欲相目，迺低頭背面而走，然其所以低頭背面，是近乎不能無心者，此獨自疑者耳。又有一事未免人情炊新。然後心方安也。

理屋說

家有頹廡不堪支者凡三間。予不得已悉繕理之。先是其二間爲霖雨所漏寖久。予知之。因循未理。一間爲一雨所潤。亟令換瓦。及是繕理也。其漏寖久者。椽桷欀棟皆腐朽不可用。故其費煩。其經一雨者。屋材皆完固可復用。故其費省。予於是謂之曰。其在人身亦爾。知非而不遽改。則其敗己不啻若木之朽腐不用。過勿憚改。則未害復爲善人。不啻若屋材可復用。非特此耳。

외규장각
도서의
비밀

Human & Books
뉴에이지 문학선 **1**

외규장각 도서의 비밀 2권

조완선 장편소설

1판 2쇄 발행 | 2008. 10. 15

발행처 | Human & Books
발행인 | 하응백
출판등록 | 2002년 6월 5일 제2002-113호

서울특별시 종로구 경운동 88 수운회관 1009호
기획 홍보부 02-6327-3535, 편집부 02-6327-3537, 팩시밀리 02-6327-5353
이메일 | hbooks@empal.com

값은 뒤표지에 있습니다.

ISBN 978-89-6078-038-5 04810
978-89-6078-036-1 (전2권)

뉴에이지
문학선 1

외규장각 도서의 비밀

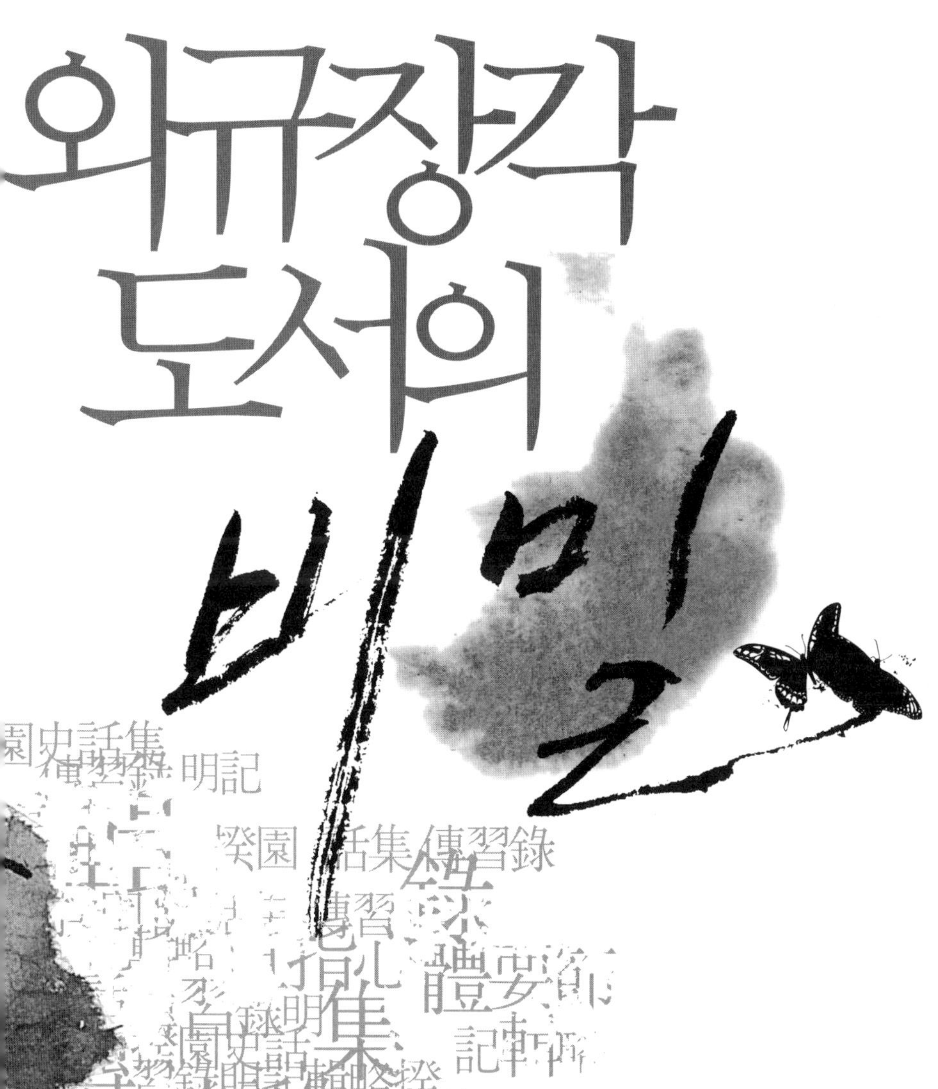

2

조완선 장편소설

Human & Books

휴먼앤북스 뉴에이지 문학선을 발간하며

한국 문학에 위기가 찾아왔다고들 했다. 2000년대에 진입하면서 한국 소설은 방향성을 잃어버리고 비틀거리고 있다고들 했다. 혹자는 그것이 아니라 독서의 위기라고 말하기도 했다. 좋은 소설과 인문학 도서가 독자들에게 외면당하고 말초적인 외국 소설과 처세를 다루는 자기계발서가 베스트셀러에 포진하고 있는 사실을 두고 하는 말이다.

하지만 여전히 문단에서는 진지한 소설이 생산되고 있고, 기존 작가들의 노력 또한 눈물겹다. 새로운 문학을 꿈꾸는 젊은 작가들의 노력 또한 필사적이다. 작가와 독자 사이에서 그들을 매개해야 할 비평이나 출판과 같은 문학적 제도가 보수화되고 날이 갈수록 아카데미즘에 경도되면서, 한국 소설의 추동력은 그 날갯짓에 힘을 잃어버렸다. 그런 가운데 외국의 삼류소설이 소설이라는 간판을 내걸고, 또한 무신경하게 제작된 일회용 가판 소설에 준하는 소설 아닌 소설들이 소설이라는 이름으로 대중들의 눈을 현혹시키고 있다. 여기에 책을 책으로 보지 않고 단순하게 소비되는 상품으로 보는 출판사까지 가담하여 한국 소설 시장은 더욱더 혼란의 와중에서 좌충우돌하고 있다. 황사에다 안개까지 뒤덮인 형국이다.

21세기에 접어들면서 문학의 사회적 역할에 대한 채무가 줄어들고 대중들의 취향이 급변해가는 가운데, 잠재적 소설가들 혹은 새로운 젊은 작가들은 자신들의 문학의 별빛을 발견하지 못하고 이념의 푯대도 세우지 못한 채, 한 눈으로는 기성 문단의 눈치를 보고 다른 한 눈으로는 대중들에게 구애의 눈짓을 하면서, 문학의 강가에서 어슬렁거리고 있다.

이러한 현실인식 속에서, 휴먼앤북스는 한국 문학의 다양성과 잠재력을 제대로 펼칠 계기를 마련하기 위해 뉴에이지 문학선을 새롭게 세상에 내놓는다. 문학적 기초 소양을 가지면서도 소설의 다양한 모든 하위 장르를 아우를 휴먼앤북스 뉴에이지 문학선은, 작가들의 분방한 상상력으로 무장하여 대중들의 문학적 욕구를 소화하면서 한국 소설의 새로운 지평을 열 것이다.

문학은 모든 문화콘텐츠의 어머니이다. 그 문화콘텐츠의 방대한 영역에 뛰어들어 한국 문학의 다양성과 상상력의 한 걸음 도약을 위해 휴먼앤북스 뉴에이지 문학선은 최선의 노력을 기울일 것이다.

차례

2부

2

타오르는 횃불

1

돈황(敦煌)은 '타오르는 횃불'이라는 뜻으로, 중국에서 서방으로 나가는 최초의 관문이다. 고대 실크로드를 따라 떠나는 여행자들은 중국 내에서 마지막으로 이곳에 캐러밴을 풀었다. 순례자, 상인, 군인들은 무시무시한 사막을 코앞에 두고 정신적인 불안과 함께 육체적인 두려움을 느꼈다. 그래서 그들은 사막에 도사리고 있는 악귀들과 수많은 위험으로부터 벗어나게 해달라고 돈황의 석굴을 찾아 기도를 올렸다. 서방에서 사막을 건너 돈황에 도착한 여행자도 돈황의 석굴을 찾아 무사히 사막을 건너게 해준 감사의 기도를 빠뜨리지 않았다.

돈황의 막고굴(莫高窟)은 '사막의 위대한 미술관', '세계에서 가장 풍부한 박물관'이라고 불린다. 이 막고굴은 366년 낙준(樂樽)이라는 승려가 구름 안에서 오묘한 빛에 둘러싸여 있는 천 명의 부처를 본 데서 유래되었다. 그 후 천 개의 불상을 세우려는 대규모 공사가 시작되었고, 수백 년 동안 천 개 이상의 아름답고 장엄한 석굴이 세워졌다. 돈황의 막고굴을 천불동(千佛洞)이라고 부르는 까닭도 여기에 있다. 석굴 실내에는 벽화와 조각, 그리고 봉헌자의 소원을 엿볼 수 있는 많은 명문들이 새겨져 있다.

그러나 이 인류 최대의 박물관은 인간 세상과 수백 년 넘게 단절되어 있었다. 돈황의 장엄한 막고굴이 다시 인간 세상에 그 모습을 드러낸 것은 1890년이었다. 당시 막고굴 앞 흙 벼랑은 불교와 도교 사원을 하나씩 품고 있었다. 군졸 출신의 왕원록(王圓祿)이라는 떠돌이 도사가 강호를 이리저리 떠돌아다니다가 돈황까지 흘러 들어와 흙 벼랑 앞에 자리를 잡고 오가는 길손들의 점을 쳐주는 일을 하고 있었다. 그러던 어느 날 담배를 피던 왕도사는 천장 언저리까지 길게 갈라진 틈 속으로 곰방대의 연기를 훅 불어넣었다. 그런데 한 번 들어간 담배연기는 두 번 다시 나오지 않았고 벽을 두드리자 은은한 울림이 손끝에 전달되었다. 왕도사는 벽의 안쪽에 커다란 공간이 있다는 것을 알아차렸다. 동굴 안에서 잠들어 있던 경전과 불화, 법기가 수백 년의 긴 잠에서 깨어나는 순간이었다.

왕도사가 발견한 곳이 바로 돈황 17호 동굴인 장경동(藏經洞)이다. 장경동이라는 이름은 불경을 비롯한 많은 경전 사본들이 소장되어 있어서 붙여진 이름이다. 장경동 안에 있는 이 문서를 흔히 돈황의 고문서라고 한다. 한문, 산스크리트, 위구르어, 티베트어, 몽골어 등 다양한 언어로 쓰인 문서는 3만여 점에 달한다.

그러나 장경동의 발견은 곧 약탈을 알리는 신호탄이었다. 20세기 초 중앙아시아 침탈에 눈을 돌린 서구 열강들은 돈황에 탐험대를 파견하여 석굴 속의 문화재를 마구 약탈해 갔다. 서양 각국의 탐험대 중 가장 먼저 막고굴을 찾은 인물은 영국의 지질학자 스타인이다. 그는 1906년 4월 장경동을 지키고 있던 왕도사에게 은화 24냥을 쥐어주고 24박스 분량의 진귀한 문서와 다섯 박스의 탱화를 영국으로 가져갔다.

그 뒤를 이어 돈황을 밟은 인물이 프랑스의 동양학자 펠리오이다. 프랑스 극동학원 소속의 30대 젊은 교수인 펠리오는 13개 언어에 능통한 천재 언어학자이며 탐험가였다. 그는 중국어를 유창하게 구사할 뿐만 아니라 난해한 한문으로 적혀 있는 고전에도 능통한 중국전문가였다. 1908년 2월 펠리오가 인솔한 프랑스 탐험대는 영국의 스타인보다 2년 늦게 막고굴에 발을 디뎠다. 펠리오는 비록 스타인보다 한발 늦게 돈황에 도착했지만, 중국어를 전혀 모르는 스타인에 비해 진귀한 문서는 대부분 그의 손에 들어갔다. 펠리오가 반출해간 경전은 프랑스 국립도서관에 소장되어 있으며, 그 외의 돈황의 불화와 문물은 파리 기메 박물관과 루브르 박물관에 진열되어 있다.

카페 안의 시계는 2시 30분을 가리키고 있었다. 헤럴드는 초조한 표정을 감추지 못했다. 창하오와의 약속 시간이 벌써 30분을 넘어서고 있었다.

"어떻게 된 거죠?"

정현선이 물었다.

"조금만 더 기다려봅시다."

'창하오의 마음이 변한 것은 아닐까?'

수화기에서 흘러나오는 창하오의 목소리에는 힘이 없었다. 왕웨이의 편지와 수첩을 발견했다고 해도 창하오는 말없이 짧은 침묵만 흘려보냈다. 뜻밖의 반응이었다. 헤럴드는 창하오가 반색을 하며 먼저 만나자고 달려올 줄 알았다. 헤럴드는 뒤늦게 창하오의 복잡한 심경의 변화를 읽을 수 있었다. 창하오는 지난 기억을 깨끗이 지워버리고 싶은 것이다. 토트나 왕웨이의 죽음도, 그를 매정하게 방치한 중국 정부에 대해서도 모두 훌훌 털어버리고 싶은 것이다. 헤럴드는 창하오를 겨우 설득해 약속 장소와 시간을 잡았다. 현재로서는 창하오만큼 중요한 인물은 없었다. 그는 왕웨이가 남긴 의문 부호, 'HCD+227'을 풀어줄 유일한 인물이기 때문이었다.

"세자르에게 왕웨이의 우편물을 보낸 자는 누굴까요?"

헤럴드가 물었다.

"왕웨이 사건의 내막을 잘 알고 있는 사람일 겁니다. 왕웨이의 수첩을 지니고 있는 것만 봐도 서로 보통 사이가 아니라는 걸 알 수 있죠. 어쩌면 그는 세자르에게 한 가닥 기대를 걸고 있었는지도 몰라요."

"한 가닥 기대라뇨? 왕웨이 사건의 재수사를 말하는 건가요?"

"그래요."

"난 이해가 가지 않는군요. 왕웨이 사건은 이미 3년이 지났고 경찰에서도 교통사고사로 종결지은 사건입니다. 이 우편물에는 왕웨이의 편지나 수첩 이외에 다른 글은 없었어요. 익명의 제보자도 'HCD+227'에 대해서는 잘 모르는 것 같지 않아요?"

"헤럴드, 달리 생각해봐요. 익명의 제보자도 'HCD+227'에 대해서는 잘 알지 못했기 때문에 세자르에게 도움을 요청한 건 아닐까요? 왕웨이는 사망할 당시 프랑크 도서관장과도 사이가 좋지 않았어요."

"그럼 세자르가 이 책의 의혹을 풀어줄 사람이라는 건가요?"

"그럴지도 모르죠. 세자르는 프랑스 국립도서관장이에요. 지하 별고를 자유롭게 드나들 수 있는 사람이죠."

"혹시 이 책이 세자르가 루앙에게 보여주었던 그 한국의 고서는 아닐까요?"

"그건 아니에요."

정현선은 단정적으로 말했다.

"세자르가 루앙에게 의뢰했던 한국의 고서는 사진으로 찍을 정도로 실체가 분명한 책이에요. 그러나 세자르는 죽기 전까지 'HCD+227'이 무슨 책인지 모르고 있었어요. 세자르 역시 이 책을 찾으려고 했던 겁니다. 즉 '전설의 책'이라고 말한 한국의 고서와 'HCD+227'은 별개의 책인 것이죠. 여길 보면 제 말을 알 수 있을 겁니다."

옛날과 현재의 예의와 법규를

문장으로 상세하게 정리한 책

HCD+227?

왕웨이 수첩의 맨 마지막 부분에는 위의 두 문구가 적혀 있었다. 이것은 왕웨이 수첩 속에 적혀 있는 세자르의 유일한 필적이었다. 정현선이 이 글에서 주목했던 것은 'HCD+227' 뒤에 붙어 있는 물음표였다.

"세자르가 'HCD+227' 뒤에 물음표를 넣은 것은 아직 이 책의 정체를 밝히지 못했기 때문일 겁니다. 그러나 이 두 권의 책은 틀림없이 연관성이 있어요."

정현선은 왕웨이가 루빈에게 보낸 편지를 가리켰다.

> 이 책은 전설로만 알려진 한국의 고서입니다. 우리는 30년 동안 이 책의 존재를 세상에 밝히지 않고 비밀로 간직하고 있었습니다. 앞으로 이 책이 'HCD+227'을 중국으로 보내는 데 결정적인 역할을 해줄 것입니다.

"왕웨이는 자신이 찾아낸 책을 한국의 고서인 '전설의 책'과 거래를 하려고 했던 것 같아요."

왕웨이의 편지에는 누군가와 거래를 하려고 했던 흔적이 자주 보였다. 왕웨이는 그 인물을 '프랑스의 실력자'라고 밝혔다.

"거래의 주체는 왕웨이와 '프랑스의 실력자'이고, 거래 품목은 'HCD+227'과 '전설의 책'인 것이죠. 왕웨이는 중국으로 가기 위해 이 책들을 이용하려고 했던 겁니다."

"그럼, 왕웨이는 이 두 권의 책을 다 알고 있었다는 것 아닙니까?"

정현선은 고개를 끄덕였다.

"왕웨이가 말한 '우리'란 누구를 말하는 거죠?"

"아마 마사코와 상트니일 겁니다."

까마득히 멀게만 느껴지던 의문이 조금씩 거리를 좁혀오고 있었다. 그러나 아직 감조차 잡지 못하고 있는 것도 많았다. 루빈의 정체나, 익명의 제보자, 왕웨이가 거래를 하려고 했던 '프랑스의 실력자', 그리고 어떻게 왕웨이의 편지가 익명의 제보자 손으로 넘어갔느냐 하는 것이었다.

카페의 벽시계는 어느새 3시를 훌쩍 넘어서고 있었다.

"여기서 펠리오를 또다시 만나게 되다니 정말 지겨운 인연이로군요."

헤럴드는 가볍게 한숨을 내쉬었다.

"사람들은 펠리오를 돈황 고문서를 가져온 중국전문가로 알고 있지만, 제가 보는 관점은 다릅니다. 펠리오는 토트의 비밀 회원이었습니다. 그는 처음에는 베트남 하노이에 있는 프랑스 극동학원을 무대로 동양의 고문서를 수집하는 활동을 벌이고 있었죠. 그러다가 영국의 스타인이 돈황 석굴에서 수많은 고문서를 가져갔다는 소식을 전해듣고 뒤늦게 돈황 고문서를 발굴하였습니다. 당시 그의 발굴일지를 보면 토트와 관련된 내용이 적지 않게 나옵니다. 제가 펠리오에게 남다른 관심을 보인 것도 그런 이유 때문이었죠. 그는 20세기 초에 등장한 토트의 마지막 비밀 회원이었습니다."

토트의 창립 회원과 마지막 회원에는 한 가지 공통점이 있었다. 샹폴리옹과 펠리오, 그들은 10개 이상의 언어를 구사할 줄 아는 천재 언어학자였던 것이다.

"20세기 초 토트가 동양을 무대로 활약할 당시 그 중심에는 펠리오가 있었습니다. 당시 펠리오는 웬만한 동양 국가의 언어는 모두 구사할 줄 알았거든요. 펠리오는 돈황 석굴에 들어서자마자 이 두루마기 고문서들이 8세기 이전에 만들어진 것을 알았을 정도였습니다. 그는 3주 동안 돈황 석굴에서 촛불 하나에만 의지한 채 2만여 권이 되는 책을 독파했죠."

펠리오는 돈황의 고문서를 독파하면서 나름대로의 분류 수칙을 마련했다. 첫 번째는 무슨 일이 있어도 반드시 손에 넣어야 할 책, 둘째는 적당한 비용을 들여 합의를 봐야 할 책, 셋째는 원하는 것이지만 필수적이지 않은 책들로 고문서를 분류했다.

"펠리오는 그 당시를 회상하면서 스스로 자신을 '경주용 차와 같은 속도로 달리는 서지학자'라고 했을 정도니까요."

그러나 펠리오는 적을 많이 만들어냈다. 그는 파리에 돌아와 영웅 대접을 받았지만, 많은 사람들이 그의 능력을 질투하고 시기했다. 그를 비난하고 나선 인물 가운데는 프랑스 국립도서관 동양학문헌실의 고참 사서도 있었다. 펠리오는 도서관의 한 창고에 돈황의 고문서를 소장했는데, 아무도 이 고문서를 보지 못하게 했다. 오직 그 자신만이 창고 열쇠를 움켜쥐고 다른 사람들의 접근을 막았던 것이다.

"펠리오는 이 돈황의 고문서를 몰래 밖으로 빼돌린 하역자들을 매우 엄하게 다스렸습니다. 그 본보기가 바로 엄지손발톱을 빼내는 것이었죠. 오래전부터 전해오던 토트의 전형적인 가해 의식입니다."

정현선은 얼굴을 찡그렸다. 세자르의 손톱이 빠진 사진이 떠올랐던 것이다.

"그뿐이 아닙니다. 당시 펠리오가 파리 왕실도서관장에 보내는 편지에도 토트 조직의 실체를 알 수 있는 암호가 곳곳에 나와 있어요."

정현선은 헤럴드가 토트의 이야기에 집중하자 대화의 흥미를 잃었다. 아직 그녀에게 토트는 관심의 대상도, 흥미의 대상도 아니었다. 헤럴드도 정현선의 마음을 읽었는지 화제를 돌렸다.

"로렌, 왕웨이의 편지를 에시앙에게 보여주었습니까?"

"아니요. 난 프랑스 경찰을 신뢰하지 않아요. 그들은 처음부터 세자르의 사인을 숨겨왔어요. 세자르의 딸은 물론 도서관 사람들에게도 알리지 않았어요. 비공개 수사를 하는 그들의 입장을 모르는 것은 아니나 이런 비밀 수사는 모든 진실을 덮을 위험이 있어요. 그들에게 세자르 사건의 진실을 맡길 수 없어요."

정현선은 세자르 사건에 뛰어들 때부터 프랑스 경찰을 신뢰하지 않았다. 왕웨이 사건을 접한 뒤로는 더욱 그들을 믿을 수가 없었다. 자칫하다가는 세자르 사건도 왕웨이 사건처럼 영원히 미궁에 빠질지도 모를 일이었다.

"그럼 아무에게도 알리지 않았나요? 우선 'HCD+227'의 정체를 밝혀야 할 것 아닙니까?"

"일단 최동규 교수에게 보여주었어요. 최 교수는 외규장각 도서 협상의 한국측 대표죠."

"아직 파리에 있습니까?"

"예. 이틀 뒤에는 한국으로 돌아가게 될 겁니다. 마침 파리에서 돈황학 국제 세미나가 열리고 있다고 하더군요. 이번 세미나에 참석한 한국

교수 중에는 돈황 고문서의 전문가도 있습니다. 전 그들에게 기대를 걸고 있어요."

"그렇다면 다행이군요."

그때 카페 안으로 창하오가 들어섰다.

"창하오!"

헤럴드가 반갑게 손을 흔들었다.

2

"왕웨이 사건이 어떻게 세자르 사건과 관련이 있다는 소린가?"

사무실에서 달콤한 휴식을 취하고 있던 줄리앙은 짜증스런 표정을 지었다. 줄리앙은 3년 전 왕웨이 사건을 맡은 담당 검사로, 에시앙과는 검찰 동기였다. 줄리앙에게 왕웨이 사건은 다시는 떠올리고 싶지 않은 사건이었다. 기억의 지우개가 있다면, 당장이라도 그때의 기억을 빡빡 지우고 싶었다.

'줄리앙이 토트를 이해할 수 있을까?'

에시앙은 어디서부터 설명을 해야 할지 난감했다. 왕웨이의 넥타이에 새겨진 토트의 문양만으로는 줄리앙을 납득시킬 자신이 없었다. 에시앙 자신도 토트의 실체에 대해서는 회의적이었다. 토트의 문양을 직접 보고, 헤럴드의 장황한 설명을 듣고, 그들만의 독특한 살해 의식을 똑똑히 목격했지만, 토트에 대해서는 여전히 의문점이 많았다. 에시앙은 토트에 대해서는 꺼내지 않기로 마음먹었다.

"세자르 사건을 수사하다 보니 왕웨이라는 이름이 자주 등장하더군."

"이봐 에시앙, 왕웨이가 도서관에 근무했을 때는 세자르가 도서관장에 취임하기 훨씬 전이야. 그들은 서로 얼굴을 본 적도 없다고."

"세자르는 살해되기 전에 지하 별고에 소장된 동양의 고서에 유독 관심이 많았어. 왕웨이는 사망하기 전까지 이 동양의 고서를 담당하는 책임자였네."

"다 지난 일이야. 이미 그 사건은 종결된 사건이니 더 이상 묻지 말게."

줄리앙의 목소리는 단호했다.

"낮에 왕웨이 수사보고서를 봤네. 왕웨이의 직접적인 사인은 교통사고가 아니더군. 이는 누군가 교통사고로 위장한 것이 아닌가?"

"……."

"진실을 말해주게."

"이제 와서 진실이 밝혀진들 뭐가 달라지겠나?"

에시앙은 줄리앙의 신경질적인 태도에 적잖이 놀랐다. 언제나 논리적이고 냉철한 판단력을 지닌 줄리앙이었다. 그런데 오늘 그의 행동은 평소와는 너무도 달랐다.

"외압이 있었나?"

에시앙이 조심스럽게 물었다.

"……."

"그렇다면 더 이상 묻지 않겠네. 시간을 빼앗아 미안하네."

에시앙은 자리에서 일어났다.

"에시앙!"

문을 나서려는 에시앙을 줄리앙이 불러 세웠다. 줄리앙의 짙은 눈썹이 꿈틀거렸다. 그의 눈빛에는 여러 감정이 복잡하게 교차하고 있었다.

"잠깐 앉게."

줄리앙은 잠시 천장을 물끄러미 올려다보았다.

"왕웨이는 교통사고를 당하기 전에 이미 죽어 있었어. 질식사였지."

줄리앙은 힘겹게 입을 열었다.

"자네 말대로 누군가 왕웨이를 살해하고 난 뒤 그를 운전석에 앉힌 거야. 그리고 얼마 뒤 부식물을 실은 트럭이 그의 차를 들이받은 거지."

"주차되어 있는 차를?"

"그래. 트럭 운전자는 졸음운전을 했다고 하더군."

"용의자는 있었나?"

"우리는 처음에 도서관 내부자의 소행으로 판단했어. 왕웨이는 도서관장은 물론 사서들과도 사이가 좋지 않았거든.

"그 당시 도서관장이 누구였나?"

"프랑크였지."

프랑크는 세자르가 취임하기 전의 프랑스 국립도서관장이었다.

"그 무렵 왕웨이는 누군가와 중요한 비밀 거래를 하고 있었던 것 같아."

"비밀 거래라니?"

"왕웨이가 죽은 뒤 며칠 되지 않아 수사팀에 이상한 편지가 도착했네.

편지는 왕웨이가 중국 특사 대표에게 보낸 것인데, 당시 왕웨이의 불안한 심경이 잘 나타나 있었지. 왕웨이는 편지에서 자신이 거래에 실패하게 되면 매우 큰 위험에 빠질 것이라고 적고 있었거든. 편지를 중국에 보낸 지 얼마 되지 않아 왕웨이는 목숨을 잃은 거야."

"왕웨이가 거래하고자 했던 물건이 뭔가? 혹시 한국의 고문서는 아닌가?"

에시앙이 틈을 주지 않고 물었다.

"그것까지는 모르겠어. 편지 내용으로 봐서 책인 것만은 분명해."

"그 편지를 지금 가지고 있나?"

"검찰청 문서보관실에 있지. 필요하면 다음에 가져다줄게."

"혹시 왕웨이 사건에 상트니라는 인물이 연루되어 있지는 않았나?"

"상트니?"

줄리앙은 고개를 가로저었다.

"상트니는 파리 대학 교수네. 30년 전에는 왕웨이와 함께 도서관 사서로 재직했던 인물이야."

"글쎄, 상트니라는 이름은 기억나지 않아."

"줄리앙, 잘 생각해보게. 어제 상트니가 베를린에서 실종되었어. 그는 실종되기 전에 왕웨이와 함께 찍은 사진을 가지고 있었네. 30년 전에 콩코드 광장에서 찍은 사진이지."

상트니가 실종 당시 이 사진을 호텔에 남긴 이유는 무엇일까? 납득이 가지 않는 일이었다. 실종당하는 사람은 대부분 흔적을 남기지 않는다. 실종이란 그 자체가 자의적이지 않기 때문이다. 그렇다면 그 누군가 이 사진을 의도적으로 남긴 것은 아닐까. 그뿐이 아니었다.

"자네 돈황의 상징인 비천상을 알고 있나?"

에시앙이 물었다.

"왕웨이는 비천상이 새겨진 목걸이를 늘 가슴에 품고 다녔다고 하던데."

"음. 그것은 기억이 나. 왕웨이의 유품 중에서 비천상 목걸이가 사라졌다는 말을 도서관 사서들로부터 들은 것 같아."

"그 비천상 목걸이도 상트니가 실종된 호텔에 남아 있었어. 왕웨이와 찍은 사진과 함께 말이야."

"동일범의 소행이라는 건가?"

"아직 확신할 수는 없어. 줄리앙, 이번 세자르 사건은 매우 복잡하게 얽혀 있네. 세자르는 살해되기 전에 왕웨이의 죽음에 의혹을 품고 있었어. 얼굴 한 번 본 적 없는 왕웨이를 말이야. 더군다나 세자르가 살해된 뒤에 상트니는 실종되었고, 마사코라는 일본 여자는 종적을 감추었네."

줄리앙은 고개를 갸웃거렸다. 생전 처음 듣는 이름들이 에시앙의 입에서 마구 쏟아져 나왔다.

"모르겠어. 상트니라는 이름은 기억이 나질 않아."

"그런데 왕웨이 사건은 어떻게 교통사고로 처리된 것인가?"

줄리앙은 곤혹스런 표정을 지었다.

"상부에서 지침이 내려왔네. 그만 수사를 종결하라고 말일세."

예상한 대로였다. 이런 민감한 사건이 마무리를 짓지 못하고 종결되는 데는 그만한 이유가 있었다. 에시앙은 더 이상 묻지 않았다. 그것은 줄리앙에게는 더없이 가혹한 질문이었다.

"에시앙, 한 가지만 묻겠네."

줄리앙이 자리에서 일어나는 에시앙을 눈빛으로 잡았다.

"두 사건이 어떻게 연관이 있다는 건가?"

줄리앙은 다시 처음의 질문으로 되돌아왔다.

"범인이 세자르나 왕웨이를 살해하고 난 뒤 남긴 문양이 똑같았네."

"문양이라니?"

"왕웨이가 살해되었을 당시 넥타이를 잘 살펴보게. 거기에 따오기 문양이 새겨져 있을 걸세."

"그럼, 세자르의 넥타이에도 같은 문양이 새겨져 있다는 소린가?"

"그래. 아무리 우연의 일치라고 해도 도저히 있을 수가 없는 일이지. 동일범의 소행이 분명하네. 왕웨이 사건이나 세자르 사건 모두 동양의 고문서와 연관이 되어 있어. 또한 이 두 사건에는 상트니라는 인물도 빼놓을 수 없지."

그래도 줄리앙은 감을 잡지 못했다.

"줄리앙, 방금 전에 말한 왕웨이의 편지를 부탁하네."

줄리앙의 사무실을 나오는 에시앙의 발걸음은 무거웠다.

'세자르, 왕웨이, 상트니, 그리고 동양의 고문서…….'

도무지 실마리를 잡을 수가 없었다. 세자르 사건의 의혹은 점점 눈덩이처럼 불어나고 있었다. 이제 세자르 사건은 왕웨이 사건을 떠나서는 더 이상 생각할 수가 없었다.

에시앙이 사무실로 들어오자 반가운 소식이 기다리고 있었다.

"상트니가 호텔에서 마지막으로 통화한 발신지가 밝혀졌습니다."

프랑수아가 말했다.

"어딘가?"

"파리 13구역의 한 모텔입니다."

"모텔?"

"예. 지금 형사대를 그쪽으로 보냈습니다."

에시앙은 입술을 잘게 깨물었다.

상트니가 마지막으로 통화한 사람은 마사코일 것이다. 틀림없이 13구역 모텔에는 마사코가 있을 것이다.

3

> 천년 동안 돈황의 막고굴에 있던 이 책은 서구 열강들이 약탈해간 우리의 위대한 유산입니다. 그러나 이 책은 백 년 넘게 프랑스 국립도서관 지하 별고에 유폐되어 있었습니다. 이제 이 위대한 책의 존재를 일깨워야 합니다.

창하오의 눈매가 가늘게 찢어졌다.

돈황 고문서에 대한 강한 집착과 고국을 향한 애틋함이 왕웨이의 편지에서 절절이 묻어 나왔다. 마치 왕웨이의 혼령이 되살아나고 있는 것 같았다. 오랜만에 마주한 왕웨이의 글이 반갑기도 하면서 한편으로는 두렵기도 했다. 헤럴드의 전화를 받고 한참 동안 망설였던 이유도 바로 여기에 있었다.

"맞아. 왕웨이의 글이 틀림없네."

창하오가 낮은 소리로 말했다. 왕웨이가 사망하기 전에 말했던 내용도 편지나 수첩에 간간이 기록되어 있었다.

"여기 적혀 있는 'HCD+227'은 무슨 책인가?"

헤럴드가 물었다.

"왕웨이는 이 책이 『대당서역기』만큼 귀중한 책이라고 했어요."

정현선이 왕웨이의 수첩을 가리켰다.

"그건 나도 모르겠어요. 왕웨이가 매우 귀중한 책을 발견했다는 소리를 듣기는 했지만, 그 책에 대해 자세히 말한 적이 없어요."

"왜 그랬을까?"

헤럴드가 빠르게 물었다.

"내가 언젠가 그게 무슨 책인지 물었는데, 왕웨이는 대답하기를 무척 꺼려하더군. 그래서 나도 더 이상 묻지 않았지. 아마 왕웨이가 이 책에 대해 밝히지 않은 것은 그만의 사연이 있었던 것 같아. 이를테면 마지막 보루로 여겼던 거지."

"마지막 보루?"

"왕웨이는 남은 여생을 중국에서 보낼 계획을 가지고 있었어. 그래서 자신이 중국으로 돌아가기 전에 중국 정부로부터 뭔가 다짐을 받으려고 했던 거야."

"자신의 앞날을 이 책을 통해 보장받으려고 했다는 건가?"

"그렇지. 왕웨이는 오래전에 불법체류자로 낙인찍혀 고생을 한 적이 있었거든."

"이해가 가지 않는군."

"아니면 워낙 귀중한 책이니 이 편지가 중간에 새어 나갈까 봐 이런 암호를 사용하고 있었는지도 모르지."

"루빈은 누군가? 왕웨이가 보낸 편지는 모두 루빈에게 보낸 것으로 되어 있던데."

헤럴드나 정현선이 가장 궁금하게 여기는 인물이 바로 루빈이었다.

"루빈은 중국 정부에서 보낸 학예관들의 총책임자야. 영국이나 프랑스, 그리고 이탈리아에 파견된 학예관들은 모두 루빈의 통제를 받았지. 나 역시 마찬가지였어."

"좀 더 자세히 말해 보게."

"루빈은 베이징 대학의 고고학 교수일세. 유럽 여러 나라에 파견된 학예관이나 현장에서 일하는 중국인과 정부 사이에 다리 역할을 해주는 인물로 보면 될 거야. 루빈은 학예관으로부터 얻은 정보나 왕웨이처럼 현장에서 근무하는 중국인들이 제공한 정보를 중국 정부에 전달하는 역할을 맡았지."

"그렇다면 루빈은 'HCD+227'에 대해 잘 알고 있겠군."

"글쎄."

"루빈에게 별도로 연락을 취할 수 있는 방법은 없을까?"

"그건 나도 힘들어. 자네도 알다시피 내가 어디 그럴 입장이 되나."

정현선은 맥이 빠졌다. 창하오의 등장으로 일이 쉽게 풀릴 줄 알았다. 그러나 창하오가 가지고 있는 정보는 별 도움이 되지 않았다. 창하오 역시 왕웨이가 사망한 뒤로 중국 정부와는 인연을 끊고 있었던 것이다.

"그런데 이 편지들을 어떻게 세자르가 가지고 있었지?"

창하오가 물었다.

"어떤 익명의 제보자가 세자르에게 보낸 걸세."

"익명의 제보자?"

"혹시 루빈이라는 사람이 세자르에게 이 편지를 보낸 것은 아닐까요?"

정현선은 익명의 제보자가 루빈일지도 모른다는 생각이 들었다.

"그건 아닐 겁니다. 만약 왕웨이의 편지가 세자르를 통해 프랑스에 알려진다면 중국으로서도 난처한 입장에 빠질 겁니다. 루빈은 국가관이 뚜렷한 인물입니다. 절대 그런 일을 할 사람이 아닙니다."

창하오의 어조는 분명했다.

"창하오, 어디 짚이는 인물이라도 없나? 세자르에게 우편물을 보낸 자 말일세."

"……."

"아마 그는 왕웨이나 루빈을 잘 아는 사람일 겁니다."

정현선이 말했다. 왕웨이의 편지는 루빈의 도움 없이는 익명의 제보자 손에 들어갈 수 없기 때문이다. 또한 루빈이 왕웨이의 편지를 익명의 제보자에게 보내주었다면, 그가 무척 신뢰했을 인물일 것이다.

"한 사람이 떠오르기는 한데."

이윽고 창하오가 말문을 열었다.

"그 친구 역시 프랑스 국립도서관 사서 출신이야. 나도 왕웨이와 함께 몇 번 만난 적이 있는데, 왕웨이와는 아주 각별한 사이였어. 그는 왕웨이가 사망했을 때 그의 사인을 밝히려고 발 벗고 나서기도 했지."

"이봐 창하오, 대체 그 사람이 누군가?"

헤럴드가 더 이상 못 기다리겠다는 듯이 창하오의 말을 잘랐다.

"미셀이네."

차는 콩코드 광장을 돌아 개선문 쪽으로 향하고 있었다. 조수석에 앉은 정현선은 깊은 생각에 잠겼다.

'미셀이 왕웨이와 그렇게 가까웠단 말인가!'

창하오의 입에서 나온 인물은 뜻밖에도 미셀이었다. 왕웨이와 미셀이 그처럼 흉금을 터놓고 지내는 사이인 줄은 몰랐다. 미셀은 2년 전 프랑스를 발칵 뒤집어놓았던 프랑스 국립도서관의 히브리어 담당자였다.

"로렌, 무슨 생각을 하고 있어요?"

운전석에 앉은 헤럴드가 물었다.

"미셀을 생각하고 있군요."

"정말 뜻밖이에요."

"나도 마찬가지요."

"창하오가 잘못 짚은 건 아닐까요?"

"……."

"미셀은 지금 구속되어 있잖아요. 구속된 몸으로 어떻게 왕웨이의 편지와 수첩을 세자르에게 보낼 수 있죠?"

"나도 그게 의심스러워서 방금 연락을 해봤소. 그런데 미셸은 이미 한 달 전에 석방되었다는군요."

"미셸이 석방되었다구요?"

"그래요. 방금 전 토머스가 알려준 거요. 미셸을 구속시킨 장본인이 바로 토머스요."

"그래도 미셸이라는 데는 의구심이 들어요. 창하오도 익명의 제보자가 미셸인지 미심쩍어 하는 눈치였어요."

"로렌, 미셸이 석방된 시기와 세자르에게 왕웨이의 편지가 도착한 시기를 잘 생각해봐요. 절묘하게 맞아떨어지지 않아요?"

그랬다. 미셸이 석방된 시기가 한 달 전이라면, 세자르가 리슐리외 도서관의 지하 별고를 드나든 때와 일치했다. 그뿐이 아니었다. 왕웨이 사건이 다시 수면 위로 떠오른 것도 미셸이 석방된 시기와 맞아떨어지고 있었다.

"근데 왜 미셸이 이제 와서 왕웨이의 편지를 공개했을까요?"

"미셸은 그동안 교도소에 있었기 때문에 손을 쓸 수가 없었잖아요."

"그럼, 일단 미셸을 만나봐야겠군요."

"그것은 내게 맡겨요. 토머스가 우리의 궁금증을 해결해줄 겁니다."

뿌연 안개 속을 거니는 기분이다. 그 앞에 늪이 있는지, 징검다리가 있는지 한 치 앞도 구분할 수가 없다. 정현선은 여전히 찜찜한 기분을 숨길 수 없었다.

미셸은 왜 세자르에게 왕웨이의 수첩과 편지를 보낸 것일까? 단지 재수사를 요구하기 위해서? 그것은 어느 모로 보나 이치에 맞지 않았다. 세자르는 프랑스 국립도서관장일 뿐 왕웨이 사건의 재수사를 지시할 만한 영향력이 없었다.

세자르와 왕웨이 사건은 서로 연결되어 있는 것 같으면서도 별개의 사건처럼 보였다. 게다가 이 두 사건의 핵심 인물은 여전히 베일에 가려져 있었다.

"헤럴드, 이제 다 왔어요."

헤럴드의 차는 개선문 안에 있는 고문서 박물관 앞에 멈추었다. 박물관 앞에는 사해사본 전시회를 알리는 커다란 현수막이 휘날리고 있었다.

4

'이젠 여기도 안전한 곳이 아니야.'

모텔에서 나온 마사코는 주위를 둘러보았다. 모텔 주변은 물고기가 노니는 작은 연못에, 남성미가 물씬 풍기는 고대 그리스 조각상까지 갖추고 있었다. 모텔은 시골의 작은 성처럼 아담하고 운치가 감도는 곳이지만, 그녀에게는 창살 없는 감옥과 다름없었다. 마사코는 사흘 동안 단 두 번 외출한 것을 제외하고는 한 번도 모텔을 벗어난 적이 없었다.

'상트니는 어떻게 된 것일까?'

한밤중에 느닷없이 걸려온 상트니의 전화는 마사코의 혼을 쏙 빼놓았다. 베르만과 협상이 잘되지 않았거나, 무언가 일이 틀어진 게 분명했다.

모텔에 있는 동안 바깥소식이 궁금해 견딜 수가 없었다. 그렇다고 누군가에게 터놓고 물어볼 사람도 없었다. 마사코는 세자르가 원망스러웠다. 갑작스레 세자르가 나타난 이후부터 모든 삶이 뒤죽박죽이었다.

마사코는 상트니가 남긴 말을 곰곰이 되새겼다. 상트니는 왕웨이가 살해된 것을 어떻게 알았을까. 이상한 일이다. 까맣게 잊고 있던 왕웨이가 갑자기 시도 때도 없이 나타나 그녀 주변을 어슬렁거렸다. 마치 승천하지 못한 그의 영혼이 아직도 이 거리를 배회하고 있는 것 같았다.

사실 마사코도 왕웨이의 사망에 의문을 품고 있었다. 마사코가 왕웨이를 마지막으로 본 것은 그가 사망하기 일주일 전이었다. 마사코는 그때 왕웨이의 표정을 지금도 똑똑히 기억하고 있었다. 왕웨이의 얼굴에는 불안감과 설렘, 두려움과 기대가 절반씩 양분되어 있었다. 감정의 깊이를 측정할 수 없을 정도로 왕웨이의 얼굴은 복잡해 보였다. 그날 왕웨이는 30년 전 리슐리외 도서관 지하 별고에서 한 약속을 입에 올렸다.

"마사코, 우리의 약속을 정말 무덤 속까지 가져갈 수 있을까?"

왕웨이의 입에서 그때의 이야기가 나온 것은 처음이었다. 왕웨이는 물론 마사코, 상트니도 그날의 약속에 대해서는 한 번도 입에 올린 적이 없었다. 마사코는 아예 그날의 기억을 머릿속에서 깨끗이 지워버렸다. 그것은 그들 사이에는 가장 금기시하는 말이었다. 그날의 비밀을 지킨다는 약속 하나만으로 그들은 지금까지 과분한 혜택을 누려왔다.

마사코는 아무 말도 하지 않았다. 왕웨이도 그렇게 30년 전의 비밀을 잠깐 내비쳤을 뿐 더 이상 다른 말은 꺼내지 않았다. 그 무렵 마사코는 왕웨이가 조만간 프랑스를 떠나리라는 것을 잘 알고 있었다. 왕웨이는 그의 조국으로 갈 날만을 손꼽아 기다리고 있었던 것이다. 그러나 왕웨이는 중국행 비행기에 오르지 못했다. 마사코를 만난 지 일주일 후 교통사고로 사망한 것이다.

왕웨이는 그의 우려와는 달리 약속을 지켰다. 그는 생을 마감함으로써 30년 전의 비밀을 무덤 속까지 가지고 간 것이다.

마사코가 모텔을 나와 가장 먼저 간 곳은 그녀의 집 앞이었다. 변한 것은 없었다. 문 앞에 두고 온 빈 병이나 정원 한가운데 있는 가위도 그대로였다.

마사코는 집 건너편에서 자신의 집을 물끄러미 바라보았다. 그녀의 집은 인적이 없는 고적한 성 같았다. 바로 코앞에 집을 두고도 들어가지 못하다니, 그녀의 가슴에 바위 같은 절망감이 묵직하게 내려앉았다. 언제까지 이런 배회의 나날이 계속될지 가늠할 수가 없었다. 사흘 전만 해도 다정하게 인사를 나누던 이웃들의 시선도 피해야만 하는 처지였다.

'누군가 있어!'

마사코는 집 주변에서 수상한 시선을 느꼈다. 난생처음 겪어보는 이상 기류가 전신을 타고 흘렀다. 어디선가 낮게 웅크린 매복의 시선이 그녀 주위를 염탐하고 있는 것 같았다. 쫓기는 사람의 감각은 예민한 법이다. 그녀의 집을 중심으로 50여 미터쯤 떨어진 곳, 2층 레스토랑의 유리창에서도, 신문 가판대 안에서도 야수처럼 번득이는 감시의 시선이 느껴졌다. 아마 그들은 파리의 경찰일 것이다.

"마사코!"

마사코는 움찔거리며 뒤를 돌아보았다. 이웃집에 사는 베로니크였다.

"베, 베로니크."

"요즘 통 보이지 않던데, 어디 여행 다녀왔어요?"

"아, 예."

"이번 일요일에 배드민턴 대회가 있는데, 참가하실 거죠?"

"알았어요."

"마사코가 빠지면 재미없어요. 꼭 나와야 해요."

마사코는 빠르게 집 주변을 벗어났다. 큰길가의 사거리 모퉁이를 돌아서자, 그녀의 눈에 공중전화가 들어왔다.

'피에르를 만나볼까?'

상트니의 소식이 궁금해서 견딜 수가 없었다. 마사코는 수화기를 들었다. 그녀는 상트니의 지시대로 그날 이후 단 한 번도 휴대전화를 사용하지 않았다.

"피에르 부관장님은 해외 출장 중이십니다."

젊은 여자의 목소리가 새어나왔다.

"메모를 남길까요?"

"아닙니다. 다시 연락드리죠."

마사코는 3년 전 이혼한 전남편에게 전화를 하려다가 그만두었다. 그녀는 갑자기 자신이 측은하고 한심하다는 생각이 들었다. 오죽 답답하고 급했으면 전남편이 떠올랐을까? 마사코의 결혼 생활은 순탄하지 못했다. 전남편은 오로지 돈밖에 모르는 사람이었다. 평생을 책과 가까이 한 그녀와는 여러모로 달랐다. 그래도 큰 싸움 없이 20여 년 동안 살을 맞대며 살아온 것은 기적과도 같은 일이었다.

그때 무심코 자이팽이 떠올랐다.

'자이팽이라면 내 마음을 알아줄 거야.'

5

1947년 2월, 예루살렘 동쪽으로 32킬로미터 떨어진 사해 서안의 절벽 위에서 한 소년이 동굴 안을 수색하고 있었다. 베두인 목동인 이 소년은 잃어버린 염소를 찾고 있었다. 절벽 사이를 기어오르던 소년은 절벽 표면에서 구멍 하나를 발견했다. 그 안에는 뚜껑으로 봉인된 40개의 항아리가 있었는데, 일부 항아리에는 일곱 장의 가죽 두루마리가 들어 있었다. 사해사본이 2천 년 만에 세상의 빛을 보는 순간이었다.

사해사본의 발견은 20세기 성서학계에 커다란 흥미와 충격을 준 사건이었다. 고고학자들은 사해사본의 발견을 '20세기 가장 위대한 발견'이라고 불렀다.

이곳에서 발견된 성서 필사본은 기원전 250년에서 기원후 68년 사이에 쓰여진 것이다. 그때까지만 해도 유대인들이 가장 성스럽게 여기는 구약은 그 원본이 발견되지 않았고, 1008년에 기록된 레닌그라드 사본이 가장 오래된 구약성서의 사본으로 알려져 있었다. 이 사해사본은 레닌그라드 사본보다 무려 천 년이나 앞선 것으로 그리스도교의 기원을 파악할 수 있는 중요한 기록들이다. 쿰란 동굴에서 발견된 이 성서는 히브리어 아람어로 되어 있었는데, 이것들은 현존하는 필사본 중에서 가장 오래된 것들이다.

파리 개선문 안에 있는 고문서 박물관에서는 사해사본 전시회가 열리고 있었다.

"세자르가 최근에 방문한 곳은 이곳과 기메 박물관뿐이에요. 세자르는 한국과의 협상을 앞두고 행사에 참여하는 것을 자제했지요."

"세자르가 이곳에 온 것은 특별한 의미가 있다는 소리군요."

"그래요."

정현선은 사해사본관 쪽으로 걸음을 옮겼다. 이 전시회는 사해사본관, 쿰란생활관, 그리스도교의 발자취와 탄생 등 세 개의 주제로 분류되어 있었다.

헤럴드는 유리 진열장에 있는 사해사본을 유심히 바라보았다. 진열장 안에는 사해사본의 최초 발견자와 이 사본이 진품으로 인정받기까지의 과정도 간략하게 담고 있었다.

"로렌, 세자르가 책에 남긴 영문 이니셜이 뭐라고 했죠?"

진열장에 전시된 여러 사진 중에는 사해사본을 들고 있는 한 사내의 사진도 있었다. 헤럴드는 이 사내를 눈여겨보았다.

"A. Y. S입니다."

그제야 헤럴드의 얼굴이 환하게 밝아졌다.

"이제 알았어요. A. Y. S는 사무엘 대주교를 말하는 겁니다. 그의 정확한 이름은 Athanasisus Yeshue Sammuel이죠. 그는 사해사본을 최초로 세계에 알린 사람입니다. 사무엘 대주교는 이 의문의 두루마기를 사들인 뒤에 그 진위를 판명하려고 무척 애를 썼죠. 두루마기 원본이 진품인지 확인하기 위해 카메라로 촬영해 세계 각국의 고고학자들에게 사진을 보냈습니다. 그러고 보니……."

헤럴드는 잠시 말을 멈추고 정현선을 바라보았다.

"세자르가 한국 고서를 사진으로 촬영한 것은 바로 여기서 힌트를 얻은 것 같군요."

"무앙에세 보여준 사진 말인가요?"

"그래요. 세자르는 이 전시회를 둘러보고 사무엘 대주교를 떠올렸던 겁니다. 한국의 고서를 도서관 밖으로 꺼내올 수 없었기 때문이죠. 여길 보세요."

헤럴드가 가리킨 진열장 안에는 당시 사무엘이 찍었던 사해사본 사진이 함께 전시되어 있었다.

"사무엘 대주교가 촬영한 이 사진은 당시 성서학계에 센세이션을 일으켰죠. 이 사진의 진품을 보려고 세계의 학자들이 대거 몰려들었거든요. 오늘날 사해사본이 진품으로 밝혀지는 데는 이 사진이 큰 몫을 했습니다."

A. Y. S…… 하나의 의문이 풀렸다. 그러나 아직도 세자르가 지하 별고에서 찍은 사진의 출처는 찾아내지 못했다. 그것이야말로 '전설의 책'의 실체를 밝혀내는 가장 중요한 자료였다.

'세자르는 어디에서 그 사진을 현상한 것일까?'

"로렌!"

그때 쿰란생활관 쪽에서 정현선을 부르는 소리가 들려왔다. 클라쎄 신부였다.

"클라쎄 신부님."

클라쎄는 정현선을 가볍게 포옹했다.

"인사하세요. 이분은 하버드 대학의 고고학자인 헤럴드 박사예요."

"안녕하시오."

클라쎄가 악수를 청했다.

"헤럴드입니다."

헤럴드는 클라쎄를 보자 고개를 갸웃거렸다.

'어디서 보았더라…….'

클라쎄는 낯이 익은 얼굴이었다. 매부리코에 두툼한 입술, 서글서글한 눈망울이 낯설지가 않았다. 클라쎄도 헤럴드가 낯이 익은지 잠시 그를 뚫어지게 바라보았다.

"우리 어디서 본 적이 있지 않나요?"

헤럴드가 물었다.

"글쎄요. 하하. 어쨌든 반갑소."

클라쎄는 다소 과장된 웃음을 지어 보였다.

"세자르가 살아 있었으면 좋았을 텐데…… 세자르는 사해사본의 진본을 보고 무척 보고 싶어 했거든."

"세자르는 얼마 전에 여기를 다녀갔어요."

"그렇다면 다행한 일이로군. 죽기 전에 하나라도 원을 풀었으니 말이야."

클라쎄의 말투는 가벼웠다. 정현선은 클라쎄가 세자르의 죽음을 대수롭지 않게 여기는 것 같아 기분이 언짢았다.

"나도 사해사본의 진품을 직접 보기는 처음이야. 이 사해사본은 가톨릭인들에게는 최고의 성스러운 유물이지. 지난해 예루살렘을 간 적이 있는데, 그곳에서도 사해사본의 진본을 보기가 쉽지 않았어."

"사해사본을 보유하고 있는 이스라엘 박물관과 록펠러 박물관에서 진본을 잘 공개하지 않기 때문이죠."

헤럴드가 클라쎄의 말을 받았다.

"그래요. 이스라엘 박물관의 '책의 전당'에서도 적은 양의 진본을 전시할 뿐 대부분 복제품이거나 사진으로 대체되어 있죠."

"신부님, 여쭈어볼 게 있어요."

정현선이 그들의 대화에 끼어들었다.

"말해보게. 로렌."

"세자르가 죽던 날 신부님을 찾아뵈었죠?"

"맞아. 저녁 늦게 날 찾아왔지."

"세자르가 무슨 말을 하던가요?"

"음. 우린 그날 인류의 위대한 발견에 대해 대화를 나누었지. 세자르는 그날따라 콜럼버스의 신대륙 발견에 많은 관심을 나타내더군. 로렌은 콜럼버스가 대항해를 시작하면서 무슨 책을 가지고 배에 올라탄 줄 아나?"

"마르코 폴로의 『동방견문록』 아닌가요?"

"제대로 맞췄군."

마르코 폴로의 『동방견문록』은 동방의 풍요로운 재물과 황금 이야기가 담겨 있어 15세기 탐험가들을 매료시켰고, 대항해와 지리상의 발견을 촉발하는 결정적인 계기가 되었다. 이 책에 서술되어 있는 동방에 관한 이야기는 당시 유럽 사람들의 호기심과 모험심을 자극해 정복 전쟁으로까지 비화되었다. 이탈리아 베네치아의 상인 마르코 폴로는 페르시아 저편, 파미르 고원 너머에 찬란한 문명이 있음을 서방에 알린 사람이다. 유럽에서 중국이란 거대한 문명국을 다녀간 사람은 그가 처음은 아니었지만, 그가 쓴 『동방견문록』 때문에 비로소 유럽의 지식인들은 물론 학식이 없는 사람들도 인식의 지평을 넓힐 수 있었다.

"내가 콜럼버스의 신대륙 발견도 마르코 폴로가 있었기 때문에 가능했다고 하자, 세자르는 내 말에 동의를 하지 않더군. 오히려 세자르는 마르코 폴로를 희대의 사기꾼으로 봤어."

"사기꾼이요?"

"그래. 마르코 폴로는 중국에는 아예 다녀오지도 않았다는 거야. 페르시아인들로부터 주워들은 이야기를 그럴듯하게 포장했다는 거지. 이 책에는 당시 중국의 명물인 만리장성이나 나침반, 인쇄술, 종이에 대한 얘기가 전혀 없었다면서 말이야."

이 책이 처음 세상에 나왔을 때의 제목은 『세계의 묘사』였고, 프랑스어로 쓰여 있었다. 마르코 폴로가 17년간의 중국 생활을 마치고 고향에 돌아와 감옥에서 루스티첼로에게 동방에서 보고들은 것을 필록(筆錄)시켜 탄생하였다. 그러니까 이 책의 원저자는 마르코 폴로가 아니라 루스티첼로인 것이다.

"일리가 있는 말입니다."

헤럴드가 끼어 들었다.

"당시 이탈리아 사람들은 마르코 폴로를 '밀레오네'라고 불렀죠. 하도 거짓말을 잘해서 붙여진 별명입니다. 그리고 중국 땅을 최초로 밟은 유럽인도 마르코 폴로가 아닙니다."

1243년 발두인이 콘스탄티노플에서 중국으로 길을 떠났고, 1245년 수도사인 카르피니는 교황 인노켄티우스 4세의 위임을 받아 카카르족과 왕에게 보내는 서신을 갖고 여행을 떠났다. 카르피니는 이때 유럽인으로서는 처음으로 몽골의 풍습과 생활을 기록으로 남겼다.

"세자르는 무엇보다 마르코 폴로가 인쇄술과 종이에 대해 언급하지 않은 것을 가장 큰 맹점으로 지적했어."

"인쇄술이요?"

"그래. 인쇄술은 동양에서 구텐베르크보다 훨씬 이전에 발명되지 않았나. 로렌이 그쪽에는 전문 분야니 잘 알겠군."

"……."

"세자르는 돈황에 대해서도 의구심을 나타냈지. 당시 페르시아에서 중국으로 갈 때는 반드시 돈황을 거쳐야 하는데, 마르코 폴로의 책에는 그런 기록이 하나도 없었다는 거야. 돈황은 세계 각지의 부유한 상인들이 불상과 불화를 새긴 곳이 아닌가. 동굴 수백 군데에 새겨진 독특한 불상이나 불화가 어떻게 마르코의 눈에는 비치지 않았는지 의심을 하더군."

'위대한 발견, 인쇄술, 돈황…….'

정현선은 대화가 이상하게 흘러가는 것을 느꼈다. '위대한 발견'에서 시작된 클라쎄의 이야기는 '인쇄술'을 거쳐 '돈황'에 이르고 있었다. 돈황이라면 왕웨이의 편지에 나타난 책, 'HCD+227'이 발굴된 곳이 아닌가! 인쇄술도 마찬가지였다. 세자르가 기메 박물관에 다녀간 것도, 샤를르 바라의 책에 쓰여 있는 것도 인쇄술과 관련이 있었다. 이 모든 것은 세자르의 관심사였던 것이다.

"하여튼 그날의 대화는 무척 흥미로웠네."

"혹시 세자르가 한국의 고서 얘기는 하지 않았나요?"

"한국의 고서라…… 음, 지금 생각해보니 그와 비슷한 얘기를 한 것 같아."

"그게 뭐죠?"

"구텐베르크의 금속활자에 대해 말했지. 이 역시 인류의 위대한 발명품이라면서 말이야. 그런데 한국에서는 구텐베르크보다 훨씬 이전에 금속활자를 사용하지 않았나?"

정현선이 고개를 끄떡였다.

"이런, 내가 깜박했군. 하하. 로렌 앞에서 공연히 아는 체를 하다니, 미안하네 로렌."

"아니에요."

갑자기 클라쎄의 얼굴이 어두워졌다.

"안타까운 일이야. 아직 할 일이 많은 사람인데…… 대체 누가 세자르를 살해했단 말인가?"

"……?"

클라쎄의 시선이 전시관 입구 쪽으로 향했다.

"저기 알렉스가 와 있군."

클라쎄가 입구 앞에 서 있는 알렉스를 가리켰다. 알렉스 주위에는 어느새 사람들이 몰려들고 있었다.

"저 친구, 여전히 인기가 대단하네. 로렌, 알렉스에게 인사하지 않겠나?"

"전 됐어요."

"요즘 알렉스의 심기가 불편한 것 같아. 베를린에 다녀온 뒤로는 말수가 부쩍 줄어들었더군."

"신부님도 알렉스를 잘 아세요?"

"그럼. 우린 오랜 친구 사이지. 허허."

클라쎄는 알렉스가 있는 전시회장 입구 쪽으로 걸어갔다. 클라쎄가 사라지고 정현선의 머리에 한 가지 의문이 자리 잡았다. 정현선은 클라쎄가 떠나기 전에 흘린 말을 놓치지 않았다.

'클라쎄는 어떻게 세자르가 살해된 것을 알았을까?'

세자르의 사인은 수사관들 이외에 몇몇 사람만이 알고 있는 일급 비밀이었다. 도서관 사서들이나 파리 주재 특파원들도 세자르의 죽음에 의문을 가지고 있었을 뿐 세자르의 정확한 사인은 알지 못했다.

"헤럴드."

진열장 안을 들여다보고 있는 헤럴드는 골똘히 생각에 잠겨 있었다.

"헤럴드!"

두 번이나 불러서야 헤럴드는 정신을 차렸다.

"무슨 생각을 하세요?"

"저 노신부님 말이예요. 어디서 본 것 같은데 기억이 잘 나질 않아요. 분명 초면은 아니에요."

클라쎄는 얼굴뿐만 아니라 선이 굵은 저음의 목소리도 귀에 익었다.

사해사본 전시회에서 특별한 것은 눈에 띄지 않았다. 세자르는 그의 바람대로 사해사본의 진본을 보기 위해 온 것 같았다.

"로렌, 마사코 집을 안다고 했죠?"

전시회장을 나서자, 헤럴드가 물었다.

"예."

"마사코 집에 가봅시다! 그게 가장 빨라요!"

"미안해요, 자이팽."

마사코는 자이팽에게 모두 털어놓자, 마음이 한결 홀가분했다. 30년 동안 홀로 가슴 한구석에 꼭꼭 숨겨둔 이야기였다. 한때는 무덤까지 가지고 가야한다고 스스로 다짐한 적도 있었다.

"나도 일이 이렇게 꼬여들 줄은 몰랐어요."

"마사코, 나도 대충은 알고 있었소."

자이팽의 얼굴은 담담해 보였다. 1977년 당시 프랑스 국립도서관의 동양학문헌실 책임자는 자이팽이었다. 마사코는 베르사유 별관에서 발견한 한국 고서를 자이팽에게는 알리지 않았다. 그것이 자이팽에게 두고두고 미안한 생각이 들었다. 일반 사서가 발견한 책을 문헌실 책임자에게 보고하지 않는 것은 직무유기였다.

"엊그제 로렌이 날 찾아왔었소.

"로렌이요?"

"그래요. 로렌도 당시 마사코가 적은 문헌일지를 본 모양이오."

"로렌이 뭐라고 하던가요?"

"음. 로렌은 문헌일지에 한국 고서 목록은 물론 그 주변 상황이 하나도 적혀 있지 않은 것을 이상하게 여겼소."

마사코는 고개를 끄덕였다. 그날의 문헌일지에는 프랑스 해군 장교가 한국에서 보낸 고서가 있었다는 내용만이 간단히 적혀 있었다. 처음 마사코는 문헌일지에 이 한국 고서에 대해 상세하게 적었다. 고서 목록은 물론 책의 특기사항, 표지나 원문, 부식 정도, 서지 예비번호까지 기입했다. 그러나 이틀 뒤 다시 그 문헌일지를 보았을 때는 그 내용이 모두 삭제되어 있었다. 누군가 문헌일지에 적혀 있는 내용을 감쪽같이 없애버린 것이다.

"로렌도 지금 당신을 찾고 있소."

"그럼, 로렌도 이 사실을 알고 있나요?"

"그럴 것이오. 로렌은 세자르의 죽음이 당신이 발견한 한국의 고서와 관련이 있다고 믿고 있소."

마사코는 정현선을 떠올리자, 갑자기 기분이 침울해졌다. 낯설고 외로운 파리 땅에서 정현선은 친언니처럼 잘 대해주었다. 보이지 않는 인종차별 속에서 마사코가 도서관에 적응할 수 있었던 것도 정현선의 도움이 있었기에 가능했던 것이다. 정현선이 도서관으로부터 강제 해직을 당했을 때는 신체 일부를 잃어버린 듯한 아픔을 겪었다. 그런데 한국 고서 때문에 해직을 당한 정현선과는 달리 자신은 오히려 한국 고서의 비밀을 배경으로 출세의 길을 걸어왔다.

"그때 발견한 한국의 고서 목록은 집에 있어요."

"으응?"

"제가 쓴 책에 숨겨두었죠. 언젠가는 이 목록이 필요할 것 같아서요."

"그 한국의 고서는 대체 어떤 책이오?"

"저도 그 책에 대해서는 잘 몰라요. 당시 베르사유 별관에서 발견한 책은 70여 권이나 됐어요. 상트니는 그 책 중의 한 권이 독일과의 협상에 쓰일 책이라고 했어요."

"바로 그 책이 세자르가 찾았던 책이 아니오?"

"그런 것 같아요."

"이상한 일이로군. 그 책이 어디로 사라졌단 말이오."

"상트니는 그 책을 베르만이 가져간 것으로 알고 있어요."

"그래서 상트니가 베를린으로 간 것인가?"

"그걸 어떻게 알죠?"

마사코의 눈이 휘둥그레졌다.

"마사코, 당신을 찾는 사람은 로렌뿐만이 아니오. 경찰도 당신을 찾고 있소. 당신의 소재를 파악하기 위해 나는 물론이고 도서관 관계자들을 일일이 찾아다니고 있어요. 경찰은 당신을 세자르 사건의 핵심 인물로 여기고 있단 말이오."

마사코는 한숨을 내쉬었다.

"지금은 경찰에 나설 때가 아닌 것 같아요. 아직 밝혀야 할 게 남아 있어요."

"무엇을 밝혀야 한단 말이오?"

"그런 게 있어요. 경찰이 상트니 얘기는 하지 않던가요?"

"베를린에서 실종되었다고 했소."

"오, 상트니."

마사코의 가슴이 철렁 내려앉았다.

"물어볼 게 있어요. 당신은 왕웨이의 죽음에 대해 알고 있죠?"

"……."

"왕웨이가 정말 교통사고로 사망한 건가요?"

"갑자기 그 얘길 왜 꺼내는 거요?"

자이팽은 얼굴을 찡그렸다.

"상트니는 왕웨이가 살해되었다고 했어요."

"……."

"자이팽, 당신은 왕웨이가 죽은 뒤에 그 비천상 목걸이를 본 적이 있다고 했잖아요."

"……."

"그런데 왕웨이의 그 비천상 목걸이가 다시 나타났어요. 누군가 상트니에게 그 목걸이를 전해주었단 말이에요."

"그 얘긴 더 듣고 싶지 않소."

자이팽이 신경질적으로 말했다.

아비뇽의 느티나무……. 그때 문득 상트니가 베를린으로 떠나기 전에 한 말이 떠올랐다. 지금이 바로 그때인 것이다. 마사코는 뒤늦게 자신의 할 일을 찾아냈다.

"자이팽, 저 좀 도와주세요."

"말해 봐요. 내가 도울 일이라는 게 무엇인지."

"저를 아비뇽으로 데려다주세요."

"아비뇽?"

"예. 상트니의 고향이죠. 상트니는 자신에게 위급한 일이 생기면 그곳에 가보라고 했어요."

"나는 도대체 무슨 말을 하는지 모르겠소."

"가면서 말씀드릴게요."

또 하나의 전설

1

루빈 선생님. 프랑스의 실력자도 저의 제의를 쉽게 거절할 수 없을 겁니다. 왜냐하면 'HCD+227' 보다 더 중요한 한국의 고서를 제가 잘 알고 있기 때문입니다. 공교롭게도 이 고서 역시 프랑스 국립도서관의 서지 목록에 없는 책입니다. 우리는 그동안 이 책의 존재를 부정해 왔습니다.

책상 위에는 10여 통에 달하는 편지가 흩어져 있었다. 에시앙은 이 편지를 하나하나 꼼꼼히 훑어보았다.

"이 편지가 왕웨이가 사망하고 난 뒤 익명의 제보자가 수사팀에 보낸 것일세."

줄리앙이 말했다.

"익명의 제보자는 왕웨이가 타살된 것을 알고 있었군."

"그래."

"루빈은 누군가?"

"중국 정부에서 파견한 학예관 책임자야. 왕웨이는 살해당하기 전에 이들과 접촉을 하고 있었어."

"으음."

왕웨이의 편지에는 추악한 거래의 냄새가 풍겼다. 프랑스의 실력자, 'HCD+227'…… 이 편지에는 실명이나 책명 등 제대로 이름을 붙인 것이 하나도 없었다.

"익명의 제보자는 왜 이걸 수사팀에 보낸 걸까?"

왕웨이의 편지는 모두 원본이 아닌 복사본이었다.

"수사의 단서를 제공하기 위해 보낸 것 같아. 이 편지대로라면 왕웨이는 죽임을 당한 것이 아닌가. 그 배경에는 루빈이나 중국 정부가 있었어. 수사팀이 왕웨이 사건에 애를 먹었던 것도 중국과의 외교적인 마찰 때문이었지."

"중국 정부가 관여했다는 소린가?"

"그렇지. 중국 정부는 왕웨이로부터 많은 정보를 얻고 있었거든."

그러나 에시앙의 생각은 달랐다. 이것은 중국과의 문제가 아니라 왕웨이의 개인적인 문제로 보였다. 왕웨이는 중국으로 돌아가기 위해 이 책을 이용하려고 했던 것이다.

"여기 '프랑스 실력자'는 누구를 가리키는 건가?"

"……."

"왕웨이가 거래를 하려고 했던 인물 같은데, 도서관 내부자를 말하는 건가?"

에시앙은 줄리앙의 눈치를 살폈다. 줄리앙은 곤혹스러운 표정을 지었다. 에시앙은 금방 자신이 물어본 것을 후회했다. 상부의 지침이나 외압의 뿌리는 바로 여기서부터 시작된 것 같았다. 에시앙은 재빨리 화제를 돌렸다.

"혹시 루빈이라는 자가 이 편지를 보낸 건 아닐까? 왕웨이 사건은 누구보다 루빈이라는 자가 잘 알고 있을 게 아닌가."

"……."

"도서관에서 왕웨이와 친하게 지낸 인물이 있었나?"

"에시앙, 내가 말해줄 것은 여기까지네. 그 이상은 묻지 말게."

줄리앙은 두 눈을 지그시 감았다.

'세자르도 'HCD+227'을 알고 있던 게 아닐까?'

에시앙은 줄리앙이 돌아간 뒤 세자르 사건 파일철을 뒤졌다. 파일철 안에는 'HCD+227'을 수십 차례 휘갈겨 쓴 메모지가 있었다. 세자르의 서재 휴지통에서 발견한 것이다.

그랬다. 세자르도 이 책의 존재를 알고 있었던 것이다. 세자르 사건과 왕웨이 사건의 중심에는 'HCD+227'이라는 의문부호가 자리잡고 있었다.

에시앙이 왕웨이의 편지에서 가장 주목했던 것은 'HCD+227'과 '프랑스의 실력자'였다. 이 인물이 토트의 핵심 인물이 아닐까? 그는 왕웨이와 세자르를 살해한 진범일 수도 있다. 어쩌면 누구도 상상하지 못한 강력한 힘과 조직을 지니고 리슐리외 지하 별고를 지배하는 인물일지도 모른다.

에시앙은 생각이 여기까지 미치자, 그동안 묵은 체증이 시원하게 풀리는 것 같았다. 어찌됐든 왕웨이의 편지는 가뭄의 단비와도 같은 것이었다. 비록 막연한 추리이기는 해도 나름대로 큰 그림이 그려지고 있었다.

그때 프랑수아가 들어왔다.

"13구역에 파견된 수사팀에게 연락이 왔습니다."

"그래, 어떻게 되었나? 그 모텔이 마사코가 묵은 곳인가?"

에시앙의 목소리가 떨리고 있었다.

"마사코가 묵은 모텔이기는 하지만 마사코는 이미 모텔을 떠난 뒤였습니다."

"뭐라고!"

"오늘 낮에 떠났다고 하는군요."

에시앙의 입에서 짧은 탄식이 새어나왔다.

"마사코는 세자르가 사망한 14일부터 17일까지 모텔에 묵고 있었습니다. 마사코는 사흘 동안 단 두 번밖에 외출을 하지 않았다고 하는군요."

'한 발 늦었군.'

에시앙은 자신의 실수를 인정했다. 파리 경찰은 그동안 마사코를 찾기 위해 파리 시내의 모든 호텔을 대대적으로 수색했다. 그러나 마사코가 파리 외곽의 작은 모텔에 묵고 있으리라는 것은 미처 생각하지 못했다. 그동안 마사코는 자신의 위치를 노출시키지 않기 위해 파리 외곽의 작은 모텔에 묵고 있었던 것이다.

"마사코는 상트니의 전화를 받고 모텔을 떠난 것이로군."

"그런 것 같습니다."

"피에르는 어떻게 되었나?"

잠시 수사 대상에서 멀어졌던 피에르마저 종적이 묘연했다. 어젯밤 도서관에서 퇴근한 후 피에르는 감쪽같이 사라졌다. 피에르의 여비서는 그가 해외 출장이라고 했으나 이조차 믿을 수가 없었다.

"방금 들어온 소식인데, 피에르가 독일로 출국했다고 하는군요."

"독일?"

"예. 쾰른입니다."

"쾰른이라면 베르만이 있는 곳이 아닌가?"

"그렇습니다."

2

자정이 훨씬 넘은 시각, 한 대의 붉은색 소형차가 주택가에 미끄러지듯이 멈추었다.

헤럴드는 안전 벨트를 풀고 유리창 밖으로 고개를 내밀었다. 인적이

뜸한 주택가는 마치 죽음의 거리에 온 것처럼 을씨년스러웠다. 이따금씩 암고양이들의 울음소리가 죽어 있는 거리를 깨우고 있을 뿐이었다.

"잠깐만이요."

헤럴드가 운전석에서 내리려고 하자, 정현선이 그의 소매를 붙들었다.

"왜 그래요?"

"좀 더 생각해보는 게 좋겠어요."

헤럴드는 가볍게 미소지었다.

"마음이 바뀌었습니까?"

"아무래도 주인이 없는 집에 들어가는 것은……."

정현선은 말끝을 흐렸다.

"로렌도 세자르 집에 몰래 들어가지 않았나요?"

"그와는 다르죠."

"다를 것 없어요. 마사코의 집이 어디입니까?"

정현선은 눈짓으로 파란색 지붕의 단층 건물을 가리켰다. 헤럴드는 가방에서 장갑을 꺼냈다.

"마사코는 혼자 산다고 했죠?"

"예. 3년 전에 이혼했어요."

"마침 잘됐군요."

헤럴드는 장갑을 낀 뒤 다른 장갑을 정현선에게 건네주었다.

"받아요. 흔적을 남기지 않으려면 이 방법밖에 없어요."

"경찰이 잠복하고 있을지도 모르잖아요. 경찰이 마사코 집을 가만 놔둘 리 없어요."

"그럼 여기까지 왔는데 다시 돌아가자는 겁니까?"

"……."

"나는 그렇게는 못 해요. 나 혼자라도 갈 겁니다."

헤럴드는 차 문을 열었다.

"헤럴드!"

그때 정현선이 자지러지듯 소리쳤다.

"저, 저기 봐요! 마사코 집 안에 누군가 있어요!"

마사코 집의 거실 커튼 사이로 희미한 불빛이 새어나왔다. 그 불빛은 초점을 잡지 못하고 이리저리 흔들거렸다. 누군가 손전등으로 마사코 집의 거실을 비추고 있는 것이다.

"라이트를 끄세요!"

헤럴드는 다시 운전석에 올라타 라이트 불빛을 내렸다.

"누, 누굴까요? 경찰은 아니겠죠?"

정현선이 물었다.

"경찰이라면 이 야밤에 몰래 들어와 손전등을 비출 리가 없죠."

"어, 어떻게 해야 하죠?"

"조금 더 지켜봅시다. 마사코가 잠시 돌아온 지도 모르잖아요."

"마사코가요?"

"뭔가 중요한 것을 가지러왔을 수도 있죠."

희미한 빛줄기가 거실 주변을 유령처럼 떠다니고 있었다. 이윽고 불빛이 꺼지고 거실 창문을 여는 소리가 들려왔다. 거실 창문 앞에 검은 그림자가 모습을 드러내더니 재빠르게 담을 넘어 인도로 뛰어갔다. 검은 그림자는 마사코 집 앞에 세워둔 차에 올라탄 뒤 마사코 집을 벗어났다.

"뭐해요! 어서 따라가세요!"

정현선이 외쳤다. 그제야 헤럴드는 시동을 걸고 검은 그림자가 탄 흰색 차를 뒤쫓기 시작했다. 자정을 훨씬 넘긴 시간이라 주택가에 차는 거의 보이지 않았다.

'누가 마사코의 집에 침입한 것일까?'

정현선의 손에 땀이 촉촉이 배어들었다. 검은 그림자는 마사코가 아니었다. 그는 키가 큰 남자 같았다.

"어, 어라!"

그때 주택가를 빠져나온 흰색 차가 갑자기 속력을 내기 시작했다.

"눈치 챈 것 같아요."

헤럴드는 엑셀을 힘껏 밟았다. 흰색 차는 사거리의 붉은 신호등 앞에서도 정차를 하지 않고 그대로 내달렸다. 헤럴드 역시 신호를 무시하고 차를 따라잡았다. 숨막히는 추격전은 한동안 계속되었다. 헤럴드는 흰색 차와 일정한 거리를 유지하기 위해 안간힘을 썼다. 차선을 바꿀 때마다 요란한 경적 소리가 어둠을 갈랐다. 주택가를 벗어나면서 차량은 훨씬 불어나 있었다.

"조심해요!"

센 강변도로로 접어드는 길목에서 대형 트럭 한 대가 차선을 바꾸려고 옆구리를 들이댔다. 헤럴드가 경적음을 울려도 트럭은 들은 체도 하지 않고 기어이 헤럴드 차 앞에 끼어 들었다. 워낙 덩치가 큰 트럭인지라 앞이 보이지 않았다. 헤럴드는 대형 트럭을 피해 겨우 옆 차선으로 들어섰다. 그러나 흰색 차의 모습은 보이지 않았다. 센 강변도로 앞에서 흰색 차를 놓치고 만 것이다.

"이런 제길!"

센 강변도로 앞에서 유턴한 헤럴드는 곧장 마사코의 집으로 돌아왔다. 이대로 돌아갈 수는 없었다. 헤럴드는 마사코의 집 앞에 차를 주차시킨 뒤 다시 장갑을 꼈다.

"어, 어쩌시게요?"

"마사코 집에 들어가 봐야겠어요."

"지금은 시기가 좋지 않은 것 같아요. 다음에 가는 게 좋겠어요."

"당신은 여기에 있어요. 난 궁금한 건 못 참는 성격입니다."

"헤럴드!"

"안심해요, 그 친구가 마사코의 집을 마음껏 뒤진 것을 보니 이 근처에 경찰은 없는 것 같아요."

정현선은 하는 수 없이 장갑을 끼고 헤럴드의 뒤를 따라갔다. 헤럴드는 검은 그림자가 빠져나온 길을 따라 천천히 거슬러 올라갔다.

마사코의 거실은 깨끗하게 정돈되어 있었다. 방금 전 침입자가 들어온 흔적은 어디에도 보이지 않았다. 헤럴드는 손전등을 켜고 거실 주위를 비추었다. 거실 벽은 책들로 가득 차 있었다.

"로렌, 어디든 뒤져봐요. 난 서가를 맡을게요."

"알았어요."

정현선은 거실에 있는 수납장을 하나하나 열어보았다. 그때 거실 탁자에 있는 전화기가 눈에 들어왔다. 마사코의 전화기는 자동응답 기능이 있었다. 전화기의 메모리 표시창에는 세 개의 메시지가 녹음되어 있었다. 정현선은 재생 버튼을 눌렀다.

"마사코 여사님, 여긴 유네스코에요. 이번 토요일에 회의가 있으니 꼭 참석하시기 바랍니다. 오후 2시예요."

"아직도 안 들어왔어요? 저 베로니크에요. 이번 주일에 배드민턴 대회가 있거든요. 들어오시는 대로 연락주세요."

"마사코, 나 상트니요."

거실 서가를 훑어오던 헤럴드의 손길이 멈추었다. 정현선도 수납장을 열다말고 귀를 곧추세웠다. 그들은 약속이라도 한 듯이 상트니의 목소리가 흘러나오는 전화기 앞으로 모여들었다.

"지금부터 내가 하는 얘기를 잘 들어요. 당신이 이 녹음을 들으려면 시간이 꽤 걸릴 것이라는 것을 잘 알고 있소. 당신은 지금 집에 들어갈 수도 없고, 낯선 모텔 방에서 힘겨운 시간을 보내고 있으니 말이오. 그런데도 내가 당신의 전화기에 목소리를 남기는 이유는 꼭 전해야 할 말이 있기 때문이오. 어쩌면 이 녹음이 불행한 결과를 초래하여 당신이 아닌 경찰이 듣고 있을지도 모르오. 나는 당신은 물론 경찰도 지금부터 내가 남기려는 말을 듣기를 원하고 있소. 마사코, 난 지금 위험에 처해 있소. 세자르가 그랬던 것처럼 나의 목숨을 노리는 사람이 있다는 소리오. 난 처음 세자르를 살해한 인물이 베르만이라고 여겨왔소. 그러나 나의 판단은 잘못된 것이었소. 바로 당신의 판단이 옳았소. 나는 우리가 그동안 지켜왔던 30년간의 비밀을 지금쯤 풀어줘도 된다고 믿었소. 그래서 그 한국의 고서를 독일과의 협상 품목으로 제시했던 것이오. 그러나 그것은 나의 착오였소. 30년 전의 비밀은 아직도 유효했던 것이오. 그리고 왕웨이는 살해된 것이오. 왕웨이 또한 한국의 고서를 자신의 고국인 중국을 위해 이용하려고 했소. 그것이 결국 그를 죽음으로 몰아넣은 원인이 되었소. 마사코, 마지막으로 당신에게 부탁을 한 가지 하려고 하오. 얼마 전에 내가 했던 말을 기억할 것이오. 내게 위험한 일이 닥쳤을 때 내 고향 아비뇽에 가서 그것을 꺼내보라는 것 말이오. 혹시 당신이 잊었을지 몰라 다시 한 번 내 말을 남기려 하오. 나의 고향집 우물 옆에 커다란 느티나무가 있소. 그곳을 파면 작은 단지 하나가 나올 것이오. 내게 무슨 일이 생기거든 단지 안에 있는 것을 경찰에 넘겨주시오."

그때 갑자기 불이 들어오고 거실이 대낮처럼 밝아졌다.

"손들어!"

어디선가 우렁찬 목소리가 들려왔다. 문 앞에는 정복을 입은 경찰 두 명이 그들을 향해 권총을 겨누고 있었다.

3

'귀신에 홀린 것일까?'

피에르는 자신 앞에 닥친 현실이 믿어지지 않았다. 어떻게 여기까지 왔는지, 자신이 지금 무슨 일을 꾸미고 있는지 그저 놀라울 뿐이었다.

지금까지 단 한번도 상상해본 적이 없고, 꿈에서라도 이런 기막힌 장면을 떠올린 적이 없었다.

'내가 사람을 납치할 계획을 세우다니…….'

그러나 선택의 여지는 없었다. 어차피 파리를 떠날 때부터 굳게 각오한 일이었다. 기왕에 벌인 일이라면 주도면밀하게 처리하는 것이 좋다.

피에르는 쾰른의 주택가, 베르만의 집 앞에 있었다. 차 뒷좌석에는 건장한 프랑스 청년 두 명이, 그리고 운전석에는 도서관 경비 책임자인 장 르네가 타고 있었다.

뒷좌석에 있는 두 명의 프랑스 청년은 장 르네가 쾰른에서 급히 구한 청년들이었다. 그들은 피에르를 만날 때부터 껌을 질겅질겅 씹고 있었다. 한눈에 봐도 불량기가 다분한 청년들이었다. 손등에는 문신 자국이 있었고, 한 청년의 얼굴에는 칼자국이 있었다. 피에르는 이들의 행동이 못마땅했지만, 달리 보면 이번 일에 믿음이 가는 인물들이었다.

피에르는 주택가 입구를 세심하게 살폈다. 오늘따라 베르만은 차를 가지고 출근을 하지 않아 그를 납치하는 데는 적격이었다.

"장 르네, 실수 없도록 해야 하네."

피에르는 다시 한 번 주의를 상기시켰다.

"염려 마십시오. 조국을 위한 일인데 뭐든 못하겠습니까. 이봐, 자네들 내가 무슨 말하는지 알아듣겠지?"

"알다마다요. 일 끝나면 돈이나 잘 챙겨주십시오."

"그건 염려 말게."

피에르는 이들에게 선불조로 이미 5천 유로를 주었다. 일이 순조롭게 끝나면 5천 유로를 더 주기로 약속했다.

"독일인 친구가 몇 살쯤 됐다고 했죠?"

뒷좌석의 한 청년이 물었다.

"한 오십은 되었을 걸세."

"그럼 식은 죽 먹기네요."

"그래도 조심해야 해. 이번 일이 틀어지면 우린 모두 끝장이야."

장 르네가 흰 이를 드러내며 비장한 표정을 지었다. 피에르는 등받이에 몸을 기댔다. 모든 준비는 완벽했다. 이제 베르만을 데리고 취조하는 일만 남았다. 따지고 보면 여기까지 온 것은 베르만이 스스로 초래한 일이었다. 세자르를 살해한 것은 베르만의 큰 실수였다. 게다가 상트니마저 해치려고 하다니, 도저히 묵과할 수 없는 일이었다.

"온다!"

피에르의 몸이 용수철처럼 앞으로 퉁겨 나왔다. 앞 유리창에 베르만의 모습이 보였다. 베르만은 한 손에 가방을 들고 주택가로 들어서고 있었다.

"바로 저 사람이야."

피에르가 검은 정장을 한 신사를 가리켰다.

"차를 잘 갖다대세요."

뒷좌석의 한 청년이 그렇게 말하고 문을 열고 나갔다. 피에르의 가슴이 걷잡을 수 없이 뛰었다. 금방이라도 그의 심장은 밖으로 튀어나올 것만 같았다.

두 청년은 베르만 옆으로 바짝 접근했다. 이윽고 베르만과의 간격이 한 뼘 정도 좁혀들자, 우측에 있던 청년이 재빨리 베르만의 팔을 꺾었다. 옆에 있던 청년은 뒤에서 팔로 목을 감았다. 그와 동시에 장 르네는 차를 그들 곁에 바싹 붙였다. 차의 뒷문이 열리고 두 명의 청년은 베르만을 뒷좌석에 밀어 넣었다. 베르만은 비명 한 번 지르지 못하고 뒷좌석에 올라탔다. 정말 눈 깜짝할 사이였다. 불과 3, 4초 사이에 벌어진 일이었다. 워낙 순식간에 일어난 일이라 피에르조차 자신의 눈을 의심했다. 주택가 주위는 아무 일도 없었다는 듯이 고요했다. 차는 빠르게 주택가를 벗어났다.

"입을 열면 대갈통을 날려 버릴 거야!"

뒷좌석에서 한 청년이 권총을 꺼내 베르만의 관자놀이에 갖다대었다.

"아, 알았소."

피에르는 뒤를 돌아다보았다. 베르만은 피에르를 보자, 입이 쩍 벌어졌다.

"피에르!"

"베르만, 미안하오."

4

"두 분 아시는 사이입니까?"

에시앙이 헤럴드와 정현선을 번갈아 보며 물었다.

"아, 예. 우린 오랜 친구 사이죠. 하하. 그렇죠, 로렌 박사님?"

"예."

정현선은 헤럴드의 갑작스런 질문에 작은 목소리로 말했다.

"소르본 대학의 학술 세미나에서 우연히 로렌 박사님을 만났죠. 이런 저런 얘기를 나누다가 세자르의 얘기가 나왔고, 그렇게 해서 마사코 집에 가게 된 겁니다. 하하. 정말 별다른 뜻은 없었습니다. 하하."

에시앙은 헤럴드의 과장된 몸짓이 눈에 거슬렸지만 덮어두기로 했다.

"그것 참 묘한 인연이로군요. 두 분 모두 무단 가택침입죄가 얼마나 큰지 잘 아시죠?"

"알다마다요. 하하."

헤럴드는 넉살좋게 낄낄거렸다.

"두 분이 왜 마사코의 집에 들어갔는지는 굳이 묻지 않겠습니다. 두 분의 열정은 우리 수사관 못지않다는 것을 잘 알고 있기 때문입니다. 그러나 이것만은 꼭 물어봐야겠군요."

정현선과 헤럴드는 서로 얼굴을 마주보았다.

"마사코의 집에서 찾아낸 게 있습니까?"

"예?"

"마사코의 집에 뭔가 찾으려고 간 게 아닙니까? 그래서 그것을 찾으셨나요?"

"아, 사실 저희도 경찰에 발각되기 전에 들어왔습니다. 정말입니다."

헤럴드가 능숙하게 에시앙의 말을 받았다.

"좋습니다. 그럼 무엇을 찾으려고 마사코의 집에 갔습니까? 설마 아무런 목적도 없이 가지는 않았겠지요?"

"실은 특별한 게 있어서 그곳에 간 것은 아닙니다. 에시앙 검사님도 알다시피 대부분의 사건은 무심코 지나칠 수 있는 사소한 일이나 작은 단서가 해결의 실마리를 제공하지 않습니까? 그래서 혹시 그런 단서가 될 만한 것이 있나 해서 찾아간 겁니다. 운이 좋으면 그것을 발견할 수도 있고, 운이 나쁘면 지금처럼 경찰에 붙들릴 수도 있죠. 하하."

헤럴드는 다시 한 번 멋쩍게 웃었다. 정현선은 문득 헤럴드의 위기 관리 능력이 매우 뛰어나다는 인상을 받았다. 마치 에시앙의 질문을 기다렸다는 듯이 구구절절 되받았다.

"저는 개인적으로 두 분의 역할에 큰 기대를 갖고 있습니다. 작은 단서라도 발견되면 즉시 저희에게 연락을 주십시오. 이번 사건을 해결하는 데는 두 분의 도움이 필요합니다."

에시앙이 온화한 표정을 지으며 말했다.

"그야 여부가 있겠습니까."

"마침 두 분을 뵈었으니 몇 가지 여쭈어볼게 있습니다. 그렇지 않아도 두 분에게 연락을 하려던 참이었거든요."

"뭐든 물어보십시오. 허허."

"제가 얼마 전에 상트니에 대해 말한 거 기억하시죠?"

에시앙이 정현선에게 물었다.

"네. 생각납니다. 베를린에서 실종되었다고 하지 않았나요?"

"상트니가 오늘 새벽 변사체로 발견되었습니다. 슈프레 강 박물관 섬 근처였습니다."

박물관 섬은 다섯 개의 박물관이 모여 있는 특별한 섬으로 훔볼트 대학과는 가까운 거리에 있었다. 겉으로 드러난 상트니의 사인은 익사였다. 베를린 경찰은 상트니가 술이 취해 슈프레 강변을 거닐다가 실족사한 것으로 추정하고 있었다. 에시앙은 상트니의 사인에 대해서는 베를린 경찰에게 이의를 제기하지 않았다. 베를린에 파견된 프랑수아에게도 이의를 제기하지 말라고 지시를 내렸다. 어차피 상트니 사건은 베를린 경찰의 협조를 받아야 할 일이 그리 많아 보이지 않았다. 범인은 지금 파리에 있는 것이다!

"상트니는 훔볼트 대학 초청으로 베를린에 머물러 있었습니다. 상트니가 실종되기 전에 마지막으로 만난 사람이 베르만이었습니다. 뭔가 짚이는 게 없습니까?"

"글쎄요. 그런데 상트니가 왜 갑자기 베르만을 만난 거죠?"

"상트니는 독일과의 문화재 비밀 협상의 막후 실력자였습니다. 독일 대표는 바로 베르만입니다."

"그럼, 세자르 사건에는 베르만도 관련이 있는 건가요?"

"전혀 없다고는 할 수 없죠."

"왕웨이의 사인에 대해서는 조사해보셨나요?"

정현선이 물었다.

"음. 교통사고사는 아닌 것 같습니다."

"그렇다면 세자르처럼 살해된 겁니까?"

"그 정도로만 알고 계십시오."

에시앙은 확답을 주지 않았다.

"왕웨이나 상트니 사건은 세자르 사건과도 관계가 있습니다. 저희는 이 세 사건에서 하나의 공통점을 발견했습니다. 그것은 모두 한국의 고서가 연관되어 있다는 것이죠. 왕웨이 역시 한국의 고서를 협상 카드로 사용하려고 했던 겁니다."

"협상 카드라니요?"

헤럴드가 물었다.

"왕웨이는 한국의 고서를 이용해 돈황의 고문서를 받는 조건으로 중국으로 건너가려고 했고, 상트니는 이 책을 독일과의 비밀 협상에 이용하려고 했습니다."

"돈황의 고문서라면 어떤 책을 말하는 겁니까?"

정현선은 에시앙을 똑바로 바라보았다. 이미 에시앙도 왕웨이의 편지는 물론 루빈이나 'HCD+227'에 대해 잘 알고 있는 것 같았다.

"이걸 보십시오."

에시앙은 세자르의 서재 휴지통에서 발견한 메모를 내밀었다. 메모지에는 'HCD+227'이라는 글자가 무수히 적혀 있었다.

"이 기호가 무얼 뜻하는 지 아십니까?"

"……."

정현선과 헤럴드는 서로 약속이라도 한 듯이 입을 꾹 다물었다.

"이건 돈황 석굴에서 발견한 고문서로 보입니다. 왕웨이는 이 책을 중국으로 가져가려고 했던 것 같습니다."

"모르겠습니다. 처음 보는데요."

헤럴드는 시치미를 뗐다.

"상트니라는 인물의 사인은 무엇입니까?"

정현선이 물었다.

"그건 좀 더 조사해봐야 합니다. 그런데 상트니가 실종되던 날 그가 묵고 있던 호텔에 두 가지가 배달되었습니다. 하나는 왕웨이와 마사코, 상트니가 함께 찍은 사진이었고, 다른 하나는 사람의 손톱이었습니다."

"사람의 손톱?"

"그건 바로 세자르의 손톱이었습니다."

"아!"

정현선의 가슴에 또다시 분노의 거대한 불기둥이 몰려들었다.

"헤럴드 박사님의 말씀대로라면 이것은 토트가 상트니에게 보낸 경고의 메시지가 아닙니까?"

헤럴드는 고개를 끄덕였다.

"맞습니다. 토트는 이 엄지손발톱을 비밀을 유지하기 위해서, 혹은 경고의 메시지로 이용했습니다. 고도의 심리전으로 상대를 압박하려는 것이죠. 그런데 그걸 상트니에게 전해준 사람은 누굽니까?"

에시앙은 고개를 절레절레 흔들었다.

"그건 모르겠습니다. 상트니가 묵고 있는 호텔 직원에게 전해주고 사라졌습니다."

"'HCD+227'이 돈황의 고문서라는 것은 어떻게 알게 된 거죠?"

정현선이 물었다.

"그것은 수사 기밀이니 더 이상 밝힐 수가 없습니다."

에시앙은 정현선을 빤히 쳐다보았다.

'늙은 여우들이로군.'

에시앙은 정현선이나 헤럴드의 심리전에 자신이 말려들고 있다는 생각이 들었다. 지금까지 이들은 세자르 사건에 대해 아무런 정보도 제공하지 않았다. 오히려 새로운 정보를 속속 챙기려고만 하고 있었다.

에시앙은 처음부터 이들의 속셈을 잘 알고 있었다. 이들이 아무런 목적도 없이 경찰의 눈을 피해 마사코의 집에 들어갔을 리가 없었다. 그러나 정확한 이유가 어찌됐든 이들을 추궁하고 싶지는 않았다. 오히려 이들이 스스로 알아서 빠져나갈 수 있도록 틈을 열어주었다. 적당한 틈을 보여야 이들은 움직이게 되어 있다. 너무 숨통을 꽉 죄이면, 숨이 막혀 거동은 물론 입마저 꼭 다물게 마련이다. 앞으로 이들의 움직임도 눈에 띄게 달라질 것이다. 에시앙이 이들에게 상트니의 죽음이나, 돈황의 고문서 등의 정보를 적당하게 흘린 것도 그런 이유 때문이었다. 언젠가는 반드시 이들의 도움이 필요할 때가 올 것이다.

"끝으로 한 가지만 더 여쭙겠습니다."

에시앙은 낡은 천을 그들 앞에 내밀었다. 낡은 천에는 두 개의 기호, ≋과 △이 새겨져 있었다. 물결을 나타내는 기호인 ≋이 △을 떠받치고 있는 그림이었다.

"물결과 삼각형이라……."

헤럴드는 유심히 두 개의 기호를 바라보았다. 분명 처음 보는 기호인데도 이상하리만치 낯설지가 않았다.

"이게 무얼 뜻하는지 알고 계십니까?"

헤럴드는 고개를 갸웃거렸다.

"처음 보는 기호입니다. 이게 어디서 난거죠?"

"상트니의 주머니에 있었습니다. 혹시 토트와 관련된 문양은 아닌가요?"

"그건 아닌 것 같습니다."

에시앙은 재빨리 낡은 천을 집어넣었다.

"알았습니다. 마지막으로 두 분께 부탁을 드리겠습니다. 두 분이 이번 사건에 각별한 관심을 보이는 것은 저희도 잘 알고 있고, 또 고맙게 여기고 있습니다. 그러나 한 가지 주의할 점이 있습니다."

"다음엔 이런 일이 없을 것입니다."

헤럴드가 말했다.

"제 말은 그게 아닙니다. 부디 몸조심하시라는 겁니다. 두 분께서는 너무 많은 것을 알고 있습니다. 그리고 제게도 많은 것을 숨기고 있다는 것도 알고 있습니다. 전 솔직히 두 분의 안전이 염려됩니다."

"잘 알았습니다."

정현선은 정중하게 에시앙의 경고를 받아들였다.

"이번 사건에 너무 깊이 개입하다가는 좋지 않은 결과를 초래할 수도 있습니다. 이건 제 생각인데 범인들은 어디선가 두 분의 행동을 주시하고 있을 것이라는 생각이 듭니다."

"……."

"아무쪼록 몸조심하시기를 바랍니다."

5

국도를 벗어난 차는 좁은 이차선 도로를 숨 가쁘게 달렸다. 다리를 건넌 뒤부터 넓은 들판이 나왔고, 이제 더 이상 민가는 보이지 않았다. 간혹 수풀에 뒤덮인 농가가 보이긴 했지만, 대부분이 사람이 살지 않는 폐가였다.

야트막한 능선에 파묻힌 폐가는 베르만을 취조하기에는 아주 적합한 장소였다. 이런 곳에서는 아무리 소리를 지르고 발광해도 외부에 노출되지 않을 것 같았다. 피에르는 이미 이곳을 낮에 물색해두었다.

피에르는 베르만 앞으로 다가섰다. 베르만은 두 손이 꽁꽁 묶인 채 나무 의자에 앉아 있었다. 베르만 뒤로 두 청년은 여전히 껌을 질겅질겅 씹고 있었다.

"여기까지 오게 된 것을 유감으로 생각하오."

"피에르. 대체……."

베르만의 얼굴은 쾰른의 주택가를 벗어날 때부터 파랗게 질려 있었다. 체념과 일말의 희망, 그리고 구원의 빛이 그의 얼굴에 고스란히 드러났다. 그런 베르만의 얼굴을 보는 피에르의 마음도 편치는 않았다.

"먼저 이 말부터 해야겠소. 앞으로 벌어지는 모든 일은 당신 스스로 초래한 것이라는 점이오.”

“난 무슨 말을 하는지 모르겠소.”

아직도 사태를 파악하지 못하고 딴청을 피우다니, 피에르는 베르만의 면상을 한 대 갈겨주고 싶은 것을 꾹 참았다.

“상트니는 어디에 있소?”

“피에르…… 난…….”

“다시 한 번 묻겠소. 상트니는 어디에 있소?”

“아아…….”

베르만의 얼굴이 일그러졌다.

“상트니가 마지막으로 만난 사람이 당신이오. 그 뒤로 상트니는 실종되었소.”

“그건 나와는 무관한 일이오. 하늘에 맹세하오.”

피에르는 코웃음을 쳤다.

“한국의 고서도 가져가고, 세자르도 살해하고, 이젠 상트니마저 없앨 작정이오? 그러면 모든 일이 당신 뜻대로 될 줄 알았소?”

“피에르, 이건 뭔가 대단한 착각이 있는 것이오.”

베르만은 몸을 꿈틀거렸다.

“세자르를 살해한 것부터가 당신들의 실수였소.”

“피에르!”

베르만은 자리에서 벌떡 일어났다.

“자리에 앉아!”

그때 뒤에 있던 청년이 베르만의 어깨를 지그시 내리눌렀다. 피에르는 그 청년이 믿음직스러웠다.

"난 세자르는 당신네들이 제거한줄 알고 있었소."

"……?"

"피에르, 잘 생각해보시오. 우리가 왜 세자르를 살해하겠소?"

베르만의 목소리는 강직했다. 목소리뿐만 아니라 그의 얼굴도 좀 전과는 달리 위축된 표정이 아니었다.

"이제 모두 엎질러진 물이오. 솔직히 말해주시오."

"우리는 결백하오. 우리에게 필요한 것은 오직 한국의 고서뿐이란 말이오."

이게 대체 어찌된 영문인가. 피에르는 세자르의 살해범이 베르만이라고 굳게 믿고 있었다. 베르만 말고 그런 짓을 할 사람은 아무도 없었다.

"그럼, 상트니는?"

"난 정말 모르는 일이오. 우리가 어찌 그런 엄청난 일을 할 수 있겠소. 상트니를 베를린에서 만난 것은 사실이지만 우린 그곳에서 아무 일도 없이 헤어졌소. 상트니를 만난 것도 불과 5분도 채 되지 않았소."

피에르는 혼란스러웠다. 단 한 번도 사람을 취조나 심문을 해본 적은 없지만, 그 사람의 표정이나 몸짓, 목소리만으로도 진실을 어느 정도 가늠할 수 있다고 믿었다. 그런데 베르만에게는 그런 틈이 보이지 않았다. 베르만의 얼굴에는 가면이 없었다.

베르만이 아니라면 대체 누구란 말인가. 이번 계획을 아는 사람은 자신과 베르만, 그리고 상트니뿐이었다. 마사코도 이번 계획에 대해서는 잘 알지 못했다.

피에르는 어깨에 힘이 쭉 빠졌다. 파리를 떠날 때의 각오나 담판도 슬그머니 꼬리를 감추고 있었다.

피에르가 한국 고서의 비밀에 대해 전해들은 것은 불과 두 달 전이었다. 그날 저녁 피에르는 상트니와 독일과의 비밀 협상 문제를 의논하다가 뜻밖의 얘기를 전해 들었다.

"그 책이 알려지게 되면 세상은 깜짝 놀랄 것이오."

상트니는 30년 전 프랑스 국립도서관에 재직할 때의 일화를 피에르에게 들려주었다. 베르사유 별관에서 마사코가 발견한 70여 권의 한국 고서에 대한 이야기였다.

"30년이 지났으니 이제 이 책의 활용 가치를 생각할 때가 되었어. 언제까지 리슐리외의 지하 별고에 족쇄를 채워서야 되겠는가."

상트니가 내민 목록 번호는 BNF, Mssor. Coreen, 3100번으로 시작되고 있었다. BNF 3100 목록 번호는 리슐리외 도서관 지하 별고에 소장된 한국의 고서로, 아직 해독을 하지 못했거나 출처가 분명하지 않은 도서코드의 고유 번호였다. 상트니는 30년 전 마사코와 함께 동양의 고서를 분류하다가 바로 이 한국의 고서를 발견했다는 것이었다. 한국의 고서들은 프랑스 국립도서관에서 자체적으로 만든 서지 목록에 빠져 있어서 도서관 사서들도 이 책의 존재를 알지 못했다. BNF 3100번은 동양학문헌실의 책임자만이 알고 있는 번호였다. 리슐리외 도서관의 지하 별고에는 수많은 희귀본이 소장되어 있지만, 이 안의 비밀을 아는 사람은 극히 드물었다.

"피에르, 그 책을 이번 독일과의 협상에 이용해보시오. 이 책을 가장 원하는 국가는 독일일 테니까."

피에르는 다음 날 한국 고서 전문가를 리슐리외 도서관 지하 별고로 불러들였다. 그리고 70여 권에 이르는 한국 고서들의 감정 작업에 들어갔다. 한국의 고서 감정은 동양학문헌실 책임자는 물론 도서관 사서들도 모르게 은밀하게 이루어졌다. 70여 권의 책 중에서 피에르의 시선을 붙든 고서 한 권이 있었다. 상트니가 말한, '세상을 깜짝 놀라게 할' 그 책이었다. 상트니의 말은 정확했다. 이 한국의 고서가 정작 필요한 나라는 다름 아닌 독일이었다.

독일인의 구텐베르크에 대한 애착은 가히 광적이었다. 독일인은 세계의 유수 문화재를 영국과 프랑스가 양분하고 있다고 하지만, 구텐베르크의 인쇄술을 능가하는 인류의 유산은 없다고 자부하고 있었다. 그러나 세계 최초라는 그들의 자존심은 한국 고서인 『직지』가 나타남으로써 구텐베르크의 명성에 흠집을 낸 게 사실이었다. 독일로서는 구텐베르크의 명성을 지키고 보존해야 할 막중한 임무가 있었다.

'이 한국의 고서라면 베르만은 꼼짝하지 못할 것이다!'

피에르는 그런 독일인의 심리를 이번 협상에 이용하고자 했다. 『직지』를 능가하는 이 한국의 고서는 독일인에게 큰 충격을 줄 것이 분명했다.

피에르는 베르만에게 이 한국의 고서를 협상 조건으로 내세우겠다는 의사를 타진했다. 피에르에게 필요한 것은 프랑스의 위대한 예술품이 고국의 품에 안기는 것이었다. 인류의 위대한 유산은 『직지』면 충분했고, 그것은 프랑스가 소유하고 있기 때문에 별 문제가 없었다.

"좋소. 협상을 진행시켜 봅시다!"

베르만의 대답은 간단하고 명료했다. 당장 협상 날짜를 잡자는 것이었다. 베르만에게도 이보다 더 가치 있는 협상 품목은 없었던 것이었다. 그런데 거기서 세자르라는 전혀 생각지도 못한 방해꾼이 나타났다. 도서관 지하 별고에 자주 드나들던 세자르가 이 책을 발견한 것이다. 그때부터 독일과의 협상이 꼬이기 시작했다.

피에르는 이런 사실을 베르만에게 알리고 협상 날짜를 연기해줄 것을 요청했다. 베르만에게도 세자르가 그 책을 발견했다는 것은 반갑지 않은 소식이었다. 아니, 오히려 피에르보다 베르만이 더 조급해졌다. 베르만은 이 책이 세상에 알려지는 것을 어떻게든 막아야 했던 것이다. 그는 한술 더 떠서 이 책의 존재가 세상에 드러나면 협상은 완전히 깨질 것이라고 엄포를 놓았다.

시간이 촉박했다. 협상 시한은 다가오고 있었고, 세자르의 행동도 눈에 띄게 달라지고 있었다. 어떻게든 세자르가 이 책의 존재를 세상에 알리지 못하게 막아야 했다. 마땅한 해법을 찾지 못한 피에르는 이 문제를 의논하기 위해 상트니를 찾아갔다. 피에르로부터 세자르의 이야기를 전해들은 상트니는 마지막 대안을 내놓았다.

"피에르, 너무 염려 마시오. 내가 세자르를 직접 만나 설득해보겠소."

그런데 뜻하지 않은 일이 벌어졌다. 세자르가 살해된 것이다. 그때만 해도 피에르는 세자르를 살해한 범인이 베르만이라고 여겼고, 상트니 역시 마찬가지였다. 베르만이 그 한국의 고서가 세상에 드러나는 것을 막기 위해 세자르를 살해한 것으로 믿었다.

세자르가 살해된 이후 피에르의 예정된 시나리오는 엉뚱한 방향으로 흘러가고 있었다. 피에르는 지하 별고에 있는 한국의 고서를 베르만에게 직접 전달하고 싶었으나, 그것도 쉬운 일이 아니었다. 도서관 주변에는 경찰들이 곳곳에 배치되어 있던 터라 주위의 시선을 의식하지 않을 수 없었다. 피에르는 에시앙이 호시탐탐 자신을 노리고 있다는 것을 잘 알고 있었다.

피에르는 고심 끝에 새로운 전략을 짜냈다. 이 책의 보안을 유지하면서 안전하게 전달할 인물이 필요했다. 그런데 공교롭게도 상트니는 그의 고향인 아비뇽에 내려가 있었다. 상트니는 자신을 대체할 새로운 인물을 추천했는데, 그가 바로 마사코였다. 피에르는 도서관 경비시스템이 시험 가동을 하는 시간에 맞춰 한국의 고서를 빼내고 이를 장 르네에게 건네주었다. 마사코에게는 가방에 무엇이 들어 있는지, 그리고 이것이 어디에 사용되고 있는지는 철저히 비밀에 부쳤다. 그렇게 해서 한국의 고서가 든 가방은 베르만과의 약속 장소인 마들렌 성당의 비밀의 방에 갔던 것이다. 그런데 마사코를 통해 전해준 한국의 고서가 진품이 아니라는 것이었다. 게다가 이를 확인하기 위해 베르만을 만나러 간 상트니는 베를린에서 실종되었다.

피에르는 고개를 거세게 흔들었다. 대체 어디서부터 일을 수습해야할지 가닥이 잡히지 않았다.

"피에르."

베르만은 애처로운 표정을 지었다.

"어떻게 할까요?"

장 르네가 물었다. 그러나 피에르는 마땅히 할 말을 찾지 못했다. 일을 벌리는 것은 어렵지 않았으나, 수습하는 길은 보이지 않았다. 그렇다고 마냥 베르만을 붙잡아둘 수도 없는 노릇이었다.

"피에르, 날 풀어주면 오늘 일은 없던 것으로 하겠소. 정말이오. 난 당신의 마음을 충분히 이해하오. 나도 그 한국의 고서를 찾는 데 최선을 다하겠소."

피에르의 이마에서는 땀이 비 오듯 쏟아지고 있었다.

6

'아무쪼록 몸조심하시기를 바랍니다.'

에시앙이 마지막으로 남긴 한 마디가 귓전에서 떠나지를 않았다. 경고인지 부탁인지 갈피를 잡을 수 없었다. 정현선은 내내 그 말이 신경 쓰였다.

몸도 마음도 피곤했다. 하루를 꼬박 새고 나니 정신이 오락가락했다. 헤럴드의 얼굴도 지친 기색이 역력했다. 헤럴드는 차에 오른 뒤 시동도 걸지 않은 채 멍하니 넋을 놓고 있었다. 에시앙의 질문을 이리저리 피해 가느라 등줄기에 한 바가지의 땀을 쏟았다.

"에시앙도 이미 다 알고 있는 것 같지 않아요?"

정현선이 물었다.

"그래요. 왕웨이의 사인은 물론 'HCD+227'에 대해서도 훤히 알고 있었어요."

"에시앙도 왕웨이의 편지를 본 게 아닐까요?"

"글쎄요."

"세자르가 가지고 있던 왕웨이의 편지는 복사본이었어요. 원본을 얼마든지 복사해서 다른 사람에게도 보낼 수 있잖아요. 참, 토머스는 어떻게 된 거죠? 미셸을 아직 만나지 않았나요?"

"아마 오늘 중으로 만날 것이오."

정현선은 긴 한숨을 토해냈다. 에시앙과 마주앉은 자리에서는 마치 포커 게임을 하듯 누가 더 고수인지를 겨루는 느낌마저 들었다. 에시앙은 적당히 자신이 들고 있는 패를 보여주면서 탐색의 시선을 보냈다. 적당하게 빈틈을 보여주는 것도, 정보를 야금야금 흘리는 것도 그의 의도적인 행태로 보였다.

"그런데 에시앙이 보여준 그 기호는 뭔가요?"

"나도 그게 신경이 쓰여요. 물결 무늬와 삼각형…… 분명 처음 보는 기호인데도 낯설지가 않아요."

헤럴드는 에시앙이 내민 그 기호를 보는 순간 직감적으로 토트를 떠올렸다. 마치 토트의 따오기 문양을 처음 보았을 때의 그 오묘한 감정이 오랜만에 되살아나는 느낌이었다.

"그 기호는 어떤 장소를 뜻하는 것 같아요."

헤럴드가 말했다.

"중세 유럽의 문장을 보면 가끔 이런 삼각형 기호가 들어가 있는 것을 볼 수 있어요. 대부분 건물을 지칭할 때 사용하곤 하는데, 물결을 뜻하는 기호가 삼각형 아래 있다는 것은 이런 건물을 받치고 있다는 뜻이 되죠. 보통 이 물결 기호는 강물이나 바다, 혹은 신비스런 공간을 나타낼 때 자주 쓰이는 기호죠."

"전 도무지 모르겠어요."

암호, 문양, 기호……. 하나같이 제대로 드러나는 것은 없었다. 그들은 마치 은밀한 게임을 즐기기라도 하듯 곳곳에 자신들만의 비밀스런 공간을 만들어놓고 있었다.

"그러고 보니 왕웨이와 상트니에게는 특별한 공통점이 있군요."

"공통점이라뇨?"

정현선이 물었다.

"이들은 각자 '전설의 책'이라고 하는 한국의 고서를 이용하려고 했어요. 그러다가 모두 살해된 것이죠."

"그렇군요."

"에시앙도 이제 세자르 사건의 중심에는 한국의 고서가 있다는 것을 알고 있어요."

정현선은 고개를 끄덕였다.

"살해범은 이 한국의 고서에 대해 잘 알고 있는 인물일 겁니다. 물론 상트니나 왕웨이, 세자르에 대해서도 잘 알고 있겠죠."

"도서관 내부자의 소행이라는 것이군요."

"그래요."

헤럴드는 차의 시동을 걸었다. 날이 서서히 밝아오고 있었다.

"로렌, 아까 에시앙이 한 말 기억나요? 우리의 안전을 염려한다는 소리 말이오."

"……."

"한국 고서의 비밀을 알고 있는 사람은 모두 죽었어요. 세자르, 왕웨이, 상트니. 그리고 마사코는 종적을 감추었어요."

"……."

"어쩌면 에시앙이 걱정한 대로 다음엔 우리 차례가 될지 몰라요."

헤럴드의 목소리에는 비장감이 배어 있었다.

그때 휴대전화 벨소리가 요란하게 울렸다.

"여보세요."

"선생님, 저 최동규입니다."

"오, 최 교수…… 뭐, 뭐라고? 알았네. 내 곧 그리로 가리다."

최동규와 통화를 끝낸 정현선의 얼굴이 환하게 밝아졌다.

"무슨 전화예요?"

"최 교수가 'HCD+227'의 정체를 알아냈어요."

7

"오랜만이오. 미셸."

토머스는 배시시 미소를 흘렸다.

"카악, 퉤!"

미셸은 선글라스를 벗으며 가래침을 뱉었다. 미셸의 눈매는 매서웠다. 교도소에 오래 갇혀 있던 탓인지 나이보다 훨씬 늙어 보였다. 인상을 쓸 때마다 이마에는 잔주름이 출렁거렸다.

'교활한 놈.'

미셸은 토머스를 똑바로 노려보았다. 지난 2년 동안 영어의 몸으로 갇혀 있던 끔찍한 세월이 떠올랐다. 토머스가 오랫동안 자신의 뒤를 미행하고 있었다는 것을 전혀 눈치 채지 못했었다. 히브리어 성경을 루브르 골동품 상가에 넘길 때만 해도 모든 것이 끝났다고 생각했다. 어느 모로 보나 완벽한 시나리오였다. 2백만 달러를 챙기고 모로코로 떠나면, 이제 자신의 존재는 프랑스에서 영원히 지워진다고 생각했다. 그러나 이 계획은 토머스로 인해 산산조각이 났다. 미셸은 모코로행 대신에 교도소 안에서 그 대가를 톡톡히 치러야 했다.

"고생이 많았나 보군요."

토머스의 말투는 정중했다.

"날 보자고 한 이유가 뭔가?"

미셸은 토머스를 만나고 싶은 생각이 눈곱만큼도 없었다. 그러나 토머스의 단 한 마디에 어쩔 수 없이 개처럼 끌려나올 수밖에 없었다.

'아람어 고문서.'

그것은 미셸에게 마지막 희망이었다. 히브리어 성경의 가치보다는 못해도 50만 달러 정도의 값어치가 나가는 책이었다. 미셸이 2년 동안 교도소에서 악착같이 버틸 수 있었던 것도 바로 이것이 있었기 때문이었다.

"미셸, 2년 전의 일은 유감으로 생각하오. 그때 당신은 지독히 운이 없었을 뿐이오."

"어서 할 말을 하게."

미셸이 토머스의 말을 잘랐다.

"이미 약속한 대로 날 도와주면 아람어 고문서에 대해서는 입밖에 내지 않겠소."

"……."

2년 전 미셸이 프랑스 국립도서관에서 유출한 고문서는 히브리어 성경뿐만이 아니었다. 프랑스 경찰은 미셸이 유출한 고문서를 모두 회수했다고 했지만, 미셸이 숨겨두었던 아람어 고문서는 찾지 못했다. 그런데 토머스는 이 책의 행방을 알고 있었던 것이다.

"원하는 게 뭔가?"

"아주 간단하오. 내 질문에 몇 가지만 솔직히 말해주면 되오."

"……."

"난 아람어 고문서에는 관심이 없소. 또한 더 이상 당신을 괴롭히고 싶은 생각도 없소."

"말해보게."

토머스는 잠시 뜸을 들였다.

"우선 히브리어 성경을 어떻게 도서관 밖으로 유출할 수 있었는지 궁금하오."

미셸은 토머스의 뜻밖의 질문에 난처한 표정을 지었다.

"리슐리외 도서관의 지하 별고는 일주일에 한 번 경비시스템을 시험가동을 하지. 약 십여 분 동안 하는데 이때는 지하 별고에 소장된 고서의 문자인식시스템이 작동을 멈추게 되어 있어. 바로 그 시험가동 시간을 이용해 외부로 유출할 수 있었네."

"생각보다 간단하군요. 경비시스템 관계자와는 사전에 약속을 했나요?"

미셸은 고개를 끄덕였다.

"경비시스템 관계자의 도움 없이는 불가능한 일이지."

"알았습니다. 왕웨이를 잘 아시죠? 서로 가까운 사이라고 들었는데."

왕웨이의 얘기가 나오자, 미셸의 얼굴이 붉게 상기되었다.

"왕웨이는 교통사고로 사망한 겁니까?"

"아니야. 왕웨이는 살해된 거야."

미셸은 단호하게 말했다.

"타살을 입증할 정황 증거라도 있습니까?"

"왕웨이는 죽기 얼마 전부터 몹시 불안에 떨었어. 일이 잘못되면 자신의 목숨이 위태로울지도 모른다고 했지."

"그 일이라는 게 뭡니까?"

"……."

"누군가와 협상이나 거래를 하려고 한 것이 아닌가요?"

"왕웨이는 죽기 전에 그의 고국으로 돌아가고 싶어 했어. 그러기 위해서는 그에게도 안전 장치가 필요했던 거지."

"그 안전 장치가 한국의 고서입니까?"

"……."

"한국의 고서는 어떤 책입니까?"

"그건 나도 잘 몰라."

"좋습니다. 그렇다면 왕웨이가 거래하려고 한 자가 '프랑스의 실력자'입니까?"

"그걸 자네가 어떻게 알지?"

미셸은 고개를 치켜들었다.

"세자르에게 왕웨이의 편지를 전해준 사람이 당신이로군요."

미셸은 뒤늦게 깨달았다. 토머스는 왕웨이의 편지를 입수한 것이다.

"맞아."

"세자르에게 왜 왕웨이의 편지를 주었습니까?"

"왕웨이는 내 생명의 은인이야. 그런 은인이 억울하게 죽었는데 나 몰라라 있으면, 그것은 인간으로서의 예의가 아니지."

"전 이해가 잘 가지 않습니다. 당신이 왕웨이 사건의 재수사를 원했다면 그 편지를 경찰에 넘겨야하는 것 아닙니까? 세자르에게는 그런 힘이 없지 않습니까."

"물론 처음 왕웨이가 살해되었을 때 그의 편지를 수사팀에게 전해주었어."

"예? 경찰에게도 왕웨이 편지를 넘겨주었다고요?"

"그래. 그러나 경찰은 제대로 수사도 하지 않고 왕웨이 사건을 종결했어. 왕웨이의 편지에 나오는 '프랑스의 실력자'가 누구인지 알 수 있는데도 서둘러 사건을 덮어버린 거지."

"그러니까 세자르에게 마지막으로 도움을 요청한 것이군요."

"교도소에서 나와 보니 왕웨이 사건은 모두의 기억 속에서 사라져 있더군. 나는 세자르가 다시 왕웨이 사건의 기억을 되살려줄 것이라고 믿었어. 세자르가 비록 수사권을 가지고 있지는 못해도 왕웨이 사건의 진실을 밝혀주리라고 기대했지."

토머스는 고개를 끄떡였다. 미셸은 프랑스 수사팀이 왕웨이 사건을 흐지부지 끝낸 것을 늘 안타깝게 여기고 있던 것이다.

"세자르는 한국의 고서에도 관심이 많은 사람이야. 이 한국의 고서를 추적하다보면 왕웨이 사건의 진실을 알게 될 것이라고 믿었지. 그런데 세자르마저 죽을 줄은 몰랐어."

"세자르가 살해된 것은 알고 있죠?"

미셸은 입을 꾹 다물었다.

"그런데 왕웨이의 편지는 어떻게 당신이 갖고 있던 겁니까? 평소 루빈을 잘 알고 있었습니까?"

"왕웨이가 살해된 지 얼마 되지 않아 내가 직접 중국으로 건너가 루빈을 만났어. 중국 정부가 나선다면 이번 사건이 쉽게 해결되리라고 믿었지. 그런데 루빈은 외교상의 마찰을 이유로 난색을 표하더군. 그때 루빈을 겨우 설득해서 가져온 게 왕웨이의 편지야. 루빈은 이 편지가 그나마 도움이 될지 모른다면서 왕웨이의 편지를 내게 전해준거지."

"미셸, 당신은 왕웨이의 살해범이 누구라고 생각합니까?"

"……."

"방금 전 당신이 말한 그 '프랑스의 실력자'가 범인이 아닌가요?"

"……."

"혹시 왕웨이의 편지나 수첩말고 다른 증거도 가지고 있습니까?"

"……."

미셸은 방금 전까지 침이 마르도록 열변을 토하다가 갑자기 입을 꾹 다물었다.

'증거를 갖고 있구나.'

토머스는 그런 생각이 들었다.

"범인을 잡아야 생명의 은인을 볼 면목이 있는 게 아닙니까?"

토머스는 미셸의 심기를 살짝 건드렸다. 그러나 미셸은 꿈쩍도 하지 않았다.

"제가 보기엔 도서관 내부자의 소행 같은 데 맞습니까?"

"그 얘긴 그만 해."

'지금은 때가 아니다.'

토머스는 미셸의 입이 열리기 위해서는 시간이 좀 더 필요할 것이라는 생각이 들었다. 미셸의 꾹 다문 입술에서는 어떤 난관에도 끝까지 버티겠다는 결의에 찬 각오마저 느껴졌다. 오늘의 만남으로 모든 것을 얻어내는 것은 무리였다.

"'HCD+227'은 어떤 책인가요?"

토머스는 화제를 돌렸다.

"나도 그 책에 대에서는 잘 몰라. 왕웨이는 그냥 돈황의 고문서라고만 했어."

"또 다른 말은 없었고요?"

"음. 한국의 승려가 지은 책이라고 했지."

"한국의 승려?"

호텔 커피숍 안은 한가했다. 모닝커피를 즐기려는 비즈니스맨들만이 듬성듬성 자리를 차지하고 있었다. 커피숍에 들어선 정현선은 주위를 둘러보았다.

"로렌, 저쪽인가 봐요."

헤럴드가 커튼이 드리워진 창가 쪽을 가리켰다. 커피숍 창가에는 최동규와 박정민이 나란히 앉아 있었다. 정현선은 박정민과는 안면이 있었다. 2년 전인가, 고국에 들렀을 때 청주 인쇄박물관에서 박정민과 인사를 나눈 적이 있었다. 박정민은 한국에서 몇 되지 않는 돈황학의 전문가였다. 그는 일주일 전부터 파리에 머물면서 돈황학 국제 세미나에 참석하고 있었다.

"박사님, 놀라지 마세요."

박정민의 눈빛이 빛났다. 정현선은 마른침을 꿀꺽 삼켰다.

"'HCD+227'은 바로 『왕오천축국전』입니다."

"왕오천축국전?"

정현선의 입에서 비명 같은 소리가 새어나왔다. 『왕초천축국전』은 신라의 고승 혜초가 인도를 다녀온 뒤 지은 여행기가 아닌가. 이 책은 펠리오가 1908년 돈황의 석굴에서 가져온 8세기의 고문서였다.

"그럴 리가 없어요."

정현선이 고개를 가로저었다.

"왕웨이의 편지에는 이 책이 프랑스 국립도서관의 서지 목록에는 없는 책이라고 했어요. 『왕오천축국전』은 엄연히 프랑스 국립도서관에 소장되어 있을 뿐만 아니라 서지 목록에도 분명하게 나와 있어요."

"저도 처음엔 이 책이 『왕오천축국전』인 줄은 꿈에도 몰랐습니다. 박사님의 말대로 이 책은 프랑스 국립도서관에서 소장하고 있기 때문이지요. 그런데 『왕오천축국전』이 절략본(節略本)이라는 것은 알고 계십니까?"

"절략본이요?"

"예. 펠리오가 돈황의 석굴에서 가져온 『왕오천축국전』은 앞뒤 부분이 결락되어 있는 절략본입니다."

"완간본이 아니라는 소리군요."

"그렇습니다. 원래 이 책은 처음부터 세 권으로 되어 있었다는 것이 학계의 정설이었습니다."

"아아."

정현선은 제대로 말을 잇지 못했다.

"왕웨이는 『왕오천축국전』을 'HCD+227'이라는 암호로 사용했습니다. 제가 이 책이 『왕오천축국전』이라는 것을 알아낸 것도 227이라는 숫자 때문이었죠."

"227이 나타내는 숫자의 의미는 뭔가요?"

옆에서 잠자코 있던 헤럴드가 물었다.

"『왕오천축국전』은 총 227행으로 되어 있습니다. 문단의 나뉨이 없는 연속문으로 분절(分節)이 뚜렷하지가 않죠. 그리고 『왕오천축국전』의 영문 표기는 Hye-cho, Diary of a journey to the five countries of India 라고 합니다. 간단히 표현할 때는 The Hye Cho Diary 라고 합니다."

"HCD는 영문 머리글자의 이니셜을 딴 것이로군요."

"그렇습니다. 그리고 결정적인 것은 바로 플러스(+)에 있습니다. 왕웨이가 '+227'이라고 한 것은 227행 이외에 또 다른 내용이 있다는 것을 의미합니다. 바로 앞뒤가 잘려나간 부분의 책을 의미하는 것이죠."

박정민의 설명은 한 치의 오차도 없었다. 그는 'HCD+227'의 암호를 명쾌하게 풀어내고 있었다.

『왕오천축국전』은 한 권의 두루마리로 된 필사본으로, 발견 당시에는 책명도 저자명도 떨어져 나간 총 227행의 잔간본으로 되어 있었다. 이 잔간의 실체를 밝혀내는 데 결정적인 역할을 한 사람은 발견자인 펠리오이다. 펠리오는 이미 다른 사료를 통해서 이 책의 내용과 이름을 짐작하고 있었다. 그는 돈황의 석굴을 발견하기 4년 전에 이미 그의 논문에서 이렇게 밝혔다.

> 혜초의 『왕오천축국전』은 어휘의 순서로 보아 세 권으로 되어 있으며, 중국에서 남해를 지나 인도에 간 후 거기서 투르키스탄을 거쳐 중국으로 다시 돌아온 기록이다.

펠리오는 그에 앞서 발간된 혜림(慧琳)의 『일체경음의(一切經音義)』의 주석으로 나오는 어휘로 보아 세 권으로 된 여행기라고 지적하고 있었다.

『왕오천축국전』은 학계에서도 잔본인지, 사본인지, 아니면 결락본인지 결론을 내리지 못한 책이었다. 평소 돈황학의 전문가들 사이에서도 『왕오천축국전』에 대해서는 의견의 일치를 보지 못하는 부분이 있었다. 이 여행기의 현존본은 앞뒤가 잘려나간 잔간이기 때문이다. 그래서 돈황의 석굴에서 발견한 『왕오천축국전』은 절략본인가, 아니면 원본을 베껴 쓴 사록본(寫錄本)인가 또는 초고본(草稿本)인가 하는 점은 지금까지도 논란거리였다. 그러나 학자들 사이에 의견의 일치를 본 것은 지금까지 발견된 『왕오천축국전』 이외에 또 다른 진본이 있을 것이라는 점이었다.

"그럼 지금까지 행방이 묘연하던 『왕오천축국전』의 나머지 두 권의 책을 왕웨이가 발견했다는 것이로군요."

"그렇습니다. 펠리오는 이 완간본이 돈황의 고문서에 섞여 있는 것을 미처 발견하지 못했던 것 같습니다."

『왕오천축국전』은 한국에서뿐만 아니라 세계적으로 그 가치를 인정하는 책이다. 혜초는 한국의 선구적인 세계인일 뿐만 아니라 동양의 걸출한 세계인이기도 하다. 동양에서 혜초에 앞서 아시아 대륙의 중심부를 해로와 육로로 일주한 사람은 없었으며, 더욱이 아시아 대륙의 서단까지 다녀와서 현지 견문록을 남긴 전례는 없었다.

"이 책이 『왕오천축국전』의 완간본이라는 결정적인 증거는 왕웨이의 수첩에도 나타나 있습니다.

'남해의 뱃길을 따라 서역으로 건너간 인물은 그가 최초이다. 그동안 이 책은 여러 국가에서 활발히 연구해왔으나 아직도 풀리지 않고 그 의미가 축소되어 있다. 'HCD+227'로 이제 모든 것이 밝혀질 것이다.'

이는 바로 혜초가 처음 남해의 뱃길을 따라 여행했다는 것을 의미하는 겁니다. 프랑스 국립도서관에 소장되어 있는 『왕오천축국전』에는 이 부분이 누락되어 있습니다. 그뿐이 아닙니다. 왕웨이는 이 책을 소개하면서 일체경음의를 그 예로 들고 있습니다. 일체경음의는 혜림이라는 승려가 쓴 책으로 여기에는 혜초의 『왕오천축국전』이 세 권이라고 명기되어 있습니다. 왕웨이는 이 책의 진본을 찾은 겁니다."

정현선은 그제야 왕웨이가 이 책에 깊은 애착을 갖는 것을 이해할 수 있었다. 왕웨이는 돈황을 사랑하는 만큼 그쪽 분야에도 전문가 못지않은 실력을 갖추고 있었다.

『왕오천축국전』, 그리고 세자르가 말한 '전설의 책'……. 두 권의 위대한 고서가 눈앞에 어질어질 다가왔다.

"최 교수, 이 일을 어찌하면 좋은가!"

정현선이 탄식 섞인 목소리로 물었다.

최동규는 제대로 말을 잇지 못했다. 최동규도 이 책이 『왕오천축국전』의 완간본이라는 것을 전해 들었을 때는 놀라움을 금치 못했다. 『왕오천축국전』의 완간본이 있다는 사실은 한국은 물론 전 세계적으로 큰 반향을 일으킬 것이었다. 그러나 'HCD+227'의 비밀을 밝혀낸 기쁨도 잠시였다. 중요한 것은 지금 이 책의 행방이 묘연하다는 것이었다.

"어떻게든 이 책을 찾아야지요."

말은 그렇게 하고 있지만, 최동규는 답답한 심정을 숨길 수가 없었다. 그는 앞으로 3시간 후면 파리를 떠나야 할 입장이었다. 아침 일찍부터 정현선에게 연락을 한 것도 그런 이유 때문이었다.

"선생님, 전 곧 서울로 갑니다."

"으응? 벌써 그렇게 되었나."

"죄송합니다, 선생님."

"그게 무슨 소린가. 최 교수는 그 바쁜 와중에도 날 도와주지 않았나."

정현선이 부드러운 목소리로 말했다.

"박사님, 이 책의 존재를 알려야겠습니다. 마침 파리에서 돈황학 세미나가 열리고 있습니다. 여기에는 세계의 석학들이 참가하고 있으니 곧 이 책도 찾을 수 있을 겁니다."

박정민이 말했다.

"아닙니다. 그들에게 알리지 않는 게 좋아요. 이 책은 우리 스스로 찾아야 합니다. 그들이 이 책을 찾는다면 우리의 권리를 주장하기 힘들어요. 직지나 외규장각 의궤 도서를 보세요."

정현선이 차분하게 말했다. 그 말을 들은 박정민도 고개를 끄덕였다.

"지금 이 책은 매우 복잡하게 얽혀 있어요. 최 교수나 박 교수님은 잘 알지 못하겠지만, 이 책으로 인해 많은 사람이 희생되었어요. 세자르 관장 역시 이 책의 정체를 알리려고 했지요. 지금 이 책을 소유하고 있는 사람은 왕웨이나 세자르 사건의 살해범일지도 모릅니다."

"예?"

박정민의 입이 쫙 벌어졌다. 잠시 그들 사이에 무거운 침묵이 흘렀다. 방금 전까지 서로 흥분하던 모습은 이내 사라졌다.

"그러면 어떻게 해야 합니까?"

박정민이 물었다.

"당분간은 저희에게 맡기는 게 좋을 것 같습니다. 이 책은 우리가 생각하는 것처럼 쉽게 드러날 책이 아닙니다. 무엇보다 이 책을 찾기 위해서는 세자르의 살해범을 밝혀야 합니다."

헤럴드가 의미심장한 어조로 말했다.

"최 교수, 언제 떠나는가?"

정현선이 최동규 옆에 있는 가방을 보며 물었다.

"12시 비행기입니다."

"이렇게 신경을 써줘서 정말 고맙네."

"아닙니다. 빠른 시일 내에 다시 파리에 오겠습니다."

정현선은 마치 현실과 신화, 그 중간에 서 있는 듯한 느낌이 들었다. 그녀는 아직 아무런 마음의 준비가 되어 있지 않았다. 'HCD+227'이 어찌 『왕오천축국전』이라 상상이나 했을까.

어느새 정현선의 가슴에 조그만 불씨들이 하나둘씩 모여들고 있었다. 그것은 전설을 현실로 만드는, 신비의 불씨였다. 천년의 세월을 건너온 작은 첫걸음이었다.

책은 기록으로 말한다

1

혜초는 한국 최초의 세계인이다. 또한 혜초가 기록한 『왕오천축국전』은 국보급 진서이며, 불후의 고전이다.

『왕오천축국전』이 처음 발견될 당시만 해도 혜초는 중국 당나라 국적의 고승으로 알려져 있었다. 그러다가 1924년 『왕오천축국전』에 나오는 시에서 '계림(鷄林)'이라는 지명을 찾아낸 일본인 학자에 의해 혜초는 신라에서 당나라로 건너간 승려임이 밝혀졌다. 그와 동시에 한국에서는 『왕오천축국전』을 현존하는 최고(最古)의 책으로 인정하게 되었다. 혜초 이전에도 원효, 의상 등의 고승이 쓴 불교 관련 저작이 있기는 하나 모두가 그 원본은 소실되고 후대에 사록된 것들이었다. 그러나 『왕오천축국전』은 절략본에 사본이기는 하나 8세기 후반 황마지에 쓰인 사본

그대로 보존되어 있어 지금도 한국 최고의 책으로 평가받고 있다.

호텔 커피숍을 나온 정현선과 헤럴드는 호텔 근처에 있는 식당에 들어갔다. 이른 아침이라 식당 안의 손님은 한 명도 없었다.

"로렌, 『왕오천축국전』이라는 책이 대체 어떤 책이오?"

헤럴드가 물었다.

"8세기경에 한국의 고승이 인도에 다녀와서 지은 책이죠. '오천국'이란 바로 인도를 뜻하는 고칭(古稱)이에요. 이 책은 한국에서뿐만 아니라 세계적으로도 잘 알려진 책이죠. 그동안 돈황학 학자들은 이 책의 내용으로 미루어 앞뒤가 잘려나가 있기 때문에 또 다른 진본이 있을 것이라고 생각했어요."

"왕웨이가 발견한 것이 이 책의 누락된 부분이라는 거군요."

"그래요. 한국에서는 이 책을 국보급 문화재로 여기는 데 조금도 부족함이 없죠. 『직지』만큼 위대한 책으로 보면 될 겁니다."

정현선이 힘주어 말했다.

'『왕오천축국전』의 진본이 남아 있다니!'

정현선은 아직도 실감이 나지 않았다. 한국에서는 국보급 진서인 이 책이 프랑스 국립도서관에 있는 것을 무척 안타깝게 여기고 있었다. 만약 이 책의 완간본을 한국이 소장할 수 있다면, 그런 아쉬움은 깨끗이 지울 수 있을 것이었다. 생각만 해도 가슴이 벅차 오르는 일이었다. 그러나 이 책을 누가, 어디에 소장하고 있는지 알 길이 없었다.

정현선은 한국의 위대한 고서 앞에서 한없이 작아진 느낌이었다. 그러나 아직 절망하기에는 일렀다. 왕웨이를 살해한 범인을 잡으면 이 위대한 고서를 찾을 수 있지 않은가! 이 책들을 이역만리 땅에 그대로 내버려둘 수는 없다. 신비의 작은 불씨가 활활 타오르도록, 천년의 작은 첫걸음이 위대한 발자취로 남도록 그 책을 찾아야 한다.

"마사코도 이 책을 알고 있었을까요?"

헤럴드가 물었다.

"글쎄요. 내가 보기엔 마사코는 몰라도 상트니는 알고 있었을 것 같아요."

"상트니요?"

"그래요. 에시앙이 한 말을 잘 생각해봐요. 상트니가 실종된 호텔에는 세자르의 손톱과 왕웨이와 함께 찍은 사진이 남아 있었다고 했어요. 어쩌면 상트니는 왕웨이의 비밀 거래를 알고 있었을지도 몰라요."

그때 상트니가 마사코의 전화기에 남긴 말이 떠올랐다. 우물 옆 커다란 느티나무…… 작은 단지 하나…….

"아비뇽!"

정현선은 자신도 모르게 소리쳤다.

"왜 그래요, 로렌?"

헤럴드는 깜짝 놀라며 포크를 내려놓았다.

"상트니가 마사코의 전화기에 남긴 말 기억나요?"

"……."

"그의 고향인 아비뇽에 뭔가를 숨겨놓았다고 했잖아요."

"느티나무 아래……?"

"그래요. 느티나무 아래 단지가 있다고 했어요. 상트니는 자신에게 위급한 일이 생기면 마사코에게 그 단지를 열어보라고 했어요."

정현선은 자리에서 벌떡 일어났다.

"상트니는 그 안에 무언가 중요한 것을 남겼을 거예요."

헤럴드도 음식을 반쯤 남긴 채 정현선을 따라 일어났다.

"상트니의 고향을 알아요?"

헤럴드가 물었다.

"그야 어렵지 않죠. 파리 대학에 물어보면 될 겁니다."

무시무시한 사막을 건넌 혜초는 겨우 돈황의 석굴에 도착했다. 1천 개의 석굴은 언제 보아도 장관이었다. 혜초는 한 석굴에 들어앉아 차분하게 '오천국'에 다녀온 일을 정리했다. 그는 황마지를 펼쳐들고 멀리 명사산(鳴沙山)을 굽어보았다. 그때 갑자기 사막의 회오리가 몰아치더니 석굴 안까지 치고 들어왔다. 회오리는 석굴 안에 있는 불상과 불화, 고문서를 모두 집어삼켰다. 혜초가 적고 있는 황마지도 회오리 속으로 사라졌다. 악마의 아가리처럼 닥치는 대로 마구 삼키는 회오리에 낯익은 얼굴이 보였다. 세자르였다. 세자르는 고통스런 얼굴로 무어라 홀로 외쳐대고 있었다. 아아…… 세자르의 손톱과 발톱에서 피가 흘러내리고 있었다. 그 붉은 피가 회오리에서 물감처럼 번지더니 돈황의 석굴을 온통 붉게 물들이고 있었다.

"로렌, 이제 다 왔어요."

"……."

"로렌!"

헤럴드가 정현선의 어깨를 흔들었다. 정현선은 눈을 번쩍 떴다. 그녀는 빠르게 주위를 둘러보았다. 그녀의 눈을 붉게 물들이던 세자르의 피는 보이지 않았다. 운전석에는 헤럴드가 빙그레 웃고 있었다.

"꿈을 꿨군요?"

정현선은 눈을 비비며 길게 한숨을 내쉬었다.

꿈이었다. 아직도 그녀의 망막에는 사막의 거대한 회오리가 잔영처럼 남아 붉은 피를 뿌리고 있었다. 세자르가 죽은 후 꿈에 나타난 것은 처음이었다.

정현선은 정신을 차리고 차창 밖을 내다보았다. 한가로운 전원 풍경이 눈에 들어왔다.

상트니의 집을 찾는 것은 어렵지 않았다. 야트막한 능선을 끼고 있는 그의 마을에 도착하자, 20여 채에 이르는 집들이 어깨동무하듯이 나란히 늘어서 있었다. 그들은 탁 트인 비포장 도로를 따라 마을 안으로 들어갔다. 상트니가 말한 우물은 마을 중간에 자리잡고 있었다.

"저기 우물이 있어요."

헤럴드는 우물이 있는 집의 문을 열었다.

"계세요? 안에 아무도 안 계세요?"

아무런 기척이 없었다. 헤럴드는 빠르게 주위를 둘러보았다. 우물 옆에는 커다란 느티나무 한 그루가 우뚝 서 있었다. 제대로 찾은 것이다.

"저쪽으로 가봅시다."

그들은 느티나무 쪽으로 발걸음을 옮겼다. 어디선가 개 짖는 소리가 요란하게 들려왔다.

"헤럴드, 여길 봐요."

느티나무 주위를 둘러보던 정현선은 소스라치게 놀랐다. 느티나무 한 쪽에 흙을 파낸 흔적이 보였던 것이다. 땅의 속살이 드러난 것으로 봐서 흙을 파낸 지 그리 오래된 것 같지 않았다.

"벌써 누군가 다녀간 게 아닐까요?"

헤럴드는 우물 옆에 있는 삽을 들었다. 땅은 딱딱하게 굳어 있었지만, 이미 한 차례 그곳을 파낸 탓인지 쉽게 검은 속살이 드러났다. 이윽고 무릎 높이 정도로 그곳을 파내자, 그 안에 조그만 단지가 보였다. 헤럴드는 보물 단지를 다루듯이 조심스럽게 꺼낸 뒤 뚜껑을 열었다. 그러나 단지 안은 텅 비어 있었다.

"거기 누구요?"

그때 등뒤에서 쉰 목소리가 들려왔다. 헤럴드는 단지를 재빨리 내려놓고 뒤를 돌아다보았다. 문 앞에는 비쩍 마른 노인이 우두커니 서 있었다.

"아, 안녕하세요. 저희는 파리에서 온 사람입니다."

노인은 경계심이 가득 찬 눈초리로 헤럴드와 정현선을 번갈아 쳐다보았다.

"여기가 상트니의 집인가요?"

"그렇소만."

"저흰 상트니의 동료 교수입니다."

헤럴드는 표정 하나 바뀌지 않고 능숙하게 둘러댔다.

"상트니는 얼마 전에 파리에 올라갔는데."

"아, 그렇군요."

"상트니에게 무슨 일이 있는 게 아니오?"

노인은 아직 상트니의 사망 소식을 전해듣지 못한 모양이었다.

"아, 아닙니다."

"이상한 일이로군."

노인은 고개를 갸웃거렸다.

"낮에도 파리에서 두 사람이 찾아왔는데."

"예? 누, 누군가요 그 사람이?"

"한 명은 일본인인 듯한 동양 여자였고, 다른 한 명은 평범해 보이는 남자였소."

'마사코가 다녀간 것이다!'

한 발 늦었다. 마사코가 이곳에 들러 단지 안에 있는 것을 가지고 간 것이 틀림없다. 그러나 차마 이 노인에게 단지 안에 무엇이 있었는지는 물어볼 자신이 없었다. 아쉽지만 발길을 돌리는 수밖에 없었다.

"잠깐 이리 와보시오."

그런데 돌아서는 발길을 노인이 불러 세웠다.

"정말 상트니에게 아무 일이 없는 것이오?"

노인이 다시 물었다.

"저희도 상트니 소식이 궁금해서 내려온 겁니다."

"음."

노인은 여전히 경계의 빛을 누그러뜨리지 않았다. 노인은 그들에게 무언가 할 말이 있는 눈치였으나, 헤럴드는 그런 틈을 주지 않았다.

"아, 안녕히 계십시오."

헤럴드는 도망치듯 그곳을 빠져나왔다. 정현선도 미련이 남아 있는 발길을 억지로 돌렸다.

'단지 안에 무엇이 있었을까?'

정현선은 파리에 올라가면서 내내 그 생각에 사로잡혔다. 막연하게나마 짚이는 것이 있었다. 그것은 이번 사건을 풀어줄 수 있는, 매우 중요한 물건이라는 것이었다. 마사코가 부랴부랴 이곳에 온 것만 봐도 짐작이 갔다.

"마사코와 함께 온 사내는 누구였을까요?"

정현선이 물었다.

"글쎄요."

헤럴드는 고개를 갸웃거렸다.

"혹시 피에르가 아닐까요?"

"피에르?"

2

아무 일도 손에 잡히지 않았다.

피에르는 오전 내내 멍하니 창 밖만 바라보고 있었다. 쾰른에 다녀온 뒤로 그는 집무실에서 한 발짝도 벗어나지 않았다. 쾰른에서 보낸 시간은 잠시나마 악마에게 영혼을 내준 시간 같았다. 두 명의 프랑스 청년이 베르만을 암매장하자고 제안했을 때는 가슴이 철렁 내려앉았다.

베르만은 생각과는 달리 점잖은 신사였다. 그런 위급한 상황 속에서도 냉정함을 잃지 않았다. 오히려 더 초조해지고 서두른 것은 피에르 자신이었다. 여차하면 목숨을 잃을 위기 속에서도 베르만은 의연하게 처신했다. 그런 의연함이 피에르에게 냉정을 찾는 시간을 주었다. 그나마 다행인 것은 그 누구에게도 불행한 결과를 초래하지 않았다는 것이었다. 프랑스 청년의 말대로 베르만을 암매장했다면 어떻게 되었을까. 생각만 해도 끔찍한 일이었다.

베르만은 피에르와 헤어질 때는 도리어 그의 마음을 위로했다. 상트니가 안전하게 귀가할 것이니 서로 기원하자고.

그러나 베르만의 바람은 이루어지지 않았다. 피에르가 파리에 도착한 뒤 가장 먼저 들려온 것은 상트니의 사망 소식이었다. 상트니가 슈프레 강의 박물관 섬 근처에서 익사체로 발견되었다는 것이었다. 가장 우려하던 일이 현실로 드러나고 말았다. 피에르는 경찰의 발표를 믿지 않았다. 상트니는 수영 선수 이상의 실력을 갖추고 있었다. 아무리 술에 취했다고 하나 물에 빠져 사망했다는 것은 납득이 가지 않았다. 상트니는 살해된 것이 분명했다.

그때 전화벨 소리가 울렸다.

"피에르, 나 베르만이오."

"……."

"방금 전 상트니 소식을 전해 들었소. 정말 유감으로 생각하오."

"……."

"내 말 듣고 있소?"

"말하시오."

"우리의 협상은 아직 끝난 것이 아니오."

"그게 무슨 소리요?"

"당신이나 나나 그 한국의 고서가 필요하지 않소? 서로 힘을 합해 그 책을 찾도록 합시다."

베르만의 목소리는 부드러웠다. 불과 하루 전까지만 해도 생사의 고비를 넘나든 사람답지 않았다. 위기에서 벗어나자마자 한국의 고서를 떠올리다니, 피에르는 베르만이 매우 강한 사람이라는 생각이 들었다.

"알았소."

피에르는 전화를 끊고 곰곰이 기억을 더듬었다. 그의 가슴속에 묻혀 있던 여러 의문이 한꺼번에 쏟아져 나왔다. 상트니를 살해한 것은 누구이며, 세자르의 살해범은 또 누구인가. 과연 이들의 살해범은 동일인인가. 마사코가 마들렌 성당에 가지고 간 한국의 고서는 어디로 사라졌단 말인가. 베르만을 만나면 모든 것이 풀릴 줄 알았는데, 도리어 의문만 한아름 안고 귀국한 꼴이 되고 말았다. 더군다나 모텔에 묵고 있어야 할 마사코의 행방도 묘연했다. 파리에 도착한 뒤 마사코가 있는 모텔에 전화를 했으나, 그녀는 이미 모텔을 떠난 뒤였다.

그때 또다시 전화가 울렸다.

"피에르, 그동안 잘 지냈나?"

낯익은 목소리였다.

"알렉스 선생님?"

"잠시 시간 좀 내주게. 긴히 할 말이 있네."

피에르는 카페 안의 스피커에서 구성지게 흘러나오는 에디트 피아프의 노래에 귀를 기울였다.

"피아프의 노래를 들으면 몸 안에 있는 세포들이 왕성한 분열을 하는 것 같아. 어떻게 피아프 같은 가냘픈 몸에서 저런 역동적인 목소리가 나올 수 있지?"

어디선가 상트니의 목소리가 들려왔다. 상트니는 피아프의 노래를 좋아했다. 대단한 클래식 애호가인 상트니였지만, 유독 피아프 노래만은 자주 들었다. 피아프의 작고 가냘픈 몸에서 터져 나오는 목소리는 마치 영혼을 불사르는 듯 듣는 이의 귀를 사로잡았다.

"일찍 나왔군."

피아프 노래에 흠뻑 빠져 있는 사이 알렉스가 앞자리에 앉았다.

"어서 오십시오."

피에르는 알렉스에게 예를 갖추었다. 알렉스는 중절모를 벗었다.

"쾰른에 갔었다는 소식 들었네."

"예."

"베르만은 만났나?"

"……."

"괜찮네. 말해보게."

"예. 만났습니다."

"베르만은 뭐라고 하던가?"

"뭘 말입니까?"

피에르는 알렉스를 빤히 쳐다보았다.

"독일과의 협상 때문에 만난 게 아닌가?"

"협상이 성사되려면 시일이 좀 더 걸릴 것 같습니다."

"음. 상트니가 없으니 자네 혼자 힘들겠군. 방금 전에 상트니 소식을 들었네."

알렉스의 얼굴이 어두워졌다.

"상트니 일은 정말 안됐네."

"……."

"마사코 소식은 알고 있나?"

"예? 마사코를 아십니까?"

알렉스의 입에서 마사코가 나온 것은 처음이었다.

"마사코는 내가 도서관장에 있을 때 동양학문헌실의 사서였네."

피에르는 대화가 이상하게 흘러가는 느낌을 받았다. 갑자기 알렉스의 입에서 왜 마사코가 나온 것일까. 예사롭지 않은 일이었다. 알렉스는 독일과의 비밀 협상 과정은 물론 그들 주위에서 벌어지고 있는 일들을 훤히 알고 있는 것 같았다. 오늘 알렉스가 갑작스레 연락을 한 것도 이와 무관해 보이지 않았다.

'알렉스는 한국 고서에 대해서도 알고 있는 것이 아닐까?'

2달 전 상트니에게 한국 고서에 대해 처음 전해 들었을 때 알렉스의 이야기는 없었다. 상트니는 베르사유 별관에서 발견한 한국의 고서를 아는 인물은 바로 자신과 왕웨이, 그리고 마사코뿐이라고 했다. 그런데 가만히 더듬어보니 공교롭게도 이 시기의 도서관장은 알렉스였다. 문득 피에르의 머리에 불길한 생각이 스치고 지나갔다. 이 세 명 중에 두 명은 죽었고, 나머지 한 명의 행방은 묘연했다.

"마사코 소식은 저도 모릅니다."

"혹시 마사코에게 연락이 오거든 내 말을 꼭 전해주게."

"말씀하십시오."

"당분간 파리를 떠나라고."

"……."

"그리고 자네에게도 부탁할 것이 있어."

알렉스는 의자를 바짝 당겨 앉았다. 스피커에서는 더 이상 피아프의 노래가 흘러나오지 않았다.

"지금 여기를 나가거든 도서관으로 가서 휴가를 신청하게."

"휴가요?"

"한 열흘 정도 어디 멀리 나가 있게. 파리에서 멀면 멀수록 좋아. 누구에게도 자네의 행선지를 밝혀선 안 되네."

피에르의 두 눈이 휘둥그레졌다. 갑자기 이 무슨 뚱딴지 같은 소리인가.

"전 무슨 소리를 하는지 모르겠습니다."

"피에르, 내가 시키는 대로 하게. 그게 다 자네를 위한 일일세."

"지금 세자르 관장도 없기 때문에 도서관을 비우는 것은 쉽지 않습니다. 더군다나 휴가를 내기에는……."

"어찌됐든 내 말을 명심하게. 열흘 정도 있다 돌아오면 그때 자세한 설명을 해주겠네."

피에르는 차마 알렉스의 명령을 거역할 수가 없었다. 지금 그에게 프랑스 국립도서관의 부관장이라는 자리를 준 것도 바로 알렉스였다.

알렉스의 얼굴에 수심의 그늘이 가득 깔렸다.

3

출국 시간이 다가오고 있었다. 로잘리는 심장 고동이 서서히 빨라지는 것을 느낄 수 있었다. 이제 파리를 떠나야 한다. 아빠의 숨결, 아빠의 흔적, 아빠의 모든 것과도 이별을 해야 한다. 로잘리는 비로소 세자르의 부재를 실감했다. 파리를 떠날 때마다 세자르는 한 번도 빠지지 않고 로잘리 곁을 지켜주었다. 공항에서 혹은 터미널에서 세자르는 늘 진한 포옹으로 로잘리를 배웅했다. 그러나 이제 세자르는 없다.

대합실 스피커에서 안내 방송이 흘러나왔다. 로잘리는 자리에서 일어났다. 정현선도 따라 일어났다.

"로잘리."

정현선은 로잘리를 꼭 껴안았다. 어젯밤, 로잘리는 잠이 오지 않는지 새벽녘까지 내내 뒤척거렸다. 정현선도 제대로 잠을 이루지 못했다.

"로렌 할머니."

정현선은 손수건을 꺼내 로잘리의 눈물을 닦아주었다. 로잘리가 집에 머무르는 동안 함께 시간을 보내주지 못한 것이 안타까웠다. 그러나 어쩔 수 없었다. 로잘리도 그녀가 세자르의 범인을 찾으려고 동분서주하고 있다는 것을 잘 알고 있었다.

"로잘리, 힘을 내야 한다. 알았지?"

"알았어요."

로잘리는 엊그제만 해도 미국에 가지 않겠다고 버티었다. 세자르의 살해범을 찾은 뒤에 가겠다면서 한 발짝도 물러서지 않았다. 그러나 언제까지 학업을 미룰 수는 없었다. 세자르 사건은 점점 장기전으로 들어갈 조짐을 보이고 있었다. 정현선은 겨울 방학이 되면 다시 파리에 오라고 로잘리를 설득했다. 그때쯤이면 모든 것이 해결되어 있을 것이라고.

"할머니, 아빠를 살해한 범인을 찾을 수 있을까요?"

"물론이지. 로잘리, 나를 믿거라."

정현선이 힘주어 말했다. 로잘리는 가방을 들었다. 출구 쪽으로 향하는 로잘리의 발걸음은 천근처럼 무거웠다.

"할머니."

"그래. 이제 가거라."

"미국에 도착하면 연락할게요."

정현선은 로잘리의 뒷모습을 물끄러미 바라보았다. 로잘리의 모습이 사라지자, 정현선의 눈에서 눈물이 뚝뚝 떨어졌다. 정현선은 다시 한 번 속으로 다짐했다. 로잘리와의 약속을 반드시 지킬 것이라고.

미테랑 도서관은 침울하게 가라앉아 있었다. 예전의 활기차고 역동적인 분위기는 온데간데없었다. 도서관 주변에는 낯선 얼굴들이 진을 치고 있었는데, 에시앙 수사팀에서 보낸 사복 경찰 같았다. 정현선은 서둘러 세자르의 집무실이 있는 9층으로 올라갔다.

세자르의 집무실에 들어서자, 텅 빈 의자가 정현선의 눈을 찔렀다. 세자르가 도서관장에 취임한 후로 그의 집무실에 들어선 것이 세 번 째였다. 집무실 의자에 앉아 있는 세자르의 모습이 얼마나 품위 있고 멋있어 보였는지 지금도 기억이 생생했다.

"어서 오세요, 로렌 박사님."

자스민이 정현선을 맞이했다. 정현선은 로잘리를 배웅하고 공항에서 돌아오는 길에 자스민의 전화를 받았다. 세자르가 사망하기 이틀 전에 동양어대학을 다녀갔었다는 것이었다.

자스민은 문밖을 힐끔 살피더니 집무실의 문을 꼭 잠갔다.

"여기가 세자르 관장님이 다녀간 곳이에요."

'19세기 한국 사진전'

자스민이 내민 것은 동양어대학에서 주최하는 '19세기 한국 사진전' 팸플릿이었다.

"어제 관장님 서랍에서 우연히 발견했어요. 날짜를 보세요."

동양어대학에서는 19세기 말 조선의 풍광을 담은 사진전이 열리고 있었다. 이 사진들은 조선의 2대 프랑스 공사를 역임한 프랑뎅이 촬영한 것으로, 전시 기간은 11월 12일부터 이달 말까지였다.

"세자르 관장님이 제게 주베르라는 인물에 대해 말한 것도 기억이 나요. 그날이 11월 12일이었어요. 바로 이 사진전이 열리는 날이었죠. 팸플릿 맨 아래를 보세요."

Juber

전시회 팸플릿의 맨 아래에는 주베르라는 이름이 적혀 있었다. 틀림없는 세자르의 필적이었다.

"주베르가 누구죠?"

"관장님은 주베르가 19세기 말에 파리 국립도서관에서 근무했던 사서라고 말했어요."

주베르라…… 낯이 익은 이름이기는 하나 잘 떠오르지 않았다.

"그리고 관장님은 11월 17일에 폴리에르 교수를 만나기로 약속이 되어 있었어요."

"소르본 대학의 폴리에르 교수 말인가요?"

"예. 폴리에르 교수는 지금 파리에서 열리고 있는 돈황학 세미나에 참석하고 계세요."

정현선은 세자르가 왜 폴리에르를 만나려고 했는지 짐작이 갔다. 세자르는 'HCD+227'이 적혀 있는 왕웨이의 편지를 폴리에르에게 보여주려고 했던 것이다. 세자르는 죽기 전까지 'HCD+227'이 『왕오천축국전』이라는 것은 알지 못했다.

"관장님은 돌아가시기 얼마 전부터 돈황의 고문서에 유달리 관심을 보였어요. 제가 보기엔 기메 박물관에 간 것도 펠리오의 전시관을 보려고 갔던 것 같아요."

정현선은 고개를 끄떡였다. 사해사본전시회, 파리 기메 박물관. 이제 마지막으로 남아 있는 곳은 동양어대학이다.

"자스민, 물어볼게 있어요. 혹시 세자르가 사망하기 전에 카메라를 가지고 있는 걸 본 적이 있나요?"

"예. 본 적이 있어요."

"그게 언제죠?"

"일주일 전쯤인가, 관장님이 책상에 뭔가를 올려놓고 소형 카메라로 그걸 찍고 있더군요."

"그, 그게 뭐죠? 세자르가 뭘 찍고 있던가요?"

정현선이 빠르게 물었다.

"별거 아니었어요. 그냥 사진 찍는 걸 연습한다고 했어요."

"세자르가 사진을 어디서 현상하는지 알아요?"

"그건 모르겠어요. 관장님이 사진 찍는 것은 그때 저도 처음 보았거든요."

한 가닥 기대도 물거품처럼 사라졌다. 어제 집에 돌아오는 길에도 세자르 집 주위의 모든 현상소를 뒤졌다. 그러나 그 어디에도 세자르가 다녀간 흔적은 없었다. 그 필름만 찾아낸다면 한국의 고서, 그 '전설의 책'이 무엇인지 알아내는 것은 시간 문제였다. 비록 필름이 없다고 해도 현상소에는 그 흔적이 남아 있을 것이었다.

정현선은 자리에서 일어나 세자르의 서가를 훑어보았다. 그녀의 눈길을 끄는 것은 서가 중간에 있었다. 이곳에서도 역시 한 권의 책이 거꾸로 꽂혀 있던 것이다. 그것은 『세계 금속활자의 변천사』였다.

이 책은 세계의 금속활자를 동서양 구분 없이 아우르면서 금속활자의 역사를 체계적으로 서술하고 있었다. 정현선은 책장을 넘기다가 중간 부분에서 손길을 멈추었다.

> 세계 금속활자의 시초는 한국으로 알려져 있다. 구텐베르크가 금속활자를 발명하기 70여 년 전에 이미 한국에서는 금속활자를 사용하였고, 지난 1970년 『직지』라는 최초의 금속활자본이 발견되어 이런 사실을 증명하였다. 그러나 한국의 학자들 사이에서는 『직지』가 간행된 1377년 이전에도 금속활자를 사용한 것으로 추정하고 있다. 한국의 고대 문헌에 따르면, 13세기 이전에도 금속활자를 사용하였다는 기록이 나타나 있다.

이 책에서 위의 부문만이 유일하게 빨간 펜으로 밑줄이 그어져 있었다. 그것은 세자르가 이 글을 매우 중요하게 여기고 있다는 것을 의미하는 것이었다.

'세자르는 왜 갑자기 금속활자에 관심을 보인 것일까?'

정현선은 곰곰이 기억을 더듬었다. 언제부터인지 세자르 주변을 맴돌면서 하나의 뚜렷한 자취를 발견할 수 있었다. 그것은 바로 금속활자였다. 'MGC 2403'…… 파리 기메 박물관에 있던 샤를르 바라의 저서 『한국 중세 시대의 고서 연구』에서도, 세자르가 자신의 집에 찾아와 유독 직지에 관심을 보였을 때도 그랬다. 그뿐이 아니다.

"세자르는 구텐베르크의 금속활자에 대해 말했지. 이 역시 인류의 위대한 발명품이라면서 말이야."

사해사본 전시회에서 만난 클라쎄 신부도 세자르가 금속활자에 남다른 관심을 보였다고 말했다. 그런데 이곳 세자르 집무실에서도 『세계 금속활자의 변천사』가 눈에 띄었다.

세자르가 갑자기 금속활자에 관심을 보인 이유는 무엇일까?

4

'무엇 하나 제대로 한 게 없군.'

파리에 머문 닷새 동안 아무런 성과도 없었다. 프랑스와의 협상 일자는 물 건너간 셈이고, 정현선 박사에게는 제대로 도움을 주지 못했다. 게다가 왕웨이의 편지 내용이 『왕오천축국전』임을 알았을 때는 귀국 날짜가 코앞에 다가와 있었다. 최동규는 길게 한숨을 내쉬었다.

애초부터 무리한 일정이었다. 새로운 협상 일자를 잡아야 한다는 강박관념은 파리에 있는 내내 그를 괴롭혔다. 어떻게든 무기한 연기만은 철회하려고 했지만, 프랑스 협상 관계자는 그의 말에 귀를 기울이지 않았다.

2년 가까이 준비해온 노력이 이대로 물거품처럼 사라지는 것인가. 한국 협상팀원들도 그의 얼굴을 보고 짐작을 했는지 협상 일자에 대해서는 아예 말도 꺼내지 않았다.

"너무 실망하지 마세요."

연구실에 들어서자 김 조교가 그의 마음을 위로했다.

"예상했던 일이야."

최동규는 말은 그렇게 하면서도 아쉬운 기색을 숨기지 않았다.

'세자르는 정말 살해된 것일까?'

최동규의 귀국길은 의문과 혼란으로 얼룩진 길이었다. 별로 한 일도 없이 의혹의 보따리만 한아름 안고 귀국한 셈이었다. 세자르가 살해된 것이나, 한국의 고서라고 한 '전설의 책', 그리고 귀국을 앞두고 『왕오천축국전』의 베일이 벗겨지기까지 의문의 연속이었다. 도무지 정신을 차릴 수가 없었다. 프랑스 협상 관계자를 만나는 동안에도 이런 의문은 그의 곁을 떠나지 않았다.

시간이 없는 것이 못내 아쉬웠다. 생각 같아서는 귀국 일자를 사나흘 미루고 싶었지만, 그럴 수도 없는 노릇이었다.

최동규는 아직도 가슴이 두근거렸다. 박정민 교수와 함께 『왕오천축국전』의 비밀을 풀어낼 때의 감동이 그의 가슴에 진하게 남아 있었다. 무엇보다 이 의문의 기호를 푸는 데는 폴리에르 교수의 공이 컸다. 박정민 교수는 이 기호가 『왕오천축국전』이라는 것을 밝혔고, 폴리에르는 한 발 더 나아가 이 책이 완간본이라는 것을 밝혀냈다. 어쨌든 그들은 돈황학의 권위자답게 『왕오천축국전』의 비밀을 명쾌하게 밝혀냈다.

『왕오천축국전』이 어떤 책인가! 현존하는 한국의 가장 오래된 서책으로서, 명실상부한 국보급 진서가 아닌가. 이 여행기를 세계 4대 여행기로 꼽는 학자도 많았다. 그러나 이 책에 대한 연구는 한국인으로서 너무

소홀히 해온 것이 사실이었다. 『왕오천축국전』의 저자인 혜초가 신라인이라고 밝힌 것도 일본인 학자였고, 『왕오천축국전』의 상세한 연구는 해외에서 더 활발히 연구되고 있었다. 게다가 이 위대한 고서는 천년을 넘게 돈황의 석굴에서 잠들어 있다가 1백여 년 가까이 이국의 지하 별고에 유폐되어 있지 않은가.

무엇보다 이 책의 실체를 밝히는 것이 중요하다. 왕웨이가 말한 책이 『왕오천축국전』의 완간본이라면 반드시 그 실체가 있어야 한다. 실체가 없는 것은 가설일 뿐이다. 최동규는 『왕오천축국전』의 완간본에 대해서는 말을 아끼라고 한 정현선의 말을 이해했다. 그랬다. 이 책의 실체를 찾아내지 않고 섣불리 외부에 알리는 것은 시기상조였다. 자칫하다가는 『왕오천축국전』의 완간본을 영원히 찾지 못하게 될지도 몰랐다. 완간본의 실체를 찾은 뒤에 이를 밝혀도 늦지 않았다.

"참, 그동안 남길준 선생이 교수님을 여러 차례 찾았어요."

연구실을 나서려고 하는데 김 조교가 그의 발길을 붙들었다.

"강화의 그 괴짜 같은 향토사학자 말인가?"

"예. 어제도 교수님이 도착했냐고 전화가 왔었어요."

"무슨 일 때문인데?"

"그건 저에게는 말씀 하지 않으셨어요. 하여튼 교수님께 할 말이 꽤 많은 눈치였어요. 귀국하면 꼭 한 번 찾아오라고 했어요."

갑자기 남길준에게 왜 연락이 온 것일까. 어쨌든 남길준은 한 번은 꼭 만나야 할 사람이었다.

"알았네."

"교수님이 외규장각 도서의 우리 협상 대표라고 하니까 말투가 확 바뀌시던데요."

"으응?"

"이럴 줄 알았으면 진작에 교수님의 신분을 밝힐 걸 그랬어요."

"그게 무슨 소리야?"

"하여튼 그런 게 있어요. 만나보시면 알게 될 겁니다."

5

토머스는 냉장고에서 캔 맥주 두 개를 가지고 왔다.

"박사님의 예상대로 왕웨이의 편지와 수첩을 세자르에게 보낸 인물은 미셸이었습니다."

그는 맥주 캔 하나를 헤럴드에게 내밀었다.

"미셸은 3년 전 왕웨이 사건의 수사를 맡은 경찰에게도 이 편지를 보냈더군요."

"경찰에게도 왕웨이 편지를?"

"예. 왕웨이가 타살된 것을 입증하려고 했던 것이죠."

그제야 한 가지 의문이 풀렸다. 에시앙도 이미 왕웨이의 편지를 입수해 그간의 사정을 조사했던 것이다. 헤럴드는 캔 맥주를 반쯤 들이켰다.

"미셸은 프랑스 경찰을 믿지 못한 것이로군."

"그렇습니다. 왕웨이 사건이 흐지부지 종료되었으니 그럴 만도 하죠. 미셸은 출옥하자마자 세자르에게 왕웨이의 편지를 보내 이 사건의 진실이 밝혀지기를 원했던 겁니다.

"왕웨이의 편지는 어떻게 입수했다고 하던가?"

"미셸이 직접 중국에 가서 루빈을 만났다고 합니다."

"중국까지 건너갈 정도였다면 보통 사이가 아니로군."

"그들이 서로 가까워지게 된 것도 남다른 인연이 있었더군요. 그들은 여름 휴가 때 함께 돈황의 석굴을 간 적이 있었답니다. 그때 미셸이 크게 다쳐 생사를 오락가락했는데 왕웨이가 나서서 미셸을 구해주었다고 합니다. 이를테면 왕웨이는 미셸의 생명의 은인인 셈이죠."

"왕웨이의 살해범에 대해서는 아무 말도 없었나? 짐작 가는 사람이라도 말이야."

"그건 말을 하지 않던데요. 그러나 미셸은 범인이 누구인지 잘 알고 있는 것 같았어요. 증거도 가지고 있다는 느낌을 받았습니다."

"그것 참 잘됐군."

헤럴드의 얼굴이 환하게 밝아졌다.

"그런데 미셸의 입이 쉽게 떨어질 것 같지 않습니다. 도서관 내부자의 소행인 것은 확실해 보입니다."

"음."

"시간이 좀 더 필요해 보입니다. 미셸은 제게 맡겨두세요."

"알았네. 토트에 대해서는 뭐라고 하던가?"

"미셸은 토트가 어떤 집단인지도 모르고 있던데요."

"으응?"

그것은 뜻밖이었다. 헤럴드는 남아 있는 맥주를 깨끗이 비웠다.

"왕웨이의 넥타이에 토트의 문양이 새겨져 있었다는 것도 말해주었나?

"물론이죠. 그런데도 별 관심을 보이지 않았습니다."

"이상한 일이로군."

"혹시 범인들이 토트를 이용하는 것은 아닐까요?"

"이용이라니?"

"수사의 혼선을 주려고 토트를 끌어들일 수도 있지 않습니까?"

헤럴드는 기분 나쁜 표정을 지었다.

"토머스, 자네 지금 무슨 소리를 하는 거야. 날 찾아왔을 때만 해도 토트가 이번 사건의 진범이라고 확신하지 않았나."

"제 말은 그게 아니라 모방범죄일 가능성도 배제할 수 없다는 거죠."

"그건 아니야. 나도 처음에는 토트를 흉내 내는 것이라고 여겼어. 그러나 이들의 행동은 너무 구체적이야. 그들은 철저하게 토트의 의식을 따르고 있어."

헤럴드는 이번 사건의 배후에는 토트가 있을 것이라고 굳게 믿고 있었다. 세자르나 왕웨이, 상트니, 마사코 등은 토트의 비밀 회원의 자격이 충분하다고 생각했다. 헤럴드는 이번 사건을 토트의 비밀 회원과 프랑스 국립도서관 사서 사이의 파워 게임에 초점을 맞추고 있었다. 어쩌면 그들 사이에는 은밀한 거래가 있었는지도 모를 일이었다.

"왕웨이를 죽음에 이르게 한 운전기사 말입니다."

토머스가 빈 맥주 캔을 쓰레기통에 버리며 말했다.

"졸음운전한 트럭 기사 말인가?"

"예. 그 운전기사가 심상치 않아 보입니다. 오늘 알아봤더니 그 사람이 마들렌 성당의 트럭 운전기사라고 하더군요."

"마들렌 성당?"

"그날 트럭 기사의 행적도 좀 이상합니다. 왕웨이의 차가 주차된 곳은 파리 7구역의 한 도로입니다. 이 도로는 그가 부식물을 싣고 마들렌 성당에 오는 길과는 전혀 상관이 없는 길이죠. 뭔가 구린 냄새가 나지 않습니까?"

헤럴드는 토머스의 말을 음미했다. 세자르가 사망하기 전에 마지막으로 간 곳이 마들렌 성당이었다. 마들렌 성당은 한때 토트의 비밀 거점 지역이었을 뿐만 아니라 비밀의 방이 있는 곳이기도 했다.

"그후 트럭 기사는 어떻게 되었나?"

"과실치사로 6개월의 형기를 산 뒤 지금도 마들렌 성당에서 일하고 있습니다. 그 친구는 벙어리라고 하더군요."

"토머스, 마들렌 성당을 좀 더 살펴보게."

"알았습니다."

"난 자꾸 성당 안의 비밀의 방이 신경 쓰여. 이번 사건에 토트가 관여하고 있다면, 분명 비밀의 방을 이용했을 거야. 토머스, 성당 안을 찍은 폐쇄회로 테이프를 구할 수 없을까?"

"마들렌 성당은 지금 한창 공사 중입니다. 관광객은 물론 외부인도 드나들지 않습니다."

"그곳에 드나든 사람을 확인하면 좋을 텐데……."

그동안 헤럴드는 비밀의 방에 들어가려고 여러 차례 시도했으나 뜻을 이루지 못했다. 비밀의 방은커녕 그 근처에도 가보지 못했다. 우여곡절 끝에 성당 안의 복도까지 들어서는 데는 성공했지만, 한 신부에게 발각되어 절도범으로 몰리는 수난을 겪기도 했다.

헤럴드는 자리에서 일어났다.

"어디 가시게요?"

"조금 후에 로렌 박사를 만나기로 했어."

그때 초인종 소리가 울렸다. 잠시 후 택배 직원이 문 앞에 조그만 상자를 내려놓았다.

"이건 박사님에게 온 건데요."

수취인의 이름에는 헤럴드의 이름이 또박또박 적혀 있었다.

"나에게?"

누굴까? 헤럴드가 토머스 집에 머물고 있는 것을 아는 사람은 그의 아내뿐이었다. 발신인에는 아무런 이름도 적혀 있지 않았다. 헤럴드는 조심스레 상자를 뜯었다.

"아!"

상자 안에 들어 있는 것은 그의 저서인 『19세기 제국주의 시대의 비밀조직』이었다. 책의 표지 한가운데는 사람의 발톱이 유리테이프에 착 달라붙어 있었다.

"이, 이건 사람의 발톱!"

토머스는 인상을 찡그렸다.

"토트가 내게 보내는 경고의 메시지로군. 아마 이것은 세자르의 발톱일거야."

헤럴드는 무덤덤하게 말했다. 책표지에 달라붙은 발톱은 마치 악마의 상징 같았다.

"토머스, 기분이 어떤가?"

"……."

"이걸 보낸 자가 누구인지는 몰라도 우리를 잘못 본 거 같지 않나?"

헤럴드는 배시시 웃었다. 그제야 토머스도 헤럴드의 말뜻을 알아차리고는 미소를 흘렸다.

"그러게 말입니다. 우릴 너무 우습게 본 것 같은데요."

"갑자기 아드레날린이 마구 솟구치는군. 이제야 비로소 제대로 된 게임이 되겠어."

"전 싱거운 게임은 싫습니다."

"마찬가지야. 게임은 지금부터야!"

헤럴드는 묘한 쾌감으로 온몸이 자지러들었다.

"안녕하십니까, 어르신."

최동규는 남길준에게 깍듯하게 고개를 숙였다.

"마침 잘 왔네. 그동안 자넬 얼마나 찾았는 줄 몰라. 허허"

남길준은 고서가 쌓여 있는 문 앞까지 걸어 나와 최동규를 맞이했다. 최동규는 남길준의 갑작스런 호의적인 태도에 어찌할 바를 몰랐다. 처음 그의 집을 찾았을 때, 남길준은 인사는커녕 눈길 한 번 주지 않았다.

"그렇지 않아도 전화를 한 번 더 넣으려던 참이었어. 쿨럭쿨럭."

남길준은 애써 환한 미소를 지었지만, 안색이 좋아 보이지 않았다.

"파리에 갔었다고?"

"예."

"진작에 말했으면 좋았을 걸. 난 자네가 그런 중요한 위치에 있는 사람인줄 미처 몰랐네. 허허."

"아닙니다. 어르신."

"파리에 간 일은 잘되었나? 그들이 선뜻 그 의궤를 내준다고 하던가?"

남길준은 최동규가 외규장각 도서 협상을 위해 파리에 간 것으로 착각하고 있었다.

"시간이 좀 더 걸릴 것 같습니다."

"그래? 허허. 어쨌든 잘 진행시키게. 그래야 조상들을 볼 면목이 있지 않겠나."

"명심하겠습니다."

"내 자네를 찾은 건 다름이 아니고…… 이 책을 보게나. 이 안에 바로 자네가 가지고 왔던 외규장각 그림이 그려져 있네."

남길준이 내민 책은 낡은 고서로, 책의 제목은 『진권문집』이었다. 책표지에 적혀 있는 '진권'이라는 글자가 예사롭지 않게 다가왔다.

"이 책을 보니 진권회에 대해 아주 자세하게 나와 있더군. 내가 일전에 진권회에 대해 말한 적이 있지?"

"예. 교서관 출신의 젊은 사서들의 모임이라고 했습니다."

"그래그래. 여기에는 조경환의 이름도 있어."

조경환? 최동규는 어깨를 움찔거렸다.

"이 책은 어디에서 난 겁니까?"

"어디서 나긴, 바로 이 방에서 찾아낸 거지. 대충 이 책을 살펴보니 진권회는 규장각 내에 금단고라는 비밀 서고를 만들어 조선의 금서와 금속활자본을 보관하고 있었더군. 그런데 참으로 희한한 게 있어. 여길 보게."

남길준은 책의 속표지를 펼쳐 보였다. 순간 최동규의 입이 쫙 벌어졌다. 속표지 아래에는 한국의 고서에서는 좀처럼 볼 수 없는 영문자가 새겨져 있던 것이었다.

Juber-Ridel

"이, 이게 뭐죠?"

"나도 그걸 보고 한참 놀랐지. 조선의 고서에 이런 글이 적혀 있는 건 처음 보거든. 허허."

정말 신기한 일이었다. 얇은 펜촉으로 적혀 있는 것으로 봐서 조선 사람이 적어 넣은 글씨 같지는 않았다.

"하도 궁금하길래 책깨나 아는 친구들을 만나 물어봤지. 그런데 강화에서 발견된 책 중에는 아주 가끔 이처럼 속표지에 영문자 이름이 새겨져 있는 책이 있다고 하더군."

"예?"

"병인양요 당시 불란서 군인들이 책을 가져가려고 할 때 미리 여기에 자신들의 이름을 적어 넣었다는 게야. 이를테면 미리 침을 발라놓은 거지. 허허. 아마 내가 보기에 이 책은 불란서 군인들이 강화에서 철수할 때 미리 챙기지 못하고 여기에 남겨둔 채 떠난 것 같아."

최동규는 고개를 갸웃거리며 다음 장을 펼쳤다. 면지에는 남길준의 말대로 외규장각의 윤곽이 또렷하게 그려져 있었다. 그러나 그의 관심은 속표지에 있는 그 영문자로 쏠렸다.

"주베르와 리델이라…… 리델이라면?"

"리델이라는 사람은 조선 6대 교구장을 지낸 불란서 출신의 신부야. 그러니까 병인박해 당시 중국으로 탈출해 조선의 천주교 탄압을 알린 인물이지."

한국 천주교 사상 최대의 순교자를 낸 병인박해가 본격화된 것은 1866년 3월 4일이다. 대원군은 전국에 배포된 천주교 서적과 그 판본(板本) 일체를 압수하여 불태우라는 명령을 내렸다. 그리고 조선교구 제4대 교구장이었던 장 베르뇌 주교와 3명의 프랑스 파리 외방전교회 소속 신부들을 새남터 형장에서 군문효수(軍門梟首)형에 처했다. 병인박해에서 용케 살아남은 3명의 선교사 중 리델 신부는 조선을 탈출하여 중국 톈진(天津)에 있는 프랑스 해군사령관 로즈 제독에게 이 사실을 보고했다. 이에 프랑스 함대가 강화도를 침범했는데, 이 사건이 바로 병인양요다.

리델 신부는 병인양요 당시 로즈 제독의 통역관을 맡고 있었다.

"주베르라는 인물은 누굽니까?"

"그건 나도 모르겠어. 리델이라는 신부와 함께 있으니 그도 신부가 아닐까?"

최동규는 어느새 『진권문집』이라는 책에 깊숙이 빨려 들어가고 있었다. 이 책은 속표지나 면지 등 조선의 고서와는 여러모로 달라 보였다.

"어르신."

최동규가 낮은 목소리로 남길준을 불렀다.

"이 책을 제가 좀 빌려가도 되겠습니까?"

그는 금방이라도 불호령이 떨어질 것을 알면서도 혹시나 해서 조심스럽게 물었다. 오늘따라 호의적으로 나선 그의 태도로 봐서 잘하면 이 책을 빌릴 수도 있다는 생각이 들었다.

"그렇게 하게."

남길준은 군말 없이 순순히 그 책을 내주었다.

"고맙습니다."

"그 대신 꼭 가져와야 하네."

7

규장각 내에 '금단고'라는 비밀 서고가 만들어진 것은 정조 중기 때였다.

규장각 교서관 출신의 사서들은 호학 군주인 정조의 총애를 받으며 규장각 내의 도서를 관리하는 역할을 맡았다. 끔찍이도 책을 아꼈던 정조는 교서관 출신의 사서들과 토론을 갖는 등 그들과 책에 관해 환담을 나누며 잘 어울렸다. 그러나 정조는 베이징의 유리창(琉璃窓)에서 수입된 서양학 서적들, 천주학이나 서양기술학, 지리학, 고증학, 양명학, 소품, 소설 등의 이단적인 서적들의 유통을 금지시키면서 이들과 사이가 멀어졌다. 이른바 문체반정(文體反正)이었다. 공교롭게도 조선시대 금서가 가장 많이 배출된 시기도 정조 때였다. 정조의 문체반정이후 교서관 출신의 사서들은 하나의 비밀 결사를 조직했는데, 그것이 바로 진권회(眞卷會)였다. 당시 교서관의 수장이었던 박제가는 먼저 정조가 금하고 있는 금서들을 따로 관리하였고, 이를 금단고라고 하는 특별 서고에 비밀리에 소장하였다. 박제가와 진권회의 회원들은 정조는 물론 일반 규장각 각신들도 모르게 이 금서들을 관리했다. 그 후로 진권회는 꾸준히 규장각의 교서관을 중심으로 조선의 군주가 금서로 정한 책들을 모으고 그 명맥을 유지했다.

그러나 원래 진권회의 임무는 다른 데 있었다. 비록 이들이 정조와의 갈등으로 인해 금서를 보관하는 임무를 가지고 조직되었으나, 점차 금서가 줄어들면서 이들은 본연의 임무로 돌아갔다. 그것이 바로 금속활자를 개발하는 것이었다. 정조가 죽은 뒤에 진권회는 조선의 금속활자를 체계적으로 연구하고 새로 개발하는 데 역점을 두었다. 조선의 금속활자는 새로운 군주가 왕좌에 오를 때마다 그 권위의 표시로 새로운 금속활자를 만드는 것이 관례화되어 있었다. 태종은 계미자(癸未字)를, 세종은 경자자(更子字)를 만들어 금속활자의 획기적인 발전을 이루었다.

그러나 대원군 시대에 접어들면서 진권회는 커다란 위기를 맞이하였다. 대원군이 규장각 내의 도서들을 종친부로 옮기는 등 혁신 작업을 시작한 것이다. 이에 위기를 느낀 진권회는 금서와 조선의 대표적인 금속활자본을 따로 보관할 장소의 필요성을 느꼈다. 당시 규장각 대제학인 김병기는 여러 장소를 물색한 끝에 '금단고'를 대체할 곳으로 강화 외규장각에 새로운 비소를 만들었다. 이 비소를 관리하는 역할을 맡은 자가 규장각 교서관 출신의 조경환이었다.

『진권문집』에는 진권회에 대한 상세한 설명이 적혀 있었다. 정조 이후부터 내려온 회원들의 명단과 간단한 강령, 그리고 진권회 회원으로서 갖추어야 할 덕목 등이 차례대로 적혀 있었다. 회원 명단에는 대원군이 집권하기 전인 철종 때의 조경환과 김탁우의 이름도 보였고, 대제학인 김병기의 이름도 있었다. 그리고 이들이 특별히 소장하고 있는 책의 목록도 있었는데, 그곳에는 '금단고'라 하여 규장각 내의 특별 구역임을 표시하고 있었다. 『진권문집』은 규장각 내의 책의 역사이며, 책에 관한 모든 것이 기록되어 있었다. 그러나 『진권문집』의 원저자의 이름은 나와 있지 않았다. 작자 미상인 것이었다.

『진권문집』에는 외규장각 비소에 보관한 금서의 목록도 있었다. 그것의 일부는 조경환의 그림 속에 있는 금서 목록과 일치했다. 이 책에서는 진권회가 금서를 강화 외규장각에 보관하게 된 사유를 다음과 같이 밝히고 있었다.

> 책이라 함은 인간의 생명과 달라 영혼과 육신이 하나로 된 효험한 영물(靈物)이다. 그러나 이런 영생(永生)의 이치를 깨닫지 못하고 본뜻을 저버리는 이가 있어 귀인(貴人)의 경전을 해하려 하니 이 어찌 가만히 볼 수 있단 말인가. 하여 이 책의 영생을 위하여 일시적으로 피난의 길을 모색하던 바 강화 외각(外閣)이 적당하여 이곳에 부득이 비소(秘所)를 만들어 보관토록 한다. 그것이 세도의 칼날으로부터 벗어나 책을 아끼는 자의 책무이며 도리가 아니겠는가.

『진권문집』은 금서 목록뿐만 아니라 조선의 금속활자본의 목록도 체계적으로 정리해놓고 있었다. 진권회는 금속활자를 만들고 이 책을 보존하는 데 대단한 자부심을 느끼고 있었던 것이다. 조선시대 금속활자의 효시로 일컬어지는 태종의 계미자에서부터 정조의 정유자(丁酉字)에 이르기까지 각 활자로 찍어낸 책을 연대별로 정리하고 있었다.

진권회는 조선의 금속활자에 남다른 애착을 가지고 있던 것이었다. 『진권문집』에는 이 책들이 만들어진 과정도 간략하게 소개하고 있었다.

1403년 2월 태종은 주자소를 설치하고 동활자의 주조를 명하였는데, 이때 수개월 걸려 완성된 활자가 계미자이다. 이 계미자는 그해의 간지를 따서 이름을 붙였으며, 밀랍에 잘 꽂힐 수 있도록 그 끝은 송곳 모양으로 뾰족하게 만들어졌다. 그러나 인쇄 중에 자주 동요가 생겨 수시로 밀랍을 녹여 부어 바로잡아야 했기 때문에 하루에 수지(數紙)밖에 찍어내지 못하였다.

이 조판기술은 1420년(세종 2년)에 만들어진 경자자에서 크게 발전하였다. 활자와 조판용 동판을 평정하고 튼튼하게 만들어 서로 잘 맞도록 하였다. 인쇄 중 밀랍을 녹여 사용하지 않아도 활자가 움직이지 않아 인쇄 부수가 계미자보다 훨씬 늘어나 하루에 20여 지를 찍어냈다.

세종은 1434년 7월에 또다시 개주에 착수하여 큰 자와 작은 자의 동활자 20여만 개를 만들었다. 이것이 갑인자이다. 이는 글자체가 매우 아름답고 명정한 필서체이며, 일명 위부인자(衛夫人字)라고도 일컬었다. 이 갑인자에 이르러 활자의 네모를 평평하고 바르게, 그리고 조판용 동판도 완전한 조립식으로 튼튼하고 정교하게 개조하였다. 이를 대나무만으로 빈틈을 메워 조판하는 인쇄 단계로까지 발전시켜 하루의 인출량이 40여 지로 대폭 증진되었다.

조선의 금속활자는 조선 후기에 들어서 더욱 발전을 거듭하였다. 정조는 문예진흥정책에 치중하고 역대 선왕의 인쇄 정책을 발전시키는 데 힘썼고, 조선 후기 활자인쇄문화를 더욱 찬란하게 꽃피웠다. 정조가 즉위한 뒤에는 정유자, 재주한구자, 조윤형(曺允亨)과 황운조(黃運祚)의 글씨를 자본으로 한 춘추강자(春秋綱字) 등을 차례로 만들어 활자인쇄를 발전시켰다. 그리고 후기에는 청나라와의 인쇄문화 교류를 통하여 새로운 자양(字樣)의 활자를 만들어내는 데 역점을 두었다.

『진권문집』에는 태종에서부터 철종 8년(1857년)에 주자소가 화재로 소실되기까지의 조선의 금속활자에 대해 상세하게 기록하고 있었다. 이들은 철종 이후 새로운 활자가 만들어지지 않은 것에 대해서도 매우 안타까운 일이라고 적고 있었다.

'이건 정말 진귀한 책이로군.'

최동규는 『진권문집』이 그저 진권회원들의 신변잡기식의 문집인 줄로만 알았다. 그러나 책장을 넘길수록 그 안에는 귀중한 내용이 담겨 있었다. 지금까지 조선의 고서에서 이처럼 금속활자를 체계적으로 서술한 책은 없었다. 이 책은 파리 기메 박물관에서 보았던 샤를르 바라의 『한국 중세 시대의 고서 연구』보다 구체적이고 더 상세한 내용을 담고 있었다. 아니, 그 책과는 아예 비교가 되질 않았다.

그런데 『진권문집』에서 가장 눈길을 끈 것은 맨 마지막 부분에 있었다. 그곳에는 조선의 금속활자뿐만 아니라 고려의 금속활자도 다루고 있었다. 바로 『직지심체요절(直指心體要節)』과 『고금상정예문(古今詳定禮文)』이 보였던 것이다.

최동규는 잠시 『진권문집』을 덮고 숨을 골랐다. 이들이 써내려간 문집 안의 기록은 서지학의 기초가 없던 당시로서는 획기적인 것이었다. 이들은 금속활자본의 특성과 주조 과정, 그리고 제작 연대를 매우 체계적으로 서술하고 있었다.

'이건 또 뭔가?'

최동규는 『진권문집』의 겉표지를 유심히 바라보았다. 『진권문집』이라고 적혀 있는 글자 주위에 무언가 희미한 것이 보였다.

'이것은 능화문이 아닐까?'

장덕진의 마술쇼…… 최동규는 고서 감정가인 장덕진이 파본된 고서 표지에서 연꽃 문양을 찾아낸 장면을 떠올렸다. 최동규도 장덕진이 그랬던 것처럼 『진권문집』의 표지에 대고 연필로 문질렀다. 예상대로였다. 겉표지에 숨어 있던 하나의 문양이 서서히 모습을 드러낸 것이다. 이 문양은 소나무 같았다.

최동규는 장덕진에게 전화를 걸었다. 장덕진의 대답은 간단하고 명쾌했다.

"소나무는 비밀과 약조를 뜻하는 것일세."

유네스코 산하 세계문화유산위원회(WHC)는 1972년 제17차 유네스코 정기총회에서 인류의 소중한 유산을 보호하기 위해 제정되었다. 세계문화유산위원회는 매년 6월 전체회의를 열어 여러 국가들이 신청한 문화유산과 자연유산 중에서 선정한다. 세계유산은 문화유산, 자연유산, 문화와 자연 특성을 동시에 충족하는 복합유산의 세 가지로 구분되며 그중 특별히 '위험에 처한 세계유산'은 별도로 지정된다.

이 위원회가 창설된 배경에는 프랑스 지식인들의 요구가 절대적으로 반영되었다. 프랑스 지식인들은 이 위원회를 창설하여 세계문화재를 보호한다는 기치를 내걸었다. 그러나 이는 어디까지나 명분에 불과할 뿐, 사실은 암거래상들의 문화재 밀반출을 막기 위한 특단의 조치였다. 프랑스 문화계의 가장 큰 골칫거리는 파리와 리옹에 거점을 둔 암거래 조직이었다. 이들은 박물관이나 도서관에 소장되어 있는 고서나 유물들을 파리에 주재해 있는 각국 외교관들을 통해 비싼 값에 팔았다. 파리의 박물관과 도서관에는 여전히 일반에 공개되지 않은 문화재가 상당수 있었다. 이들 암거래 조직은 이런 문화재를 필요로 하는 국가의 외교관에게 접근해 문화재를 밀거래했던 것이다. 암거래상들이 특히 눈독을 들인 것은 프랑스 박물관이나 도서관에 은밀히 소장되어 있는, 외부에 잘 알려지지 않은 문화재들이었다.

이들 프랑스 암거래상들로부터 문화재를 가장 많이 사들인 나라는 이스라엘과 중국이다. 중국은 뭉칫돈을 들고 해외 경매시장에서 그들의 문화재를 닥치는 대로 사들였다. 그러나 이들이 선호하는 대상은 합법적인 경매 시장이 아닌, 프랑스의 암거래상들이었다. 이스라엘 역시 히브리어로 된 고서나 박물관 지하에 있는 이스라엘 유물들을 유대계 프랑스 암거래상을 통해 구입했다. 특히 이스라엘은 프랑스 대사관에 문화재 매매 담당 관리를 둘 정도로 열성적이었다.

세계문화유산위원회가 발족되고 프랑스 암거래상들의 활동은 현저히 줄어들었다. 세계문화유산위원회의 세부 조항에 명문화되어 있지는 않지만, 각국의 외교관 사이에는 문화재 거래 행위에 대한 강력한 불문율이 존재했다. 외교관이 문화재를 취득하거나 수집할 경우에는 반드시 해당 국가의 정부로부터 허가를 받아야 한다는 것이었다. 이를 어겼을 경우에는 세계유산기금(WHF)으로부터 재정적 원조를 받을 수 없도록 규제했다. 세계문화유산위원회는 파리 유네스코 본부에 있다.

헤럴드가 철문을 열자, 대학 강당 크기 만한 거대한 창고가 드러났다. 헤럴드는 창고 옆의 전등 스위치를 올린 뒤 창고 안으로 들어섰다. 정현선은 철문 앞에 멀뚱히 선 채 경이로운 시선으로 창고 안을 둘러보았다. 교회 밖에서 볼 때와는 전혀 딴판이었다. 파리 외곽의 작은 교회의 지하에, 이런 커다란 창고가 있으리라고는 생각하지 못했다.

"여기가 대체 어디죠?"

"보다시피 교회의 지하입니다."

헤럴드가 한 쪽 눈을 찡긋거리며 장난기 있는 표정을 지어 보였다. 입가에 미소를 매달고 있는 헤럴드는 마치 개구쟁이 소년 같았다. 은발의 멋진 노신사에게도 이런 천진한 표정이 있다니, 정현선은 절로 웃음이 나왔다. 헤럴드는 만남의 시간이 길어질수록 호감이 가는 스타일이었다.

"여긴 유네스코 세계문화유산위원회의 창고입니다."

창고 안에는 낯익은 골동품이 뒤죽박죽 섞여 있었다. 한 쪽 벽에는 골동품 상가에서나 볼 수 있는 오래된 가구, 촛대, 서랍 등이 놓여 있었고, 다른 벽에는 미술품들이 진열되어 있었다. 그야말로 잡동사니 천국이었다. 그러나 창고에 있는 물건들은 예사롭지 않아 보였다.

"세계 각국의 유물들을 모아놓은 곳이죠."

세계의 유물을 왜 이런 조잡한 곳에 보관하고 있을까? 유물들은 제멋대로 방치된 채 자리를 잡지 못하고 이리저리 굴러다니고 있었다. 붉은 빛의 점토 항아리는 관리를 잘못한 탓인지 아예 거꾸로 누워 있었다.

"후후. 그리 놀랄 것 없소. 여기에 있는 유물들은 모두 모조품이오."

"모조품이요?"

"그래요. 유물 전시회 행사에 차질이 생기거나 진품의 안전이 염려될 때 여기에 있는 모조품으로 전시를 하죠."

정현선은 그제야 알겠다는 듯이 고개를 끄떡였다.

"일종의 짝퉁이로군요."

"맞아요. 짝퉁. 하하."

그러나 모조품치고는 작품의 수준이 꽤 높아 보였다. 시칠리아에서 발견된 청동항아리나 빅스 항아리, 에트루니아의 그릇류, 중국의 도자기 등은 눈으로는 진품을 확인하기가 쉽지 않았다. 중국 도자기 옆으로는 고려청자도 보였다. 창고 왼쪽으로는 미술품들도 길게 줄지어 서 있는데, 언뜻 보기에 밀레의 그림도 있었다.

"로렌, 이리 와봐요."

헤럴드는 모조 유물들을 지나 대형서가 앞에 걸음을 멈추었다. 그곳에는 수많은 고서들이 서가에 꽂혀 있거나 아무렇게나 누워 있었다. 이 고서들은 관리를 제대로 하지 못한 탓인지 먼지가 뿌옇게 쌓여 있었다.

"이 고서들도 모조품인가요?"

"하하. 책을 어떻게 모조품으로 만들 수 있겠어요. 이것들은 모두 진품입니다. 이 책들은 대부분 19세기 후반 아시아에서 프랑스로 유입된 책들이죠. 프랑스의 문화재국은 외교관이나 학자, 그리고 탐험대들이 가져온 고서들을 보통 세 군데로 나누어 보관했습니다. 가장 가치가 있다고 판단되는 책은 파리 왕실도서관과 개선문 내에 있는 고문서 박물관에 보관했고, 그 다음에는 각 대학 도서관과 지역 도서관에 보냈습니다. 그리고 나머지는 골동품 상가나 헌책방 가게인 부나키스트들에게 들어갔죠. 여기에 있는 이 책들은 부나키스트들에게서 값싸게 구입했거나 경매장에 나왔는데도 팔려나가지 않은 책들입니다. 이를테면 사료 가치가 별로 없는 책들이죠. 로렌도 이 책들을 보면 알겠지만, 대부분이 극동과 중동 아시아의 책들입니다. 여기에는 한국의 고서들도 꽤 있습니다. 간혹 이 책들 중에는 뒤늦게 사료 가치를 인정받아 프랑스 국립도서관으로 간 책들도 있어요."

서가에는 한국 고서들도 적지 않게 눈에 띄었다. 정현선은 중국 책과 뒤섞여 있는 한국의 고서를 대충 훑어보았다. 그것은 대부분 조선 후기 사대부들이 쓴 개인문집이었다.

"내가 로렌을 왜 이리로 데리고온 줄 알아요?"

헤럴드는 갈색 가죽 가방에서 낱장의 문서를 꺼냈다.

"이 문서는 1862년 독일의 고서 수집상에게 책을 양도한다는 계약서입니다. 이 문서의 맨 아래를 봐요."

문서의 맨 아래에는 작은 문양의 인장이 찍혀 있었다.

"이 문양이 낯이 익지 않나요?"

"이것은 유네스코 세계문화유산위원회의 상징 심벌 아닌가요?"

"맞아요. 이 문양은 1978년에 처음 도안한 것이죠. 그런데 이 로고는 이미 1862년에도 존재하고 있었어요."

세계문화유산위원회의 상징 로고는 둘레는 원으로 되어 있고 가운데는 마름모 꼴의 사각형으로 되어 있다. 사각형은 인간이 만든 형상이며 원은 자연을 의미한다. 사각형과 원이 서로 연결되어 있는 것은 인간과 자연이 밀접한 관계라는 것을 나타낸다.

"원래 원이 그려진 세계문화유산위원회의 로고에는 World Heritage Patrimonine Mondial이라는 문구가 적혀 있죠. 그런데 이 문서에 찍혀 있는 글을 봐요."

헤럴드가 내민 1862년 양도 계약서에 찍혀 있는 문양의 원 둘레에도 글이 적혀 있었다.

Tracking history of their heritage

"무슨 뜻인지 알겠어요?"

헤럴드가 물었다.

"그들의 유산과 역사를 추적한다는 뜻인가요?"

정현선이 고개를 갸웃거리며 말했다.

"로렌, 잘 봐요. 이 글자들의 머릿글을 조합해봐요."

Tracking history of their heritage

Thoth

아! 그것은 바로 Thoth(토트)가 아닌가! 정말 절묘한 조합이었다. 그렇다면 이 문양은 토트의 상징 문구란 말인가!

"토트는 고문서나 유물을 비밀리에 거래하거나 최초로 발굴하고 유입했을 때는 따오기 문양을 새겨 증표로 삼았죠. 토트 회원은 이런 문양을 새겨 넣는 것을 무척 영광으로 여겼어요. 그것은 곧 자신이 고문서나 유물의 최초 발굴자라는 것을 의미하는 것이기 때문이죠. 그리고 투명한 거래를 할 때나 정부 및 공식적인 기관에 선보일 때는 바로 이 문양을 사용했죠."

"그렇다면 세계문화유산위원회의 문양은……."

"토트와 밀접한 관계가 있다는 것이죠. 이 문양을 처음으로 도안한 인물이 미셸 올립입니다. 그의 할아버지는 앙리라는 인물로 19세기 말 리옹에서 제법 큰 골동품 가게를 운영했는데, 그 역시 토트의 비밀 회원이었죠. 당시 리옹은 프랑스의 문화재 거점 지역으로, 동양의 고문서나 유물들은 이곳을 거쳐 파리로 흘러 들어왔어요."

정현선은 헤럴드의 말이 믿어지지 않았다. 세계문화유산위원회가 처음 발족된 것은 1978년이었다. 제2차 세계대전 이후 자취를 감추었던 토트가 어떻게 세계문화유산위원회와 연관이 있다는 소리인가. 시기적으로 토트와 세계문화유산위원회는 일치하지 않았으나, 로고에 새겨진 문구는 그럴듯하게 다가왔다. 원 둘레에 적혀 있는 문구처럼 토트(Thoth)라는 단어가 주는 느낌이 그들의 행동과도 얼핏 맞아떨어지고 있었다. 정현선은 뒤늦게 헤럴드가 왜 토트에 반쯤 미치게 되었는지 이해가 갔다. 정말 그곳은 작심하고 한 번 들어서게 되면 쉽게 나올 수 없을 것 같았다.

"로렌, 이걸 보세요."

헤럴드는 또 다른 문서의 사본을 보여주었다. 순간 정현선은 자신의 눈을 의심했다. 그것은 바로 「기사진표리진찬의궤(己巳進表裏進饌儀軌)」의 대금청구서였다. 이 문서는 정현선도 잘 알고 있었다. 진표리진찬이란 조선의 중요한 절기, 또는 국가와 왕실에 경사가 있을 때 궁중연회에서 옷감을 바치는 잔치로, 조선 후기의 대표적인 궁중 문화이다.

이 책은 1866년 프랑스 군대가 약탈해간 외규장각 의궤 도서의 하나로 현재 대영박물관에 보관되어 있다. 이 책이 영국으로 건너간 것은 1894년으로, 영국박물관이 파리의 한 치즈상회로부터 이 책을 10파운드에 구입한 것이다. 치즈상회 주인은 병인양요에 참가했던 프랑스 수병인데, 약탈 도서 가운데 한 권을 빼돌렸다가 훗날 영국에 팔아넘긴 것이다. 헤럴드가 내민 것은 바로 이 책의 매매를 알리는 대금청구서였다.

'어떻게 헤럴드가 이런 문서를 가지고 있단 말인가.'

헤럴드가 한국 고서에 대해 많은 것을 알고 있다고 여겼지만, 이 정도일 줄은 정말 몰랐다. 헤럴드의 한국 고서 수집 능력은 상상을 훨씬 넘어서고 있었다.

"세자르가 살해됐다는 소식을 들은 뒤부터 그 배경에는 한국의 고서가 있을 것으로 판단했어요. 세자르는 한국과의 고서 반환 협상의 책임자였기 때문이죠. 또한 세자르가 죽기 이틀 전에 루앙을 만났다는 것도 제게 이 같은 확신을 심어주었어요. 그래서 그동안 모은 한국 고서 자료를 하나하나 다시 찾았고, 창하오를 직접 찾아가 그에게 자료 도움을 요청했어요. 그런데 마침 창하오가 가지고 있던 자료 중에 이것이 있더군요."

"헤럴드, 정말 놀랍군요!"

정현선은 헤럴드를 존경의 눈빛으로 바라보았다.

"바로 이 대금청구서에도 토트의 문양과 함께 이 글귀가 새겨져 있죠."

Tracking history of their heritage

그랬다. 대금청구서 맨 아래에는 이 글귀와 함께 세계문화유산위원회의 로고가 선명하게 새겨져 있었다.

"이 사본은 한 예에 불과해요. 프랑스 해군성 국립 공문서에도 토트의 문양이 있죠. 이제 내가 무슨 말을 하는지 알겠어요?"

"……?"

"로렌이 최초로 발견한 『직지』와 외규장각 도서라고 알려진 한국 중세의 의궤 도서도 바로 토트에 의해 프랑스로 유입되었던 겁니다."

"그럼, 외규장각 도서도 토트가 관여했다는 겁니까?"

"중국에서 프랑스 군대를 이끌고 한국을 침략했던 로즈 제독이 바로 토트의 비밀 회원이었어요. 그가 당시 프랑스 국왕이었던 나폴레옹 3세와 해군성 장관에게 보낸 편지에도 그 내용이 잘 나타나 있죠. 특히 로즈 제독은 해군성 장관에게 보낸 편지에도 토트의 문양을 사용하고 있었어요. 이는 해군성 장관도 토트의 일원이었다는 것을 증명하는 겁니다."

헤럴드는 가방에서 또 한 장의 종이를 꺼냈다.

한국 국왕이 간혹 거처하는 저택에는 아주 중요한 것으로 여겨지는 수많은 서적들로 가득 찬 도서실이 있습니다. 우리 군대는 공들여서 포장한 340권을 수집하여 이를 각하께 보내드리오니 부디 이를 왕실 도서관에 잘 소장토록 했으면 합니다.

"이 편지를 작성한 자는 로즈 제독으로 바로 해군성 장관에게 보낸 편지죠."

정현선은 빠르게 편지 아래를 훑어보았다. 이 편지 아래에도 역시 토트의 상징 로고와 함께 그 글귀가 적혀 있었다.

로즈 제독은 강화 외규장각에서 한국의 고서를 약탈한 뒤 프랑스 해군성 장관에게 편지를 보냈다. 이 편지에는 1866년 10월 16일에 강화의 한 창고 속에서 19상자의 은괴를 발견한 사실, 10월 20일에는 왕실 서고에서 귀중해 보이는 책들을 찾아 340여 점을 파리로 보낸 일을 적고 있었다. 훗날 파리에 도착한 이 책들은 왕실도서관과 기메 박물관, 동양어학교 도서관, 그리고 골동품 상가로 나누어져 흩어졌다. 처음 이 외규장각 의궤 도서에는 중국책 분류 번호가 그대로 붙어 있었다.

"세자르와 한국의 고서, 그리고 토트는 서로가 뗄 수 없는 관계죠. 그것뿐이 아니라 왕웨이가 찾아낸 돈황의 고문서인 『왕오천축국전』도 펠리오가 찾아낸 책이죠. 펠리오 역시 당시 프랑스의 탐험대로 토트의 비밀 회원이었어요. 잘 봐요. 왕웨이나 상트니 역시 한국의 고서와 연관이 있지 않나요?"

헤럴드는 여전히 세자르 사건의 초점을 토트에 맞추고 있었다. 그러나 정현선은 세자르가 발견했던 한국의 고서에 초점을 맞추었다. 그 한국 고서의 비밀이 밝혀지면, 세자르의 살해범은 물론 『왕오천축국전』의 행방도 찾을 수 있을 것이라고 믿었다. 정현선은 헤럴드의 생각과는 달리 토트와는 한 발짝 거리를 두고 있었다. 비록 로즈 제독이 보낸 편지나 「기사진표리진찬의궤」의 대금청구서에 토트의 문양이 새겨져 있는 것을 똑똑히 목격해도 마찬가지였다. 정현선에게 토트는 이 모든 의혹을 푼 다음에 해결해야 할 문제였다.

그때였다. 갑자기 창고 안이 어둠에 휩싸였다.

"불이 나갔어요."

정현선이 떨리는 목소리로 말했다.

"아무 소리도 내지 말고 이리로 와요."

헤럴드가 라이터를 켜자, 그의 얼굴이 어슴푸레 드러났다.

"내 손을 잡아요."

정현선은 헤럴드가 내민 손을 잡았다. 그녀는 헤럴드가 이끄는 대로 케케묵은 고서가 있는 대형서가 뒤쪽으로 다가갔다.

"헤럴드."

"쉿. 아무 소리도 내서는 안 돼요."

그들은 대형서가 뒤에 몸을 숨기고 사람의 소리가 들려오는 창고의 입구 쪽을 바라보았다. 잠시 후 창고 문이 열리고 창고 안은 다시 환해졌다.

창고 안으로 들어온 두 명의 사내는 미술품이 진열된 곳으로 걸음을 옮겼다. 그들은 그곳에서 커다란 종이 상자를 끄집어냈다. 상자는 모두 세 개였는데, 하나같이 혼자 힘으로는 옮길 수 없을 정도로 크고 무거워 보였다. 두 명의 사내는 뭐라 저희들끼리 구시렁거리며 종이 상자를 날랐다.

잠시 후 마지막 상자를 싣고 나간 사내는 창고 안의 스위치를 내렸다. 창고는 다시 어둠에 휩싸였다.

"이젠 됐어요."

헤럴드는 천천히 창고 입구 쪽으로 걸어가 불을 켰다.

"이게 어찌된 일이죠?"

"창고 경비원과 사전에 약속된 겁니다. 누군가 창고에 오면 창고 스위치를 내려 신호를 보내기로 한 거죠."

"그러면 여기에 온 것도……."

"여긴 유네스코 회원 이외에는 출입금지구역이에요."

"창고 경비원을 매수한 것이로군요."

"달리 도리가 없었죠. 하하."

"……."

"사실 저도 이런 창고가 있는 줄은 몰랐어요. 토트를 추적하다가 우연히 이곳을 알게 된거죠."

헤럴드의 표정이 다시 진지하게 바뀌었다.

"로렌, 세자르 사건을 풀기 위해서는 전설로만 알려진 한국의 고서, 그 책이 프랑스로 유입된 통로를 알아야 해요. 그 통로를 알게 되면 이번 사건의 실마리를 풀 수 있을 거예요."

"……."

"잘 생각해봐요. 왕웨이는 그의 편지에서 30년 전에 발견한 한국의 고서는 프랑스 국립도서관의 서지 목록에 없다고 했어요."

'전설의 책, 『왕오천축국전』, 19세기 토트의 비밀 회원……'

정현선은 정신을 가다듬었다. 19세기 한국 고서가 프랑스로 유입된 통로는 두 곳이다. 병인양요 당시 프랑스 군대가 약탈한 외규장각 도서와 플랑시와 쿠랑이 수집한 고서 등이다. 하나는 약탈품으로, 하나는 합법적인 수집품인 셈이다.

그동안 외규장각 도서가 알려지기 전까지 프랑스에 유입된 한국 고서는 모리스 쿠랑의 『조선서지』의 기록에 의지할 수밖에 없었다. 『조선서지』는 모리스 쿠랑이 고려시대의 고서에서부터 한말의 『한성순보(漢城旬報)』에 이르기까지 3,821종의 도서를 교회(敎誨), 사서(史書), 기예(技藝) 등 9부로 나누어 정리한 책이다. 동양어학교 출신인 쿠랑은 병인양요 때 가져온 프랑스 국립도서관의 장서, 동양어학교 도서관, 기메 박물관에 소장된 샤를르 바라의 문고, 대영박물관의 도서를 조사하여 『조선서지』를 펴냈다.

'한국 고서가 프랑스에 유입된 통로…….'

과연 이것이 밝혀지면 세자르가 찾아낸 '전설의 책'을 밝혀낼 수 있을까.

위대한 유산을 찾아서

1

리델 신부는 파리 외방전교회 소속의 프랑스 신부로, 1861년에 입국하여 베르뇌 주교와 함께 선교활동에 힘쓴 인물이다. 그는 조선에 머무르는 동안 수많은 편지를 프랑스에 있는 그의 가족에게 보냈다. 리델 신부가 쓴 편지를 책으로 엮은 것이 『리델 서한집』이다.

리델 신부가 글로 남긴 기록은 실로 방대하다. 그의 서한문, 보고문, 그리고 기록문 등은 한국천주교사와 병인양요의 기록으로 매우 높은 가치를 지니고 있다. 리델 신부의 육필 문서는 그 성격상 두 권의 문서집으로 정리될 수 있다. 제1권은 리델 신부가 그의 가족들에게 보낸 서한집으로 타자본 1천여 쪽에 달한다. 제2권은 조선의 교구장으로서 파리 외방전교회 본부 및 각 교회에 보낸 서한문들로 타자본 6백여 쪽에 이른다.

한국에서 간행된 리델 신부의 서한집은 한불문화교류회의 한승운 신부가 번역한 것이다. 이 단체는 프랑스에 있는 리델의 가족이 1백년 넘게 귀중하게 보관해오던 편지를 모아 한 권의 책으로 엮어냈다.

최동규는 『리델 서한집』을 훑어 내려갔다. 이 책에는 리델이 조선에 오게 된 동기나 선교활동을 하면서 겪었던 체험담, 신앙에 대한 그의 애절한 마음이 잘 나타나 있었다. 서한집의 중간에 이르기까지 벽안의 신부가 미지의 나라에서 겪었던 일상의 생활은 한 폭의 풍경화 같았다. 그러나 리델의 기록은 천주교의 탄압이 극에 달하던 병인박해를 몸소 겪으면서 상황이 급변하고 있었다. 조선에서의 탄압, 중국으로의 탈출, 로즈 제독과의 면담 등 리델은 이 무렵부터 이미 프랑스군과 조선군의 충돌을 예견하고 있었다. 급기야는 1866년 10월 프랑스 군대가 강화에 진주하면서부터 마치 전란의 기록을 보는 듯 급박하게 움직였다. 당시 리델 신부는 프랑스 군대의 총책임자였던 로즈 제독의 통역을 맡고 있었다. 프랑스 군대가 강화도에 머무르는 동안 그는 내내 전란의 현장에 남아 있었다.

최동규가 이 책에서 가장 주목했던 부분은 1866년 10월 20일의 기록이었다. 리델의 기록에는 프랑스 군대가 외규장각 도서를 약탈할 때의 모습이 생생하게 묘사되어 있던 것이다.

10월 16일 우리 군대는 강화 관아를 점령했다. 이곳에는 다량의 무기와 무기고들이 있었다. 활과 화살은 물론 다른 무기도 많았고, 이 무기들의 질은 매우 뛰어났다. 휘어도 부러지지 않는 검, 동과 철로 만든 여러 종류의 대포가 있었지만, 관리 상태는 그리 좋은 편이 아니었다. 이 강화 관아에는 팬케이크로 모양으로 된 은괴도 발견되었는데, 그 값어치가 15만 프랑은 넘어 보였다.

10월 20일 우리 군대는 강화를 정찰하다가 강화 행궁 안에 있는 서고를 발견했다. 이 안에는 조선의 훌륭한 책들이 소장되어 있었다. 조선 왕실 서고에 있는 이 책들은 모두 지질이 좋았고 보존 상태가 양호한 데다 모두 제목을 잘 붙였다. 책은 대부분 부피가 컸으며 진홍색 또는 초록색 비단으로 표지를 만들고 구리판을 대어 제본한 것들이었다. 그 속에 있는 그림들도 무척 독창적이었다. 임금의 외출을 그린 행차 그림, 왕실 혼례 그림, 임금의 장례 행차 그림 등이었다. 조선의 옛 역사를 기록한 책 60권도 있었고, 이 서고에는 2천 권 이상의 장서가 있었다.

"이 책들은 매우 진귀해 보이는군. 이 책들은 어떤 것인가?"

로즈 제독은 조선 왕실 서고에 있는 책들에 많은 관심을 보였다. 그는 관아에 있는 조선의 무기나 15만 프랑이 넘어 보이는 은괴보다도 이 책들에 더 많은 관심을 기울였다.

"이 책들은 조선 왕실에서 만든 책입니다. 책에 나타나 있듯 왕실의 행사를 정리하거나 그림으로 나타내 후대의 왕실에 그 본보기로 삼으려고 했던 것 같습니다."

내가 이 책들에 대해 설명을 하자 로즈 제독의 얼굴은 진귀한 보물을 얻은 듯이 매우 밝아졌다. 그것은 뜻밖의 행동이었다. 우리 군대의 총 책임자가 동양의 작은 나라의 책에 관심을 기울인다는 것이 내 눈에는 신기하게 보였다.

"이 책들을 해군성 장관에게 보내면 무척 좋아할 거야. 내가 친히 편지를 쓸 터이니 날이 밝는 대로 이 책들을 군함에 싣도록 하라."

나는 로즈 제독이 동양의 고서 수집에 특별한 애착을 가지고 있다는 것을 뒤늦게 알았다. 한 장교는 로즈 제독이 중국에 있을 때도 귀중하게 보이는 중국의 고서들을 닥치는 대로 수집해 프랑스 본국으로 보냈다고 했다. 고국에서는 이런 동양의 고서가 도착하면 파리 왕실 도서관에 소장할 정도로 좋은 대우를 받고 있다는 것이다.

그 후 리델은 주로 프랑스군과 조선군의 대치 상황을 세밀하게 묘사하고 있었다. 그때 이미 조선 사람 중에는 프랑스 군대와 은밀히 내통한 자들이 있었다. 그러나 남길준의 말과는 달리 이 세 사람 중에 조경환이라는 이름은 없었다.

최동규의 시선을 끈 것은 프랑스 군대가 강화에 진주한 지 이틀이 지난 후였다. 이 책에 조경환이라는 이름이 처음 등장한 것이다.

10월 22일 조선인 한 명이 우리 군대의 주둔지로 찾아왔다. 군대 주둔지에는 조선인이 한 명도 얼씬거리지 않아 그의 출현은 매우 뜻밖이었다. 그는 강화 주민과는 달리 좋은 옷을 입었고, 품위도 있어 보였다. 내가 서울에서 보았던 지체 높은 사람의 옷차림새와 비슷했다. 그는 우리 군대의 주둔지에 오면서 조금도 위축되지 않았고, 오히려 매우 당당해 보였다. 우리 군대 병사들은 그의 용맹스러운 태도에 당황했다. 그는 자신의 이름이 조경환이라고 밝혔다. 나는 그가 처음에는 조선 왕실에서 보낸 사신이라 여겼으나, 그는 왕실과는 무관한 사람이었다. 그는 통역을 맡고 있는 내게 오더니 이런 말을 했다.

"저는 강화 왕실 서고를 책임지고 있는 담당자입니다. 이 서고에 있는 책들은 다른 나라에서는 극히 보잘것없는 책에 불과합니다. 그러나 우리 조선 왕실에서는 매우 귀하게 여기는 책이니 부디 이 책들을 돌려주시기 바랍니다."

나는 대화를 통해 그가 어떤 인물인지 알게 되었다. 그는 강화에 내려오기 전에 서울에서 중간 관직을 맡았던 인물로 오래전부터 천주교를 신봉하던 신자였다. 무엇보다 천주교 신자라는 점이 그를 신뢰하게 만들었다. 더군다나 그는 신앙 때문에 관직을 박탈당할 위기를 겪기도 했지만, 여전히 천주교를 신봉하고 있다고 해서 나를 감복시켰다. 그러나 로즈 제독은 왕실 서고에서 가져온 책을 돌려주지 않았다. 그 사람은 매우 실망한 표정으로 사라졌으나 다음 날 또 우리 군대의 주둔지에 나타났다.

그로부터 그는 우리 군대에서 가장 두려운 존재가 되었다.

'두려운 존재라…….'

그러나 아쉽게도 '두려운 존재'라는 그 한 마디만 나왔을 뿐 더 이상 조경환의 기록은 나타나지 않았다. 이 책의 특성상 조경환이라는 한 개인에게 많은 부분을 할애할 수 없었던 것이다.

그후 『리델 서한집』은 조선군과의 전투 상황에 상당한 비중을 두고 있었다. 프랑스군은 주둔지에서 조선군의 강력한 저항에 부딪쳐 고전을 면치 못했다. 정족산성에서 양헌수(梁憲洙)가 이끄는 조선군과의 전투는 그들에게 패전을 알리는 결정적인 계기가 되었다.

병인양요가 막바지에 이르렀을 무렵, 또 다른 글이 최동규의 시선에 잡혔다. 그날은 프랑스 군대가 철수를 결정하기 바로 전날이었다.

> 로즈 제독은 드디어 철수를 결정했다. 우리 군에게 사상자가 생긴 것은 뜻밖의 일이었다. 로즈 제독은 물론 지휘관들은 이 일을 무척 수치스럽게 여겼다. 강화 주민에게 호의적이던 군인들도 패색이 짙어지자, 주민들을 거칠게 대했다. 우리 군의 야영지에는 이제 조선인은 거의 보이지 않았다. 11월 12일 철수 명령이 떨어지던 날 한 젊은 장교가 나를 찾아왔다. 키가 매우 큰 젊은 장교의 이름은 주베르였다.
>
> "조선의 왕실 서고 근처에서 작은 동굴이 발견되었습니다. 동굴 안에는 많은 책이 쌓여 있는데, 저와 함께 가보시겠습니까?"
>
> 주베르는 그동안 우리 군을 따라다니면서 강화도의 풍광을 많이 그렸다. 그의 그림 솜씨는 매우 뛰어났는데, 그의 옆에는 늘 스케치한 그림이 쌓여 있었다. 그는 우리 군이 작전을 수행할 수 있도록 강화의 지도도 그려 로즈 제독을 매우 기쁘게 했다. 주베르는 중국어에도 능통할 뿐만 아니라 웬만한 한자도 읽을 수 있었다.
>
> 나는 주베르와 함께 강화 행궁 안에 있는 왕실 서고로 갔다. 이제 얼마 후면 이 왕실 서고도 잿더미로 변할 운명을 맞이하고 있었다. 로

즈 제독은 이번 전쟁을 수치스럽게 여겨 철수하기 전에 강화를 잿더미로 만들 계획을 세우고 있었다.

"여기를 보십시오."

주베르가 가리킨 곳은 왕실 서고에서 몇 발짝 떨어진 곳이었다. 주베르의 말대로 이곳에는 사람이 대여섯 명 정도 들어갈 만한 동굴이 있었다. 그리고 동굴 한 편에는 꽤 많은 책이 쌓여 있었다. 어림 잡아 70여 권 정도 되어 보였다. 주베르와 나는 그 책들을 꼼꼼히 훑어보았다. 그러나 이 책들은 왕실 서고에서 나온 책들과는 달리 겉표지나 장정이 볼품없었다.

"이런 동굴에 책들을 은밀히 소장하고 있는 것은 이 책들이 매우 귀중하다는 의미가 아닐까요?"

주베르의 말에는 일리가 있었다. 왕실 서고를 놔두고 이런 동굴에 따로 책들을 보관하고 있는 것이 예사롭지 않게 보였다.

'이 동굴은 조경환의 그림에 나타난 비소가 아닌가!'

최동규의 심장이 둥둥 뛰기 시작했다. 그동안 가슴 한구석에 품어왔던 막연한 상상과 추측이 현실로 드러나고 있었다. 사실 그에게 외규장각의 비소는 실제와 상상이 혼합된 장소였다. 외규장각 아래 은밀한 공간이 있을 것으로 짐작은 했으나, 이를 증명할 수 있는 기록은 어디에도 없었다. 조경환의 그림만으로는 이런 사실을 뒷받침해주기에 턱없이 부족했던 것이다. 그러나 『리델 서한집』은 이런 우려를 말끔히 씻어주었다. 상상으로 여겨왔던 가공의 장소가 리델의 펜 끝에서 선명한 기록으로 재현되고 있었다.

최동규는 다음 장을 펼쳤다.

> 나는 주베르와 함께 그 책들을 대충 훑어보았다. 그런데 그 책 중에는 한글로 만든 『천주실의』와 『주교요지』라는 책도 있었다. 이 책들은 조선에서는 금서로 정하고 있는 책으로, 누구든 이 책을 소장하고 있으면 가혹한 형벌을 내렸다. 조선 왕실은 천주교 신자들의 본격적인 박해를 시작하면서 전국에 있는 목각본 현장을 모두 불태웠고, 이런 책을 전파하는 사람들을 가차없이 처벌하였다. 이 동굴 안에는 내가 잘 알고 있는 몇몇 책들도 눈에 띄었다. 주베르는 한자에 능통했던 터라 그 책들을 유심히 살펴보았다. 주베르와 나는 이 책들도 함께 가져가기로 결정했다. 우리는 이 책들을 나무 상자에 넣어 군함에 실었다. 그러나 로즈 제독은 이 책에 대해서는 관심이 없었다.
>
> 다음 날 우리 군은 철수를 앞두고 강화를 잿더미로 만들었다. 로즈 제독의 보복이 시작된 것이다. 그런데 나는 강화 행궁을 불지르는 현장에서 또 그 사람을 보게 되었다. 조경환이었다. 그는 먼발치서 왕실 서고가 불타고 있는 모습을 바라보고 있었다.

『리델 서한집』은 그동안 막연히 품어왔던 여러 의문을 풀어주는 책이었다. 『진권문집』 속표지에 리델과 나란히 적혀 있던 주베르라는 이름의 정체도 시원하게 풀렸다. 그는 천주교 신부가 아니라 병인양요 때 프랑스군으로 참전했던 젊은 장교였던 것이다.

프랑스 군대가 병인양요 당시 가져간 책은 외규장각 의궤 도서뿐만이 아니었다. 외규장각 지하의 작은 동굴 속에 있던 70여 권의 한국 고서도 함께 가져갔던 것이다.

최동규는 주베르와 리델 신부가 가져간 70여 권의 한국 고서에 주목했다.

2

"최 교수님께서 찾는 게 이것입니까?"

한승운 신부는 최동규에게 A4 용지 다섯 장을 내밀었다. 한승운 신부는 『리델 서한집』을 기획한 인물로 이 책의 번역자이기도 했다. 그가 내민 용지에는 『리델 서한집』에서는 볼 수 없었던 조경환의 활동이 상세하게 드러나 있었다.

"맞습니다."

"원래 『리델 서한집』의 초고는 두 권 정도 되는 분량이었습니다. 이를 한국천주교회사에 맞추다보니 다른 내용은 대폭 줄이게 된 것이죠. 조경환에 대한 기록이 누락된 것도 그런 이유 때문이었습니다."

최동규는 조경환의 그림을 보았을 때부터 그에 대해 남다른 애착을 느꼈다. 뭐랄까, 140년의 시공을 초월한 인연이라고나 할까. 솔직히 조경환의 그림을 처음 대했을 때는 단순한 호기심, 그 이상도 이하도 아니었다. 그러나 그의 그림 속에서 조선의 금서를 발견하게 되고 그의 이력에 관심을 갖게 된 후로는 생각이 달라졌다. 조경환의 그림은 온몸으로 말하고 있었다. 때로는 조선의 금서를 통해, 때로는 조선의 금속활자본을 통해 소리 없이 부르짖고 있는 것이다. 이제 그의 소리 없는 아우성을 풀어주어야 한다. 그뿐이 아니라 조경환의 죽음, 독살에 대한 의구심도 풀어주어야 한다. 최동규가 한승운 신부를 찾아온 것도 그와 무관하지 않았다. 기록은 모든 역사의 의혹을 풀어줄 유일한 장치가 아닌가!

"이 글을 보시면 아시겠지만, 리델 신부는 조경환에 대해 상당히 우호적인 생각을 가지고 있던 것 같습니다. 리델 신부의 편지에 등장하는 인물은 대부분 천주교와 관련된 사람들입니다. 조경환처럼 천주교와 무관한 조선의 인물을 상세하게 다룬 적은 없거든요."

최동규는 『리델 서한집』에는 빠져 있는, 조경환을 묘사한 글을 읽어 내려갔다.

> 조경환이라는 인물은 결코 죽음을 두려워하지 않았다. 우리 군인이 여러 차례 위협해도 그는 꼼짝도 하지 않고 자신이 할 말을 매우 조리 있게 했다. 그는 조선의 문인이라고 했지만, 마치 조선의 무장(武將)을 보는 듯이 위엄과 용맹을 갖추고 있었다. 맨손으로 우리 군대의 주둔지에 와서 로즈 제독을 만나 협상을 벌이는 그의 모습은 우리 군인들의 눈에는 놀라운 광경이 아닐 수 없었다. 몇몇 장교들은 조선에 조경환 같은 자가 많으냐고 내게 물었고, 만약 그렇다면 조선을 정벌하는 것이 쉽지 않을 것이라고 말했다.

우리 군대가 우려했던 일은 그로부터 이틀 뒤에 벌어졌다. 로즈 제독과의 담판을 실패로 끝낸 조경환이 우리 군대의 주둔지를 습격한 것이다. 그는 몇몇 장정과 함께 야밤에 우리 주둔지 근처에 나타나 불을 붙인 활을 쏘고 달아났다. 그는 다음 날에도, 또 다음 날에도 나타났다. 그가 쏜 화살로 부식물을 담은 창고에 불이 붙어 두 명의 군인이 중상을 입기도 했다. 우리 군인은 밤이 되는 것을 두려워했다. 어디선가 또 그가 나타나 불화살을 쏘고 달아날지 알 수 없었기 때문이었다. 그는 강화도 지형에 매우 익숙한 터라 사방에서 불쑥 나타나 불화살을 쏘아댔다. 우리 군이 더욱 두려워했던 것은 그를 따르는 강화 주민이 점점 불어나고 있다는 사실이었다. 어느새 그의 주변에는 스무 명 가량의 강화 주민이 동참하고 있었다. 이들의 습격도 점점 대담해지고 치밀해지고 있었다. 한 장교는 로즈 제독에게 조선 왕실 서고에서 가져온 책을 몇 권이라도 그에게 주자고 제안했다가 호되게 야단을 맞았다. 매우 화가 난 로즈 제독은 조경환에게 현상금을 내걸었다. 조경환을 산 채로 잡아오는 자에게는 일계급 특진을 약속했다. 현상금에 눈 먼 사병들은 조경환을 잡기 위해 주둔지 근처를 샅샅이 뒤졌다. 그러나 하도 신출귀몰해서 그를 잡는 것은 불가능한 일이었다. 보다 못한 로즈 제독은 1백여 명의 정예군을 풀었다. 그러나 이마저도 허사로 돌아갔다. 오히려 정족산성 근처에서 세 명의 군인이 심하게 다쳐 주둔지로 돌아오고 말았다. 그는 우리 군이 철수하는 날까지 하루도 빠지지 않고 우리 군대를 괴롭혔다.

최동규의 가슴이 잔잔하게 물결치고 있었다. 시대를 거슬러 올라가 야밤에 불화살을 쏘는 조경환의 모습이 선명하게 되살아났다. 규장각 검서관 출신의 문인이 이처럼 무예에도 뛰어나다니, 조경환은 보통 책 벌레가 아닌 것이었다.

"조경환은 대단한 인물이었군요."

최동규가 말했다.

"저도 리델 신부의 편지를 번역하면서 무척 놀랐습니다. 당시 조경환 같은 인물이 있었는 줄은 몰랐거든요."

리델의 조경환에 대한 묘사는 이것이 전부가 아니었다. 그 뒤에도 서너 장에 걸쳐 조경환의 활동을 상세히 그리고 있었다.

"이 서한집에는 한국의 고서를 군함에 싣고 간 기록이 있던데, 그 뒤의 다른 기록은 없습니까?"

"외규장각 도서 말입니까?"

"아니요. 동굴에서 발견한 책 말입니다."

"동굴이라…… 잠깐 기다려보십시오."

한승운 신부는 이 책을 번역한 지가 꽤 오래되었기 때문에 외규장각 동굴에 대해서는 기억하지를 못했다. 그는 『리델 서한집』을 펼쳤다.

"아, 이 동굴을 말하는 거군요."

한승운 신부는 그제야 알겠다는 듯이 고개를 끄덕였다.

"이 동굴 속의 고서는 어디로 간 겁니까? 이 고서들은 외규장각 도서와는 달리 리델과 주베르가 따로 가져간 것 같은데요."

"글쎄요."

"리델의 다른 편지에는 이 고서의 내용이 나오지 않습니까?"

"없었던 것 같아요."

외규장각 근처의 동굴에서 발견한 70여 권의 한국의 고서, 이 책들에 대한 기록은 더 이상 나오지 않았다.

'MGC 2403'……. 그때 문득 파리 기메 박물관에서 보았던 샤를르 바라의 『한국 중세 시대의 고서 연구』가 떠올랐다. 이 책의 서문에는 다음과 같은 글이 적혀 있었다.

> 이 책에서 소개하고 있는 서지 목록은 1860년대 한국 왕실 서고에 있던 책들로, 프랑스 해군장교가 가져온 것이다.

여기서 말하는 프랑스 해군 장교는 바로 주베르를 말하는 것이 아닌가! 그것은 곧 비소에서 발견한 한국의 고서가 파리로 흘러들어갔다는 것을 의미하는 것이었다.

"이 동굴을 발견한 주베르는 누굽니까?"

"그는 파리 동양어학교 출신의 엘리트 장교입니다. 그 당시 이들은 졸업한 뒤에 동양에 부임하는 것을 최고의 선택으로 꼽았죠. 주베르 역시 졸업과 동시에 중국에 진주한 극동함대에 자원 입대했습니다."

"주베르는 중국어나 한자에도 능통했다고 나오는데요."

"동양어학교는 동양의 외교관이나 통역사를 양성하기 위해 세워진 학교입니다. 이들이 중국어에 능통한 것은 당연한 일이죠. 또한 주베르는 그림에도 소질을 보여 강화의 여러 장면을 스케치하기도 했습니다. 여길 보십시오. 이 그림도 주베르가 그린 것입니다."

한승운 신부는 『리델 서한집』에서 그림이 그려진 부분을 가리켰다. 그림 속에는 1866년의 한적하고 고요한 강화도 풍광이 세밀하게 묘사되어 있었다.

"병인양요가 끝난 뒤의 주베르 소식은 알고 계십니까?"

"주베르는 그 뒤로도 리델 신부와 각별한 관계를 유지했습니다. 서한집에는 나와 있지 않지만 리델 신부는 주베르와 여러 차례 편지로 교류를 했습니다. 병인양요가 끝난 뒤 리델 신부는 중국에 한동안 머물다가 다시 조선으로 들어왔죠. 그때 주베르도 함께 조선에 들어왔습니다."

"예? 주베르도 조선에요?"

"당시 주베르는 강화 외규장각 서고에서 발견한 책들에 무척 매료되었던 것 같아요. 주베르가 리델 신부에게 보낸 편지에도 그런 내용이 잘 나타나 있습니다. 그러나 주베르는 조선에 오래 머물지 못했습니다. 리델 신부가 조선에서 추방당하자 얼마 뒤 그도 조선을 떠났거든요."

"그 뒤의 행적은 어떻습니까?"

"주베르는 프랑스로 돌아간 뒤 프랑스 국립도서관, 그러니까 그 당시 파리 왕실국립도서관 동양학부에 사서로 들어갔습니다. 그후 그의 모교인 동양어대학으로 자리를 옮겼죠."

최동규는 주베르의 행적에 관심을 가지지 않을 수 없었다. 주베르는 단순한 발굴자가 아니었다. 그는 한국 고서에 남다른 관심을 가졌을 뿐만 아니라 프랑스 국립도서관과도 밀접한 관계를 가진 인물이었다. 어쩌면 70여 권의 한국 고서의 행방은 그가 쥐고 있을지도 모를 일이었다.

그러나 최동규가 더 이상 한국에서 주베르의 행적을 밝히는 것은 불가능한 일이었다.

그날 밤 최동규는 정현선에게 전화를 걸었다. 수화기에서 흘러나오는 정현선의 목소리에는 비장감이 배어 있었다. 정현선은 여전히 『왕오천축국전』과 '전설의 책'의 행방에 매달려 있었다.

최동규는 한 시간 가까이 정현선과 깊은 대화를 나누었다. 그는 조경환이 그린 외규장각의 비소, 그 안에 있는 70여 권의 한국의 고서, 그리고 이 책들이 주베르와 리델에 의해 프랑스로 건너간 것이라고 말해주었다. 그런데 정현선은 한국 고서가 프랑스로 흘러들어간 과정에서 유독 주베르라는 인물에 관심을 보였다. 자신도 얼마 전에 세자르가 다녀간 전시회 팸플릿에서 주베르라는 이름을 보았다는 것이었다. 최동규는 주베르라는 인물에 대해서는 자신이 아는 대로 간략한 이력을 적어 보냈다.

끝으로 최동규는 『리델 서한집』과 『진권문집』에서 발췌한 내용을 복사해 정현선에게 팩스로 넣어주었다.

3

의문의 실타래는 하나하나 벗겨지고 있었다. 최동규가 보내온 것은 이번 사건을 밝히는 데 매우 값진 자료들이었다.

'프랑스로 유입된 한국 고서의 통로…….'

이제 하나가 더 추가되어야 할 것이다. 한국의 고서는 쿠랑과 플랑시, 그리고 로즈 제독이 가져간 것뿐만이 아니라 외규장각 동굴에서 가져간 책도 있었던 것이다. 『리델 서한집』이나 『진권문집』에서 발췌한 복사본은 이를 여실히 증명해주고 있었다.

우연의 일치일까? 정현선은 최동규가 보낸 자료를 보면서 묘한 생각이 들었다. 최동규 역시 주베르라는 프랑스의 젊은 장교에 각별한 관심을 보였던 것이다.

주베르는 자스민이 준 팸플릿에 적혀 있는 인물이 아닌가! 그런데 불과 하루도 채 되지 않아 고국에서 주베르에 대한 자료가 넘어왔다. 최동규도 주베르를 한국 고서의 비밀을 찾는 데 중요한 인물로 지목하고 있었다.

> 주베르(M. H. Juber), 동양어학교 출신, 중국 극동함대 장교로 군복무, 병인양요 당시 외규장각 비소를 발견, 리델과 함께 한국의 고서를 프랑스로 보냄, 병인양요 후 리델과 더불어 조선에서 1년간 체류. 프랑스로 귀국 후 파리 왕실도서관에서 사서로 재직. 동양어학교로 자리를 옮김.

최동규가 보내온 주베르의 이력은 간단했다. 그러나 그가 걸어온 길은 한국 고서의 행로와 크게 다르지 않았다.

'프랑스 해군 장교라…….'

그때 정현선의 머리를 무언가 빠르게 치고 달아났다. 그것은 1977년 7월 11일자, 마사코가 작성한 동양학 문헌일지였다.

> 베르사유 별관 창고에서 나무 상자에 들어 있는 70여 권의 동양 고서를 발견하였음. 이 도서에는 프랑스 해군 장교와 한국에서 선교활동을 벌이고 있는 프랑스 신부가 쓴 것으로 보이는 친필 편지도 있었음.

아아, 바로 여기에 있었다. 마사코의 문헌일지에 적혀 있는 프랑스 해군 장교는 주베르였고, 프랑스 신부는 리델이었다. 이것은 최동규가 보내온 『리델 서한집』의 자료와 정확히 일치하고 있었다. 외규장각 동굴에서 가져간 한국의 고서는 마사코가 베르사유 별관에서 발견한 책인 것이다.

정현선은 헤럴드에게 전화를 걸었다.

"헤럴드, 저랑 가볼 곳이 있어요."

파리의 동양어대학은 1795년 설립된, 유럽에서는 보기 드문 동양전문학교이다. 원래 이 학교는 동양에 파견할 외교관이나 통역사를 양성하기 위해 국가적인 차원에서 설립되었다. 당시 동양에 파견된 프랑스 외교관은 대부분 동양어학교를 졸업한 엘리트들이었다. 조선 초대 주불공사를 지낸 플랑시나 『조선서지』의 발간자인 모리스 쿠랑도 바로 이 학교 출신이었다.

'프랑뎅의 19세기 한국 사진전'은 대학 본부 건물 로비에 전시되어 있었다. 프랑뎅 역시 동양어학교 출신으로 플랑시의 뒤를 이어 1892년 조선주재 2대 프랑스공사를 역임한 인물이다. 그는 23개월 동안 조선에 머무는 동안 19세기 말 조선의 풍광을 사진에 담았다. 이번 사진전에는 그가 조선에서 촬영한 100여 점의 사진이 전시되었는데, 그 중에는 대원군과 고관대작들의 초상도 있었다.

"세자르가 왜 갑자기 이 사진전을 관람했을까요?"

헤럴드가 물었다.

"세자르는 사진전을 보기 위해 여기에 온 것은 아닐 거예요. 분명 다른 목적이 있었을 겁니다."

정현선은 확신에 찬 목소리로 말했다. 세자르가 사진전에 온 것은 그가 살해당하기 이틀 전으로, 이때 그는 매우 분주한 상황이었다. 루브르 골동품 상가에서 루앙을 만난 것도, 자신의 집을 방문한 것도, 곧바로 마사코 집을 찾아간 것도 이날이었다. 이런 급박한 상황에서 세자르가 한가하게 사진전을 관람했다는 것은 납득이 가지 않았다. 필히 무언가 곡절이 있는 것이다! 정현선은 그것이 왕오천축국전이나 '전설의 책'과 관련이 있을 것이라고 생각했다. 이 무렵 세자르는 온통 이 두 권의 고서에 집착하고 있었다.

사진전을 둘러보던 정현선은 복도 끝에서 걸음을 멈추었다. 전시회의 한쪽 벽면을 장식하고 있는 낯익은 그림들이 그녀의 시선을 끌었다.

강화 갑곶 상륙, 강화도 점령, 진군하는 프랑스 군대, 강화 전경…….

연필로 세밀하게 스케치한 이 그림들은 프랑뎅의 사진과는 별도로 한쪽 벽을 차지하고 있었다. 사진전을 연 주최측이 한국의 이해를 돕기 위해 특별히 마련한 것 같았다. 정현선은 이 그림들이 무엇을 묘사하고 있는 지 금방 알아차렸다.

'이 그림들은 병인양요 당시를 그린 것이 아닌가!'

정현선은 그림 앞으로 바짝 다가섰다. 그림 아래에는 'M. H. Juber'라고 적혀 있었다. 그녀는 어이가 없다는 듯 헛웃음이 나왔다.

"왜 그래요?"

헤럴드가 물었다.

"이 그림 말이에요. 정말 지겹도록 보아온 그림인데, 이 그림을 그린 사람을 깜빡하고 있었어요."

"그가 누군데요?"

"바로 주베르라는 사람이죠. 그는 1866년 로즈 제독이 이끌던 극동함대의 해군 장교로, 우리가 찾고 있는 한국 고서의 비밀을 풀어줄 인물이에요."

'나이를 먹은 탓일까?'

주베르의 그림은 그녀에게 너무도 낯익은 그림이었다. 정현선은 외규장각 도서를 연구하면서 자연스럽게 병인양요에도 관심을 가지고 있었다. 그때마다 틈틈이 한국의 상황을 보여주는 그림이 있었는데, 그것이 바로 주베르가 스케치한 그림이었다. 주베르는 로즈 제독 밑에서 강화 풍경을 스케치한 것은 물론 당시 강화의 지도까지 그려 로즈 제독에게 총애를 받은 인물이었다. 그런 주베르를 깜박했다니.

정현선은 벽에 기댄 채 차분하게 기억의 물줄기를 따라 올라갔다. 그때 문득 기억 언저리에 낯익은 문장 하나가 불쑥 떠올랐다.

> 이곳(강화도)에서는 우리의 자존심을 가장 상하게 하는 것이 하나 있다. 그것은 아무리 가난한 집이라도 어디든지 책이 있다는 사실이다.

'바로 그것이야!'

정현선은 손뼉을 쳤다.

"이제 생각났어요!"

한국 고서를 프랑스에 최초로 소개한 책은 쿠랑의 『조선서지』가 아니었다. 바로 병인양요를 묘사한 주베르의 책, 『1866년 프랑스의 강화도 원정기』였다. 주베르는 병인양요를 겪은 후 파리로 돌아와 강화에서 겪은 체험담을 작은 책자로 남겼다. 그 책이 바로 『1866년 프랑스의 강화도 원정기』였다. 같은 동양어학교 출신인 모리스 쿠랑은 바로 이 책에서 한국 고서를 처음 접했던 것이다.

주베르는 이 책에서 한국 문화와 고서, 그리고 병인양요 당시의 상황을 상세하게 기록했다. 그러나 이 책은 학자들 사이에서 큰 주목을 받지 못했다. 무엇보다 주베르는 서지학의 기초가 없던 터라 분류 작업을 체계적으로 정리하지 못한 단점을 지니고 있었다.

"헤럴드, 우리가 볼 곳은 여기가 아니에요."

헤럴드는 힐끔 정현선을 바라보았다.

"그럼 어디죠?"

"바로 도서관이에요."

4

"이 책이 그렇게 대단한 겁니까?"

에시앙이 다소 의외란 듯 무표정한 얼굴로 물었다.

"물론이죠, 하하."

폴리에르는 엷은 미소를 지었다.

"이 책은 돈황학에서도 매우 중요한 위치를 차지하고 있습니다. 아마 한국에서는 가장 오래된 책일 겁니다."

어쨌든 다행이었다. 폴리에르 교수는 왕웨이의 편지에 있던 'HCD+227'의 암호를 간단하게 풀어냈다. 그것은 돈황 고문서의 하나인 『왕오천축국전』이라는 책이었다.

"여기서 말하는 '오천국'이란 바로 인도를 말하는 것이죠."

폴리에르는 'HCD'의 영문 이니셜이나 '227'의 숫자가 갖는 의미를 알기 쉽게 설명했다. 그러나 에시앙은 폴리에르의 구구한 설명을 한귀로 흘려버렸다. 사실 에시앙은 이 책에 대해서는 그다지 관심이 없었다. 그가 찾고자 하는 것은 책이 아닌 사람, 세자르의 살해범이었다.

"그런데 이상한 일이로군요."

왕오천축국전의 설명을 끝낸 폴리에르는 고개를 갸웃거렸다.

"엊그제도 한 한국인 교수가 이 편지를 제게 보여주었거든요."

폴리에르는 왕웨이의 편지를 유심히 바라보았다.

"그 교수도 이 편지의 복사본을 가지고 있었습니다."

"예? 그 한국인이 누굽니까?"

"박정민 교수죠. 그 역시 이번 돈황학 세미나에 참석하고 있었습니다."

어떻게 왕웨이의 편지를 그가 가지고 있는가. 에시앙의 눈빛이 날카롭게 빛났다.

"교수님, 그에 대한 얘기를 더 해보십시오."

"엊그제 세미나가 끝난 뒤 박정민 교수가 절 찾아왔습니다. 그는 이 편지를 제게 보여주면서 'HCD+227'이 무엇을 뜻하는지 물었죠."

에시앙은 마른침을 삼켰다.

"저도 처음엔 이 기호가 무얼 의미하는 몰랐습니다. 그래서 박정민 교수와 함께 이 편지와 비교해가면서 차분히 풀었죠. 마침내 우리는 이 기호가 왕오천축국전의 완간본이라는 것을 알아냈습니다."

"한국인 교수는 그 편지를 어떻게 입수한 겁니까?"

옆에 있던 프랑수아가 물었다.

"로렌 박사가 가지고 왔었다는군요."

아, 에시앙은 두 눈을 질끈 감았다.

'늙은 여우 같으니…….'

기가 막힌 일이었다. 정현선과 헤럴드에게 이처럼 맥없이 뒤통수를 맞을 줄은 몰랐다. 그들은 이 책이 어떤 책인지 잘 알고 있으면서도 시종 시치미를 떼며 딴청을 피우고 있던 것이다. 앞으로 그들의 도움이 필요할 것 같아 적당히 틈을 열어주었는데, 그들은 자신들이 알아낸 정보는 꼭꼭 숨기고 있었다. 에시앙은 폴리에르가 돌아간 뒤에도 분이 풀리지 않았다.

"로렌 박사가 어떻게 왕웨이의 편지를 가지고 있었을까요?"

프랑수아가 물었다.

"그러게 말이야. 정말 알 수 없는 일이로군."

에시앙은 자존심이 몹시 상했다. 정현선은 수사팀보다 한 발 앞서가고 있다는 느낌이 들었다.

"로렌 박사에게 미행을 붙이는 게 좋겠습니다."

프랑수아가 고개를 치켜들며 말했다.

"놔둬."

"이러다가 수사 기밀이 새나갈 수도 있습니다. 로렌 박사는 너무 많은 것을 알고 있습니다."

"미행은 한 번으로 족해. 괜히 로렌 박사를 자극할 필요는 없어."

정현선은 세자르 사건을 해결하기 위해서는 매우 중요한 인물이다. 앞으로 그녀의 도움을 받기 위해서는 자존심이 상해도 당분간 몸을 낮춰야 한다.

어찌됐든 이제 커다란 밑그림이 그려졌다. 왕웨이는 이 왕오천축국전을 가지고 중국으로 건너가려고 했고, '프랑스의 실력자'와 거래를 하려다가 실패한 뒤 살해당한 것이다. 모든 일의 뿌리는 30년 전 리슐리외 도서관의 지하 별고에서부터 시작된 것이다.

"아비뇽에 간 일은 어떻게 되었나?"

에시앙이 물었다.

"잠깐만 기다리십시오."

에시앙은 아비뇽에 내려간 수사팀에 큰 기대를 걸고 있었다. 마사코의 전화기에 남긴 상트니의 말은 이번 수사의 전환점이 될 수도 있었다. 상트니와 마사코 사이에는 그들만이 알고 있는 또 다른 비밀이 존재했던 것이다.

'느티나무 아래 작은 단지라고 했던가?'

에시앙은 상트니 집의 단지 안에 무엇이 있을지 몹시 궁금했다. 아마도 그 단지 안에는 이번 사건을 풀어줄 중요한 실마리가 있으리라.

"전화 연결되었습니다."

프랑수아가 수화기를 건넸다.

"셀리옹, 어떻게 되었나?"

에시앙은 수화기를 꼭 움켜쥐었다.

"단지는 있었습니다만…… 그 안에는 아무것도 없었습니다."

"으응?"

"느티나무 근처에 누군가 이를 파헤친 흔적이 있었습니다."

"그게 무슨 소리야? 누가 벌써 상트니의 집을 다녀갔다는 소리야?"

에시앙의 목소리가 날카롭게 울렸다.

"그렇습니다. 동양인으로 보이는 두 명의 여자가 다녀갔었다고 합니다."

"뭐?"

"한 명은 로렌 박사와 인상착의가 같습니다."

"다른 한 명은?"

"일본인 여자 같다고 하는데 아무래도 마사코 같습니다."

"그럼, 로렌 박사와 마사코와 함께 왔었다는 건가?"

"아닙니다. 로렌 박사는 마사코가 다녀간 뒤 한참 뒤에 왔었다고 합니다."

대관절 이게 어떻게 된 일인가! 아비뇽에 벌써 정현선이 다녀갔다니, 에시앙의 가슴이 소리 없이 무너져 내렸다. 그것은 정현선이 마사코 집에서 상트니가 남긴 메시지를 전부 들었다는 소리가 아닌가!

'또 한 방 먹었군.'

에시앙은 입술을 깨물었다.

5

동양어대학 도서관이 소장하고 있는 한국 고서는 630여 종 1450여 권이다. 이 도서관은 희귀본이나 고서 열람이 프랑스 국립도서관과는 달리 비교적 자유로운 편이다.

정현선은 열람실 안내 데스크 앞으로 다가갔다.

"오랜만이네요. 로렌 박사님."

도서관 사서인 마리안이 정현선에게 인사를 건넸다.

"머리를 잘랐네요."

"지난번에 사귀던 미국 남자와 헤어졌어요. 미국 남자들은 여자 마음을 모르는 것 같아요. 너무 제멋대로예요."

마리안이 입술을 삐쭉 내밀었다.

"그렇지 않아요. 미국 남자들은 여자 하기 나름이죠. 알고 보면 다루기가 얼마나 쉬운데요."

옆에 있던 헤럴드가 끼어 들었다.

"누구세요?"

마리안이 정현선에게 물었다.

"하버드 대학의 헤럴드 박사예요."

정현선이 웃으며 말했다.

"제가 다른 미국 남자를 소개시켜드릴까요? 아가씨와 잘 어울릴 것 같은데. 그는 특히 금발의 아가씨를 좋아하죠."

"됐어요. 이젠 미국 남자들은 지긋지긋해요."

마리안은 고개를 흔들었다.

"마리안, 이 책 좀 찾아줘요. 『1866년 프랑스의 강화도 원정기』예요. 저자는 주베르."

"잠시만 기다리세요."

마리안은 모니터 화면에서 그 책을 찾아냈다.

"마이크로 열람실로 가세요. 목록 번호는……."

"마리안, 이번엔 책의 원본을 보고 싶은데."

마리안은 난처한 표정을 지었다. 오래된 책의 열람은 원본보다는 마이크로 필름을 내주는 것이 도서관의 관례였다.

"알았어요. 그 대신 관장님 모르게 봐야 해요."

"고마워요. 마리안."

잠시 후 마리안은 서가에서 주베르의 책을 가져왔다.

"그런데 이상하네요. 요즘 이 책을 찾는 사람이 부쩍 늘었어요. 10여 년 동안 단 한 번도 없었는데……."

마리안이 책을 건네주며 말했다.

도서관 열람실에 나란히 앉은 정현선과 헤럴드는 주베르의 『1866년 프랑스의 강화도 원정기』를 훑어나갔다. 이 책의 속표지에는 다음과 같은 글이 적혀 있었다.

> 여덟 개의 거대한 기둥을 지나
>
> 막달레나 승천상으로 들어오라

"주베르도 토트의 회원이로군요."

헤럴드가 말했다.

"이 문구는 마들렌 성당을 가리키는 글입니다. 토트의 비밀 회원들이 자주 쓰는 말로 마들렌 성당에 이 책을 소장하라는 뜻이 담겨 있죠. 마들렌 성당은 여덟 개의 기둥으로 이루어져 있고, 성당 내부에는 막달레나 승천상이 있습니다. 아래를 보세요."

문구의 맨 아래에는 토트의 따오기 문양이 또렷하게 새겨져 있었다.

"주베르는 이 책이 한국을 소개하는 최초의 책이라는 것을 알리고 싶어했던 겁니다. 당시 토트의 회원들은 최초 발굴자가 되는 것을 무척 영광스럽게 여겼거든요."

정현선은 다음 페이지를 펼쳤다. 주베르의 강화도 원정기의 첫 부분은 한국 문화에 대해 간략히 서술하고 있었다. 다음으로는 프랑스군이 강화도를 점령한 뒤의 상황을, 마지막으로는 외규장각 도서에 관한 것이 기록되어 있었다.

이곳에서는 우리 프랑스군이 감탄하면서 볼 수밖에 없는 것이 있다. 아무리 가난한 집이라도 어디든지 책이 있다는 것이다. 한국 사람들은 글을 해독할 수 없는 사람은 아주 드물고 문맹자는 다른 사람으로부터 멸시를 당한다. 마을 곳곳에서는 책을 읽는 소리가 들려오고, 각 집마다 책이 산더미처럼 쌓여 있다. 이를 보고 앙리 주앙 장교는 몹시 놀랐고, 나 역시 놀라지 않을 수가 없었다.

이곳에 있는 책들은 양질의 종이에 아주 잘 인쇄되었다. 한국에서 선교 활동으로 오래도록 머물고 우리를 안내한 리델 신부는 이러한 책들이 서울에 가면 매우 흔한 것이며 이들의 책 문화는 중국에 뒤지지 않다고 말해주었다. 리델 신부는 한국 종이의 질은 매우 부드럽고 목면 같은 특성을 지니고 있어 오랜 세월이 지나도 잘 견딜 수 있다고 했다. 그는 또한 한국의 도서는 9세기에도 이미 널리 보급되었으며, 그 당시에도 도서관이 있다고 하여 우리를 더욱 놀라게 만들었다. 이들의 책을 직접 본 우리로서는 몹시 자존심이 상하지 않을 수 없는 일이다…….

우리 군이 철수하기 전날 왕실 서고 지하에서 작은 동굴을 발견하였다. 이곳은 대여섯 명이 들어갈 수 있는 공간이었는데, 그 안에는 또 다른 책이 쌓여 있었다. 동굴에 깊이 숨겨져 있는 것으로 봐서 무척 긴요한 책이라고 여겨졌다. 대략 70여 권에 이르는 이 책 또한 수집하였다. 이 책들은 왕실 창고에서 발견된 책보다는 품질이 다소 떨어져 보였다. 그러나 리델 신부는 이 책들이 매우 오래된 한국의 고서라면서 이 책들도 프랑스로 보낼 것을 권유했다. 리델 신부는 이 책 중에서 가장 오래된 책을 보여주었는데, 그 책의 표지에는 이런 제목이 붙어 있었다.

오래된 것과 지금의 법칙을 정리하여 만든 책

'어디서 보았더라…….'

정현선은 고개를 갸웃거렸다.

"왜 그래요. 로렌."

"이 문구 어디선가 본 듯 한데 잘 떠오르질 않아요."

헤럴드는 정현선이 가리킨 곳을 바라보았다.

"이건 나도 낯이 익은 문구인데요……."

그 뒤로 주베르의 책은 당시 강화에 살던 주민들의 표정, 은괴 상자와 강화 관아에서 다량의 무기 상자가 발견된 일, 강화에서 철수하기 전에 외규장각을 불사른 일들을 상세하게 기록하고 있었다. 주베르는 한자에도 제법 식견이 있어서 그가 동굴에서 발견한 책의 목록도 간략하게 설명하고 있었다.

'이건 보통 책이 아니야.'

정현선은 뜻밖의 보물을 건진 듯 흥분을 감추지 못했다. 주베르가 말한 외규장각의 동굴은 최동규가 보내준 자료와도 일치하고 있었다. 또한 『리델 서한집』, 『진권문집』과도 유기적으로 연결되어 있었다. 뒤늦게라도 이 책을 찾아낸 것이 다행이었다. 정현선은 주베르의 책을 카피한 뒤 마리안에게 책을 반납했다.

"소득이 있었나요?"

헤럴드가 정현선의 흡족한 얼굴을 보며 물었다.

"물론이죠. 이 책은 아주 소중한 책이에요. 가면서 말씀드리죠."

"잠깐만요."

도서관을 나서려는 순간, 헤럴드가 우뚝 걸음을 멈추었다.

"왜 그러세요?"

"도서관 사서가 이 책을 다른 사람도 열람했다고 하지 않았나요?"

"마, 맞아요."

그제야 정현선도 마리안이 이 책을 내주면서 한 말이 떠올랐다. 정현선은 다시 열람실 안내 데스크로 갔다.

"마리안, 좀 전에 이 책을 열람했던 사람이 있었다고 했죠?"

"그래요."

"누가 열람했는지 명단을 볼 수 있을까요?"

"그야 어렵지 않죠."

마리안은 생긋 웃으며 컴퓨터 자판기를 두드렸다. 모니터 화면에 열람자 명단이 떠오르는 순간 정현선과 헤럴드는 동시에 놀랐다. 그들은 바로 세자르와 마사코였던 것이다.

"날짜를 봐요!"

정현선이 소스라치듯 외쳤다.

"11월 12일, 세자르가 살해당하기 이틀 전이에요!"

"마사코는……"

헤럴드의 두 눈이 모니터 화면 속으로 빨려 들어갔다.

"11월 15일…… 세자르가 살해된 다음날이에요."

사흘 간격을 두고 세자르와 마사코는 주베르의 책을 열람했다. 그들은 이미 이 한국 고서가 프랑스로 유입된 통로를 알고 있었던 것이다. 그랬다. 마사코는 베르사유 별관에서 발견한 한국 고서의 출처를 확인하기 위해 동양어대학 도서관을 찾았다. 세자르 역시 마사코가 작성한 문헌일지를 통해 프랑스 해군 장교가 주베르라는 사실을 밝혀냈다. 세자르는 '전설의 책'의 출처를 확인하기 위해 주베르의 책을 열람했던 것이다.

'전설의 책은 생각보다 가까운 곳에 있어.'

정현선의 가슴이 쿵쾅쿵쾅 뛰고 있었다. 이제야 비로소 세자르의 흔적이 서서히 드러나고 꽉 막혀 있던 통로에 한줄기 빛이 들어오고 있었다.

헤럴드는 심각한 얼굴로 누군가와 통화를 하고 있었다. 통화가 끝나자 헤럴드가 정현선 앞으로 성큼 다가왔다. 그녀의 뛰는 가슴은 도서관을 나온 뒤에도 좀처럼 진정이 되질 않았다.

"로렌, 저 먼저 가봐야겠어요."

"어, 어디 가시게요?"

"마들렌 성당이오."

"갑자기 거긴 왜요?"

"급한 일이 생겼어요. 일이 끝나는 대로 전화를 드리죠."

6

차창 밖에는 마들렌 성당의 웅대한 건물이 눈에 들어왔다.

'이번엔 반드시 밝혀내고 말리라.'

헤럴드는 차 안에서 초조하게 토머스를 기다리고 있었다. 토트는 결코 먼 과거의 존재가 아니었다. 19세기 한국에 상륙한 프랑스 군대에서도, 한국의 고서를 수집한 프랑스 외교관에게서도 토트의 실체는 드러나고 있었다. 헤럴드가 토트에 바쳤던 10년의 세월 동안 지금처럼 토트가 확연히 드러난 적은 없었다.

헤럴드는 이번 사건이 마들렌 성당과 밀접한 관계가 있다고 여겼다. 주베르의 책 속표지에 나타난 문구는 이 책이 처음부터 마들렌 성당으로 가는 것을 암시하고 있었다. 헤럴드가 주베르의 책에서 가장 주목했던 것도 바로 그 문구였다.

여덟 개의 거대한 기둥을 지나
막달레나 승천상으로 들어오라

'세자르나 마사코는 왜 이 책을 열람했던 것일까?'

헤럴드는 왜 이들이 이 책에 집착하고 있는지 아직 감조차 잡지 못했다. 그러나 정현선은 그 이유를 잘 알고 있는 것 같았다. 그것은 다음에 정현선을 만나 물어봐도 늦지 않았다. 그에게는 바로 코앞에 닥친 일이 더 급하고 중요했다.

차 문이 열리고 조수석에 토머스가 올라탔다.

"어떻게 됐나?"

"성당 내부를 찍은 테이프는 도저히 구할 수가 없습니다. 그래서 주차장이 찍힌 테이프라도 가져왔습니다."

토머스가 가져온 것은 마들렌 성당의 주차장을 폐쇄회로로 찍은 테이프였다. 본당 내부를 찍은 테이프는 성당 신부들이 직접 관리하고 있기 때문에 구할 수가 없었다. 토머스는 성당 주차장 경비원에게 1백 유로를 주고 이 비디오테이프를 입수한 것이다.

"수고했네 토머스. 그것이라도 있으니 다행이야. 클라쎄 신부는 만나봤나?"

"클라쎄 신부는 지금 성당에 없습니다. 노르망디에 갔다고 하는군요."

"노르망디?"

"예. 오늘 안으로 올 거랍니다."

세자르가 살해되던 그날 밤, 클라쎄 신부를 만난 것이 예사롭지 않았다. 만약 그 당시 세자르가 살해 위협을 느끼고 있었다면, 클라쎄 신부에게 이런 위급한 상황을 털어놓았을지도 모를 일이다. 어쩌면 세자르는 지하 별고에서 있었던 일을 말하고 클라쎄 신부에게 한국의 고서를 맡겼을 수도 있지 않은가. 사해사본 전시회에서 만난 클라쎄 신부의 말을 그대로 믿을 수가 없었다.

집에 들어오자마자 토머스는 플레이 버튼을 눌렀다. 테이프는 모두 다섯 개였다. 첫 테이프는 11월 13일, 세자르가 살해되기 하루 전부터 시작되고 있었다.

비디오 화면에 나타난 성당 주차장은 매우 한가했다. 이따금씩 성당 신부들의 차만 드나들 뿐 외부인의 차는 보이지 않았다. 일주일 전부터 성당 내부가 공사 중이었기 때문에 관광객들의 출입을 통제하고 있었다.

토머스는 빨리돌리기 버튼을 눌렀다. 두 개째의 테이프가 거의 다 돌아갈 무렵 화면에 중년 신사가 차에서 내리는 모습이 희미하게 나타났다. 차는 1999년형 푸조였다.

"세자르예요!"

토머스가 소리쳤다. 헤럴드는 주차장 주위가 워낙 컴컴해서 세자르의 얼굴을 확인할 수가 없었다.

"틀림없어요. 저 바바리코트를 보면 알아요!"

토머스는 확신에 찬 소리로 말했다. 테이프 아래 찍혀 있는 시간은 밤 9시였다. 그러나 헤럴드의 예상과는 달리 세자르는 빈손이었다.

"세자르의 가방이 보이지 않아."

곧이어 세자르는 화면에서 사라졌고, 10시 25분에 다시 주차장에 나타났다.

"클라쎄 신부를 만나고 오는 거로군요."

토머스는 빨리돌리기 버튼을 누르며 모니터 화면을 응시했다.

"저기 봐요!"

세 개째의 테이프에서는 한 동양인 여자가 차에서 내리는 모습이 보였다. 차는 최신형 벤츠 같았는데, 화면이 흐려 번호판은 잘 보이지 않았다. 테이프 화면 아래에는 세자르가 살해된 다음 날인 15일 오후 네

시로 나타나 있었다. 이날은 마사코가 동양어대학의 도서관에 나타나 주베르의 책을 열람한 날이었다.

"저 여자가 마사코 아닐까?"

헤럴드가 물었다. 그러나 토머스나 헤럴드는 마사코를 한 번도 본 적이 없어서 이를 확인할 방법이 없었다. 50대 후반으로 보이는 동양 여자는 키가 작고 목에 스카프를 두르고 있었다. 헤럴드는 그녀가 한 손에 쥐고 있는 가방에서 눈길을 떼지 않았다. 곧이어 그녀를 따라 운전석에서 건장한 체구의 40대 남자가 내렸다.

"잠깐만요!"

토머스가 정지 버튼을 눌렀다.

"저 사람은 장 르네입니다."

"장 르네?"

"리슐리외 도서관 경비 책임자에요. 미셸 사건을 취재할 때 만난 적이 있어요. 미셸이 히브리어 성경을 도서관 밖으로 유출할 때 저 친구 도움 없이는 불가능한 일이었죠. 미셸은 리슐리외 도서관의 시험 가동 시간에 맞춰 히브리어 성경을 도서관 밖으로 빼냈던 겁니다."

곧이어 그들의 모습은 화면에서 사라졌고, 20여 분이 지난 뒤 동양인 여자가 다시 모습을 드러냈다.

"가방이 없어요!"

동양인 여자가 들고 있던 가방이 보이지 않았다. 헤럴드는 동양인 여자가 차를 타기 전에 주차장 휴지통에 뭔가 버리는 것을 놓치지 않았다. 그리고 곧 동양인 여자와 장 르네는 차를 타고 주차장을 빠져나갔다. 동양인 여자는 주차장에 나타났을 때는 가방을 들고 있었지만, 주차장을 빠져나갈 때는 가방이 없었다. 그렇다면 그 가방은 성당 내부에 있는 것이 틀림없었다.

'저 동양인 여자는 마사코가 분명해.'

"토머스, 저 동양인 여자가 휴지통에 버린 게 무엇인지 알아봐주게."

7

노르망디 해안에서 바라본 몽생미셸 수도원은 바다 위에 떠 있는 마법의 성 같았다. 몽생미셸은 원뿔 모양의 화강암질로 이루어진 암산으로 '사자(死者)의 섬'으로 불려지기도 했다. 대부분 거대한 모래둑으로 둘러싸여 있다가 만조일 때만 섬이 된다.

마사코는 수도원과 연결된 방파제에 우뚝 서서 몽생미셸 수도원을 바라보았다. 안개가 낀 탓인지 이 불가사의하고 위대한 건축물은 몽환적이고 신비롭게 다가왔다. 30년 전이나 지금이나 변함이 없었다. 바다는 마치 긴 잠에 빠져 있는 듯 가는 숨결만을 흘려보내고 있었다.

"마사코, 이 수도원이 어떻게 생겨난 것인지 아나?"

어디선가 그의 목소리가 들려왔다. 분명 환청인데도 그의 목소리는 너무도 또렷하게 귓가를 울렸다.

"8세기 초 아브랑슈 일대를 관장하던 오베르 주교는 어느 날 꿈을 꾸었지. 꿈속에서 미카엘 천사가 나타나 이 곳 바위섬 위에 수도원을 세우라고 계시를 내렸어. 후후. 그래서 이 건물을 짓기 시작한 거지. 빅토르 위고는 사막에 피라미드가 있다면 바다에는 몽생미셸이 있다고 찬사를 보냈던 곳이기도 하지."

이 수도원은 오베르 주교가 받은 계시에 따라 건축이 시작되었다. 그 후에 끊임없이 순례자들이 모여들었고, 어느덧 수도원을 중심으로 하나의 마을을 이루었다.

'어떻게 여기까지 오게 된 것일까?'

마사코는 어떤 알 수 없는 힘에 이끌리듯 천천히 방파제 위를 걷기 시작했다. 그녀는 갑자기 어떤 강력한 괴물에게 조종당하고 있는 것이 아닌가 진저리를 쳤다.

몽생미셸 수도원은 가장 완벽한 천연의 성채였다. 밀물이 몰려올 때는 외부와 완전히 고립된 또 하나의 세계를 이루고 있었다.

수도원 안은 외지에서 온 많은 관광객들로 붐비고 있었다. 마사코는 어둠이 몰려오기를 기다렸다. 훤한 대낮에 그곳을 찾아가는 것은 매우 위험한 일이었다.

'왜 진작에 몰랐을까?'

마사코는 수도원 입구에 있는 한 카페에 앉아 지난 일을 곰곰이 더듬었다. 마들렌 성당의 비밀의 방을 갔을 때부터 짐작을 했어야 했다. 그때는 정말 까맣게 몰랐다. 세자르가 살해되었을 때도, 상트니의 부탁을 들었을 때도 그가 있으리라고는 생각하지 못했다. 아니, 이제 와서 돌이켜 보니 애초부터 그를 지목했던 자신의 주장이 옳았다. 상트니의 완강한 주장만 아니었어도 이번 사건을 제대로 바라볼 수 있었다.

마사코는 자이팽이 남기고 간 말을 떠올렸다.

"나는 왕웨이의 살해범을 알고 있었소. 그러나 차마 내 입으로는 밝힐 수가 없었소."

자이팽은 왕웨이의 살해범을 이미 3년 전부터 알고 있었다. 왕웨이의 유품에서 감쪽같이 사라졌던 비천상 목걸이를 바로 그가 지니고 있었다는 것이었다. 그런데 자이팽은 왜 이런 사실을 지금까지 숨겼던 것일까. 그랬다. 자이팽은 그의 힘을, 그가 지니고 있는 엄청난 파괴력을 두려워했던 것이다.

돌이켜 생각하니 왕웨이가 중국으로 가려고 했을 때부터 30년 전의 약속은 깨진 것이다. 그와 왕웨이 사이에는 음흉한 뒷거래가 있었던 것이다.

베르사유 별관의 '재생의 문'의 열쇠. 그의 분신이나 다름없는 이 '재생의 문'의 열쇠를 상트니가 가지고 있으리라는 생각은 미처 하지 못했다. 상트니 역시 이 수도원의 지하 묘실을 알고 있었던 것이다. 그래서 '재생의 문'의 열쇠를 단지 안에 남겨놓은 것이 아닌가.

상트니는 마지막 순간까지도 그를 믿었던 것 같았다. 그러나 이미 한 번 돌아선 그의 마음을 다시 되돌릴 수는 없었다. 상트니는 그를 믿고 추종하면서도 결국 그를 배신하고 말았다. 한국의 고서를 독일과의 협상에 이용하려 했던 것은 상트니의 큰 실수였다. 왕웨이도 마찬가지였다. 결코 허물어질 것 같지 않았던 30년 전의 비밀은 그렇게 와르르 무너져 내렸다.

마사코는 그와의 비밀을 무덤까지 가지고 갈 자신이 있었다. 그런데 지금은 아니었다. 그와의 약조를 지키는 것은 이 거대한 음모에 공범이 되는 것이었다.

땅거미가 내려앉으면서 수도원은 또 다른 모습으로 변해갔다. 어둠과 빛이 교차하는 수도원 풍경은 눈이 시릴 정도로 매혹적이었다.

밤 9시. 수도원 주위는 어둠으로 둘러싸여 있었다. 몇몇 남은 관광객들도 서서히 수도원을 빠져나가고 있었다.

무엇보다 마사코에게 절실한 것은 상트니와 왕웨이의 목숨을 앗아간 그 한국의 고서였다. 이 책을 찾는 순간 모든 것이 드러난다. 30년 전의 비밀도, 추악한 뒷거래도, 그에 대한 끝없는 탐욕과 피의 향연도 드러날 것이다. 왕웨이와 세자르, 그리고 상트니마저 이 책 때문에 세상을 떠나고 말았다. 이제 여기서 마침표를 찍어야 한다. 그러기 위해서는 그 한국의 고서가 필요한 것이다.

마사코는 옛 기억을 더듬으며 돌계단을 올라갔다. 수도원 공동묘지를 지나 본당 안으로 들어서자, 아기 예수를 안고 있는 성모마리아상이 보였다. 마사코의 몸은 어느새 지하예배당 앞에 이르렀다.

"이곳은 한때 바다 위의 바스티유라고도 불렸지."

어디선가 또 그의 목소리가 들려왔다.

"후후. 프랑스에서 가장 악명 높은 형무소로 사용되었거든. 어떤가, 마사코? 그들의 처절한 비명 소리가 들려오는 것 같지 않나?"

마사코는 몸을 움츠리고 주위를 두리번거렸다. 아무것도 보이지 않았다. 빛 한 줄기 들어오지 않는 컴컴한 어둠뿐이었다. 마사코는 오로지

감에 의지하며 나무 계단을 타고 아래로 내려갔다. 계단을 다 내려오자, 마사코는 비로소 손전등을 켰다.

'이제 곧 우물이 나타나겠지.'

한 번밖에 와보지 못한 곳인데도 또렷하게 기억이 났다. 지하 복도의 벽에서는 차가운 냉기가 흘러나왔다. 지하 복도를 따라 들어가자 납골당이 모습을 드러냈다. 곧이어 넓은 마당 같은 공간이 나타났고 정면에 우물이 보였다. 제대로 길을 찾은 것이다.

'이제 다 왔어.'

조금만 더 가면 세 개의 지하 묘실이 나오고 가운데의 묘실에 그 책이 있을 것이다.

그때였다. 그녀의 등 뒤에서 인기척 소리가 들려왔다. 마사코는 뒤를 돌아 손전등을 비추었다. 그러나 아무도 없었다.

"마사코."

어둠 속에서 그녀를 부르는 소리가 들려왔다. 그것은 결코 환청이 아니었다. 분명 그녀를 부르는 소리였다.

"마사코."

또다시 그 소리가 들려왔다. 마사코는 주춤주춤 뒤로 물러섰다. 마사코는 벽에 몸을 부딪쳐 그만 손전등을 떨어뜨리고 말았다. 손전등이 깨지고 주위는 다시 칠흑 같은 어둠으로 변했다.

"마사코……. 여긴 당신이 올 곳이 아니야……."

암흑 속에 울려 퍼지는 목소리…….

그러나 그의 목소리가 아니었다.

'누굴까, 이 목소리는?'

그러나 분명 낯이 익은 목소리였다. 마사코는 문득 마들렌 성당의 비밀의 방이 떠올랐다.

가면은 없다

1

파리의 하늘은 어둡고 침침했다. 에펠탑 주위를 감싸고 있던 잿빛 실구름도 그새 큼지막한 먹구름으로 변해 있었다. 금방이라도 소낙비가 내릴 것 같았다.

정현선은 집에 들어오자마자 냉장고에 있는 생수부터 찾았다. 오후 내내 입술이 타 들어갈 정도로 심한 갈증에 시달렸다. 생수 두 컵을 거푸 마시자 갈증이 확 풀렸다.

동양어대학 도서관에서 세자르의 이름을 보게 될 줄은 몰랐다. 마사코의 이름마저 눈에 들어왔을 때는 공연히 콧잔등이 시큰거려왔다. 이제 주베르의 책은 '전설의 책' 못지않게 그녀의 중심에 자리잡고 있었다.

'그들 사이에 무슨 일이 있었던 것일까?'

정현선은 차분히 실마리를 풀어나갔다.

1866년 11월 강화를 점령한 프랑스 군대는 철수를 앞두고 외규장각 지하에 있는 동굴을 우연히 발견했다. 이를 발견한 인물은 주베르와 리델로, 그 안에는 규장각의 검서관들이 보관해오던 조선의 금서와 금속활자본이 소장되어 있었다. 주베르와 리델은 이 책들을 프랑스 군함에 실어 중국으로 가져갔다. 이 책들은 다시 파리 왕실국립 도서관과 기메 박물관, 동양어학교 등으로 뿔뿔이 흩어졌다. 주베르가 가져온 70여 권의 한국 고서는 프랑스에 도착한 후 한때 기메 박물관에 머물러 있었다. 이 무렵 샤를르 바라는 이 책을 통해 'MGC 2403'의 목록 번호가 붙은 『한국 중세 시대의 고서 연구』를 작성했던 것이다. 그후 이 책들은 베르사유 별관으로 옮겨진 뒤 지하 수장고에서 오래도록 잠들어 있었다. 1977년 7월 마사코는 베르사유 별관에서 이 책들을 발견한 것이다.

다음엔 세자르가 찾아낸 '전설의 책'의 통로였다.

세자르가 지하 별고를 드나든 것은 미셸로부터 왕웨이의 편지를 받은 뒤부터였다. 세자르는 이 편지를 통해 두 권의 고서, 'HCD+227'와 '전설의 책'의 존재를 알게 되었다. 그때까지만 해도 세자르는 'HCD+227'가 왕오천축국전인 줄은 알지 못했다. 세자르는 '전설의 책'의 존재를 확인하기 위해 동양학문헌실의 1977년 문헌일지를 찾아냈다. 그는 문헌일지에 적혀 있는 마사코의 기록을 보고 이 책이 한국 강화에서 프랑스로 유입된 것을 알았고, 곧이어 동양어대학 도서관을 찾아갔다. 세자르는 주베르의 강화도 원정기에서 '전설의 책'을 확인했고, 지하 별고로 돌아와 이를 사진으로 촬영했다. 그리고 루브르 골동품 상가에서 루앙을 만난 뒤, 자신의 집을 방문했고, 곧바로 마사코를 찾아갔다. 마사코와 세자르 사이에는 '전설의 책'을 두고 서로 대화가 오고갔을 것이다. 이틀 후 세자르는 이 '전설의 책'의 존재를 세상에 알리려다가 그만 뜻을 이루지 못한 채 살해되었다.

'무언가 빠진 것 같아.'

정현선은 답답했다. 이 숱한 과정은 어디까지나 자신의 생각을 잘 정리한 추측에 지나지 않을 뿐 그 무엇 하나 확실히 짚어낼 수 있는 것이 없었다. 막연한 추측은 도리어 의문만을 재생산할 뿐이었다. 한국 고서의 프랑스 유입 과정이나 세자르와 마사코의 관계는 어느 정도 풀렸으나, 정작 가장 중요한 '전설의 책'의 존재는 자물통처럼 단단히 잠겨 있었다. 게다가 왕오천축국전의 행방은 추측조차 할 수 없었다.

그때 전화벨이 울렸다.

"로렌 할머니, 저 로잘리예요."

"오, 로잘리."

로잘리가 출국한 뒤 첫 통화였다. 정현선은 로잘리의 목소리를 듣자 반가움보다는 측은한 생각이 먼저 들었다.

"미국에 와보니 아빠의 편지가 도착해 있었어요. 아빠가 돌아가시기 직전에 쓴 것 같아요."

로잘리는 세자르의 편지를 보고 얼마나 울었을까. 정현선은 눈시울이 뜨거워졌다.

"할머니, 제 얘기 듣고 있어요?"

"그래."

"편지 내용을 보니까 아빠의 죽음과 관련이 있는 것 같아요. 아빠는 이 편지에서 한국의 고서를 발견했다고 적고 있는데, 전 그게 어떤 책인지 모르겠어요."

한국의 고서? 정현선은 자리에서 벌떡 일어났다.

"로잘리, 그 편지 지금 가지고 있니?"

"예."

"내게 지금 팩스로 보내다오."

"알았어요."

잠시 후 거실에 놓여 있는 팩스에 편지 하나가 들어왔다. 오랜만에 보는 세자르의 글씨였다.

사랑하는 나의 딸 로잘리에게.

오늘따라 너의 미소가 무척 보고 싶구나.

로잘리, 기억나니? 위대한 발견은 늘 사소한 우연으로부터 시작된다고 했지. 그러나 이런 우연은 끊임없는 노력이 있기에 가능한 것이란다.

아빠는 오늘 무척 흥분되고 가슴이 설레고 있단다. 아빠는 그동안 리슐리외 도서관 지하 별고에서 한 권의 책을 찾으려고 며칠 밤을 새웠단다. 그런데 마침내 그 책을 찾아냈지. 이 책은 한국의 중세시대에 쓰여진 것으로, 백년전쟁이 일어나기 백년 전에 발간된 것이란다. 이 한국 고서의 제목은 우리 글로 풀어내기가 참으로 어렵단다. 이 책을 나름대로 해석하면 '과거와 현재의 예의에 관해 체계적으로 정리한 책' 이라고나 할까.

로잘리, 이 책이 얼마나 위대한 책인지는 너도 곧 미국의 매스컴을 통해 만나게 될 거야. 그동안 이 책은 고대 문헌에만 기록되어 있는 '전설의 책' 으로만 알려져 있었단다. 이 편지가 너에게 도착하는 날 역사는 또 새로운 한 페이지를 장식하게 될 것임을 믿어 의심치 않는다…….

세자르의 편지를 읽는 정현선의 몸이 갑자기 왕성한 세포 분열을 시작했다. 붉은 피들이 미세한 혈관 속으로 빠르게 이동하며 그녀의 몸을 마구 흔들었다. 그녀의 눈동자는 푸르게 빛이 났고, 맥박은 거침없이 뛰고 있었다. 이윽고 한 차례 소용돌이가 지나가자, 정현선의 시선은 세자르의 편지에서 다음과 같은 문구에 고정되어 있었다.

과거와 현재의 예의에 관해 체계적으로 정리한 책

'이제 숨은 그림을 찾을 차례다!'

하나의 강렬한 빛줄기가 머리를 스치고 지나쳤다. 희미한 기억 한가운데에 숨은 그림 하나가 강력하게 뿌리를 내리고 있었다. 그 옆으로 여러 갈래로 흩어진 잔뿌리들이 기억의 물줄기를 건너 한곳으로 몰려들고 있었다. 정현선은 그 기억의 뿌리가 어디에서 비롯된 것인지 천천히 기억을 거슬러 올라갔다. 잠시 후 또 다른 문구가 수면 위로 떠올랐다.

오래된 것과 지금의 법칙을 정리하여 만든 책

주베르의 책 『강화도 원정기』에서 본 문구였다. 주베르는 이 책을 한국에서 가장 오래된 책이라고 적었다. 정현선의 머리는 빠르게 움직였다. 또 하나의 문구가 기억의 강물을 거슬러 올라왔다.

옛날과 현재의 예의와 법규를 문장으로 상세하게 정리한 책

이것은 세자르가 왕웨이의 수첩에 남긴 유일한 글이었다. 정현선은 이 세 문구들을 한 곳에 모았다.

과거와 현재의 예의에 관해 체계적으로 정리한 책

오래된 것과 지금의 법칙을 정리하여 만든 책

옛날과 현재의 예의와 법규를 문장으로 상세하게 정리한 책

'이 문구들은 모두 엇비슷하지 않은가!'

거대한 뿌리가 소리 없이 꿈틀대고 있었다. 고대 문헌에만 기록되어 있는 '전설의 책', 백년전쟁이 일어나기 백년 전…… 과거와 현재, 예의와 법규…….

"아, 바로 그것이야!"

정현선은 외마디 비명을 질렀다. 세자르가 찾아낸 한국의 고서는 바로 『고금상정예문(古今詳定禮文)』이었다.

고려시대 이규보(李奎報)의 문집인 동국이상국집(東國李相國集)에는 1234년에서 1241년 사이에 고금상정예문을 금속활자로 28부 인쇄했다는 기록이 있다. 고금상정예문은 고려 인종 때 최윤의 등 17명이 왕명으로 고금의 예의를 수집, 고증하여 펴낸 국가의 전례서(典禮書)다.

이규보가 당시 실권자인 최이를 대신하여 쓴 이 문집의 발문에는, 이 책이 세월이 지나면서 책장이 떨어지고 글자가 결실되어 주자로 재인쇄한다는 내용이 있다. 최이가 진양공에 책봉된 해가 1234년이고 이규보는 1241년에 사망했으므로 고금상정예문은 그 사이에 출간된 것이다.

이 책은 고대 문헌의 기록에만 남아 있을 뿐 현존하는 책이 아니었다. 최동규가 보내 준 『진권문집』에도 시기별로 정리한 금속활자본에 『고금상정예문』이 있었다. 그러나 정현선은 이 책이 현존하지 않는 책이기 때문에 큰 관심을 두지 않았다. 정현선은 왕웨이가 루빈에게 보낸 편지 내용을 떠올렸다.

> 이 책은 전설로만 알려진 한국의 고서입니다. 우리는 이미 30년 전 지하 별고에서 이 책을 찾아냈습니다.

그랬다. 왕웨이나 세자르가 이 책을 '전설의 책'이라고 강조한 이유는 여기에 있던 것이다.

정현선은 차분히 마음을 가다듬고 고금상정예문이란 말뜻을 상기했다. 그것은 '고금(古今)의 예(禮)에 관한 문건(文)을 상세(詳)하게 정리(定)한 책'이다. 세자르나 주베르의 해석도 그와 흡사했던 것이다. 세자르는 이 책의 간행 연도를 백년전쟁(1338년)이 일어나기 백년 전이라고 했으니 간행 시기도 꼭 맞아떨어졌다. 전설의 책으로 알려진 이 책이 현존하고 있다니…….

세자르가 이 책을 왜 사진만으로 감정을 의뢰했는지 그 의문도 풀렸다. 고서의 진위를 확인하기 위해서는 실물이 절대적으로 필요했다. 그러나 세자르는 이 책의 진위를 감정하려고 한 것이 아니라 이 책이 목판활자인지, 금속활자인지를 확인하려고 했던 것이다. 목판활자와 금속활자의 차이는 사진만으로도 얼마든지 감정이 가능했다.

세자르가 찾아낸 책이 고금상정예문이라면, 이것은 정말 놀라운 일이다. 그동안 세계 최초의 금속활자본인 직지가 1337년에 간행되었으니, 이보다 백여 년이나 앞당기는 셈이었다. 세자르의 편지대로 역사의 한 페이지가 새롭게 쓰이는 것이다.

"앞으로 며칠 후면 인류는 위대한 성찬을 맞이해야 할 겁니다. 전설의 책이 곧 현실의 책으로 나타날 테니까요."

세자르가 마지막으로 남긴 말이 고막을 흔들었다. 세자르의 표현은 결코 과장된 것이 아니었다. 이 책이 세상에 모습을 드러내는 날, 세자르의 말대로 인류는 위대한 성찬을 맞이해야 할 것이다.

2

'기어이 올 것이 오고야 말았군.'

불길한 예감은 이상하게도 잘 맞아떨어졌다. 상트니가 베를린의 슈프레 강에서 싸늘한 시신으로 변했을 때, 다음 차례는 마사코라고 여겼다. 막연히 품어왔던 예감이 결국 현실로 나타나고 말았다. 모텔을 조금만 일찍 찾아냈어도 마사코의 죽음은 막을 수 있었다.

마사코의 사체가 발견된 곳은 노르망디 북부 해안의 작은 어촌인 옹플뢰르였다. 마사코는 항구에 정박 중인 작은 요트 안에서 얌전하게 누워 있었다. 마사코의 목을 두르고 있는 스카프에는 토트의 문양이 또렷하게 새겨져 있었다. 검시관은 아직 부검은 하지 않았으나 마사코의 사인은 목이 졸린 질식사 같다고 전해왔다.

'마사코는 왜 갑자기 옹플뢰르에 간 것일까?'

마사코는 상트니 집의 작은 단지 안에서 무언가를 찾은 것이다. 그녀는 이것을 가지고 곧바로 옹플뢰르에 갔고, 그 곳에서 살해된 것이다. 과연 단지 안에는 무엇이 들어 있었으며, 그때 마사코와 동행한 사내는 누구인가.

파리, 베를린, 옹플뢰르……. 범인은 이들의 행적을 계속 주시하고 있었단 말인가. 에시앙은 어둠의 터널에 갇힌 것처럼 막막했다. 도무지 출구가 보이지 않았다. 마사코의 스카프에 토트의 따오기 문양이 새겨져 있었다는 말을 들을 때는 심장이 그대로 멎는 것 같았다. 다음 희생자는 또 누가 될 것인가, 지레 이런 걱정이 앞섰다. 아직 세자르 사건도 빙빙 겉돌기만 하고 있는데 마사코마저 살해되다니, 한숨이 절로 나왔다.

에시앙이 부검실에 들어서자, 검시관이 기다렸다는 듯이 마사코의 사체를 꺼냈다.

"여기를 보십시오."

검시관은 마사코의 사체를 두르고 있는 흰 천을 벗긴 뒤 왼쪽 팔을 들어올렸다. 마사코의 왼쪽 겨드랑이 아래에 붉은색의 아라비아 숫자가 촘촘히 적혀 있었다.

"이 숫자는 뭔가?"

"피해자가 살해되기 전에 적은 것 같습니다. 피해자의 소지품에서도 붉은 펜이 발견되었습니다."

9782035054821

205

'제길, 또 숫자인가.'

에시앙은 인상을 찡그렸다. 세자르의 명함 숫자에서 한 번 호되게 당했던 터라 영 기분이 내키지 않았다. 그렇다고 애써 발견한 단서를 외면할 수도 없는 노릇이었다.

"이 숫자가 적혀 있는 위치를 잘 보십시오."

검시관이 마사코의 왼쪽 겨드랑이를 가리켰다.

"사망하기 직전 오른손으로 왼쪽 겨드랑이에 숫자를 적은 게 틀림없습니다."

"마사코가 직접 적었다는 건가?"

"그렇습니다."

에시앙은 마사코 겨드랑 밑에 적혀 있는 숫자의 위치를 세밀하게 살폈다. 검시관의 말대로 마사코가 직접 자신의 오른손으로 적은 게 틀림없었다.

"일단 암호해독부에 넘겨."

"알았습니다."

"마사코의 필적인지 먼저 확인하도록 하게."

그래도 한 가닥 희망이 생겼다. 이것이 마사코가 직접 쓴 것이라면, 사건의 실마리를 풀 수 있을 지도 모를 일이다.

검찰청사로 돌아온 에시앙은 소파에 털썩 주저앉았다.

이제 30년 전 리슐리외 도서관 동양학문헌실에서 일하던 자들은 모두 사라졌다. 이번 사건의 유일한 증인이 되어 줄 마사코도 살해되었다. 왕웨이, 상트니, 마사코…… 30년 전 리슐리외 도서관의 동양학문헌실에서는 무슨 일이 있었던 것일까. 그 당시 이들을 통제할 수 있는 인물은 동양학문헌실 책임자인 자이팽이었고, 도서관장은 알렉스였다.

언젠가부터 에시앙 주위에는 가면을 쓴 한 인물이 길 잃은 짐승처럼 어슬렁거렸다. 그 가면에는 토트의 따오기 문양이 새겨져 있었고, '프랑스 실력자'임을 암시하는 훈장이 새겨져 있었다.

'그럴 리가 없어.'

한 인물이 구체적으로 떠오르긴 했지만, 에시앙은 애써 그의 존재를 부인했다. 그래도 가면의 인물은 기를 쓰고 수면 위로 올라오려고 바둥거렸다. 에시앙은 그 얼굴을 손으로 지그시 눌러 수면 아래로 가라앉혔다. 그의 명예는 하루아침에 이루어진 것이 아니다. 프랑스는 수십 년에 걸쳐 이룩한 그의 명예를 보호하고 지켜주어야 할 의무가 있다.

'저건 또 뭔가?'

그때 에시앙의 책상 위에 있는 한 권의 책이 눈에 들어왔다. 그 책은 『일본 고대 문화의 재발견과 유네스코의 유산』이라는 양장본으로, 저자의 이름은 마사코였다. 에시앙은 수화기를 들었다.

"내 책상 위에 있는 이 책은 뭔가?"

"프랑수아 형사가 두고 간 겁니다."

"프랑수아가? 프랑수아는 지금 어디에 있나?"

"아, 방금 들어왔네요."

"내 방으로 오라고 해."

잠시 후 프랑수아가 에시앙의 방으로 들어왔다.

"이 책은 뭔가?"

"암호해독부에서 마사코의 숫자를 풀었습니다."

"벌써?"

"예. 그 숫자를 보자마자 금방 알던데요."

프랑수아가 비시시 웃었다.

"그건 책의 ISBN 코드 번호랍니다."

모든 책은 세상에 단 한 가지만 존재한다. 일단 펴낸 책은 유일성을 지닌다. 이 특성이 가장 잘 나타나 있는 것이 책마다 부여되는 ISBN 코드다. 이 코드 번호는 국가와 출판사의 고유 번호, 그리고 책에 붙인 번호 등이 명확하게 제시되어 있다.

13자리로 이루어진 ISBN 코드 번호는 첫째, 모든 책은 978로 시작되며 그 다음은 국가별로 나타난다. 프랑스에서 만들어진 책은 2로 시작된다.

"그럼 그 숫자가 마사코 책의 ISBN 코드 번호라는 소린가?"

"예. 방금 전에 서점에서 구입했습니다."

에시앙은 피식 웃었다. 이렇게 쉽게 마사코의 숫자가 풀릴 줄은 몰랐다.

"마사코의 필적은 확인했겠지?"

"예."

에시앙은 책상 위에 있는 마사코의 책을 힐끔 바라보았다. 『일본 고대문화의 재발견과 유네스코의 유산』.

"웬 제목이 이리 길어?"

에시앙은 홀로 투덜거리며 책장을 넘겼다. 이 책은 프랑스어판으로 일본 고대문화를 체계적으로 정리한 책이었다. 마사코는 이 책에서 유네스코가 지정한 일본의 문화유산을 상세히 소개하고 있었다.

아무리 이 책을 훑어보아도 특별한 점을 발견할 수 없었다. 마사코의 숫자가 ISBN 코드 번호라는 것을 풀기는 했지만, 이것만으로는 마사코의 의도를 찾아낼 수가 없었다.

'마사코는 무엇을 말하려고 했던 것일까?'

죽음의 위협에 직면한 자들은 하나같이 공통된 특성이 있다. 첫째는 살기 위한 처절한 몸부림이다. 이것이 불가능하다고 느꼈을 때는 빠르게 목표를 수정한다. 어쩔 도리가 없이 남은 생을 포기하지만, 그렇다고 목표 의식마저 사라진 것은 아니다. 어떻게든 자신을 살해한 인물을 외부에 알리려고 한다. 그런데 마사코는 왜 범인의 이름을 적지 않고 이런 숫자를 적었던 것일까? 그것은 두 가지로 추측할 수 있다. 우선 범인에 대해 잘 모른다는 것이다. 범인의 특색이나 이름을 모르기 때문에 가장 손쉬운 방법을 사용할 수 없었던 것이다. 이는 면식범이 아닐 수도 있다는 것을 의미한다. 다음은 이런 숫자로나마 간접적으로 자신의 의사를 표현하는 방법이다. 마사코는 빠른 시간 내에, 그것이 자신이 할 수 있는 최선의 방법이라 여겼을지도 모를 일이다.

에시앙은 ISBN 번호 밑에 있는 205라는 숫자를 주목했다. 이 책의 205페이지에는 다음과 같은 글이 적혀 있었다.

> 긴카쿠사(金閣寺)는 은각사와 더불어 교토를 대표하는 절 중 하나로 1994년 유네스코가 지정한 세계 문화 유산으로 등록되었다. 원래 아시카가 요시미쓰 장군이 1397년 지은 별장이었으나, 그가 죽자 유언에 따라 로쿠온사(鹿苑寺)라는 선종사찰로 바뀌었다. 이 로쿠온사가 긴카쿠사란 이름으로 불리는 것은 3층 누각 긴카쿠(金閣) 때문인데, 이것이 훗날 콜럼버스가 대항해를 시작하게 된 계기가 되었다고 한다. 콜럼버스는 평소 마르코 폴로의 『동방견문록』의 열렬한 독자였다. 마르코 폴로는 동방견문록에서 일본을 '지팡구(Zipangu)' 라고 부

르며 그곳을 황금의 나라로 묘사했다. 그는 당시 중국에서 '저 멀리 섬나라엔 황금으로 된 절이 있다고 한다' 라고 했는데, 이 말이 와전되어 '동방에는 금이 산더미로 쌓여 있다' 고 알려지게 되었다. 당시 마르코 폴로가 처음 사용한 지명은 '지팡구' 이며 이것이 일본의 중국음인 '지펭궈' 가 변해서 된 것이고, 오늘날의 Japan은 여기에서 비롯된 것이다. 마르코 폴로가 '황금으로 된 절' 이라고 묘사한 곳이 바로 긴카쿠사이다.

긴카쿠사, 콜럼버스, 마르코 폴로……. 이게 대체 무엇을 뜻하는 말인가. 에시앙은 아인슈타인 같은 천재가 와도 이것은 풀지 못할 것이라고 생각했다.

'혹시?'

에시앙은 얼마 전 마사코 집에 간 일을 떠올렸다. 그때 마사코의 집에서 전화기에 녹음된 상트니의 목소리를 들었다. 마사코는 서재를 따로 두지 않고 거실과 함께 쓰고 있었다. 마사코의 서재를 세밀하게 살폈을 때 이 책을 본 것도 같았다. 책의 제목이 워낙 길어서 지금도 기억이 생생했다.

"마사코의 집에 누가 있나?"

"셀리옹입니다."

에시앙은 셀리옹에게 전화를 걸었다.

"셀리옹, 마사코의 서가에서 『일본 고대 문화의 재발견과 유네스코의 유산』이라는 책이 있나 찾아봐."

잠시 후 셀리옹에게 전화가 왔다.

"예. 그 책이 있습니다."

"그 책 안에 뭔가 있나?"

"책갈피에 메모지가 있는데요."

"그 메모지가 있는 게 205페이지인가?"

"맞습니다."

제대로 걸렸군. 에시앙의 눈에 불똥이 튀었다.

"그게 뭔가?"

"모르겠습니다. 중국 글자로 적혀 있는데요."

"그걸 당장 이리로 가져오게."

마사코가 겨드랑이 밑에 적은 ISBN 번호는 바로 자신의 집에 있는 책을 뜻하는 것이었다. 205의 숫자는 메모지가 있는 페이지 번호였다.

셀리옹이 가져온 낡은 메모지에는 깨알 같은 한자가 빼곡히 들어차 있었다.

> 宋朝表牋總類, 十七史纂古今通要, 資治通鑑綱目訓義, 東國通鑑, 大學衍義, 分類補註李太白詩, 文翰類選大成, 朱子語類大全…….

언뜻 보기에 중국 한자로 된 책의 제목을 말하는 것 같았다. 이 책들의 목록 속에 세자르가 발견한 한국의 고서가 있지는 않을까.

'로렌 박사에게 도움을 청해야겠군.'

에시앙은 정현선이 내키지 않았지만, 달리 도리가 없었다. 그의 예상대로 정현선에게 도움을 청할 일이 생긴 것이다.

3

"내게 부탁할 일이란 게 뭐죠?"

정현선이 시큰둥한 표정을 지으며 물었다. 에시앙은 비닐봉지에서 메모지를 꺼내 정현선 앞에 내밀었다. 에시앙은 정현선의 눈치를 빠르게 살폈다.

'늙은 여우!'

에시앙은 정현선에게 두 번이나 보기 좋게 농락당했다. 이런 일은 수사 계통에 몸담은 뒤로 처음 겪는 수모였다. 그러나 다른 한편으로는 정확한 급소를 찾아내는 그녀의 능력을 높이 평가하고 있었다. 정현선은 보통 여자가 아니었다. 세자르의 명함에 새겨진 게마트리아 숫자를 해독했을 때부터 진작 알아보았다.

정현선은 어떻게 왕웨이의 편지를 입수한 것일까? 그리고 아비뇽 상트니 집의 단지 안에는 무엇이 있던 것일까? 그러나 에시앙은 서두르지 않았다. 세자르 사건을 풀기 위해서는 정현선의 도움이 절대적으로 필요했다. 어떻게든 그녀가 수사팀에 협조할 수 있는 분위기를 만들어야 했다.

"모르시겠습니까?"

에시앙의 말투는 비아냥거림이 섞여 있었다.

"이게 뭐죠?"

"이건 마사코의 집에서 발견된 겁니다."

"마사코요?"

"예. 잘 보십시오."

정현선은 마사코의 메모지를 세심하게 바라보았다.

> 宋朝表牋總類, 十七史纂古今通要, 資治通鑑綱目訓義, 東國通鑑, ……

"아는 내용입니까?"

"한국 고서의 목록이로군요."

"이 메모지의 재질은 3, 40년 전에 사용되었던 것으로 밝혀졌습니다. 마사코가 프랑스 국립도서관의 사서로 일하고 있을 때였죠. 지금은 생산되지 않는 종이입니다."

"마사코는 동양의 고서를 분류할 때 고서의 책제목을 메모지에 남기는 버릇이 있었죠. 아마 그때 남긴 메모 같습니다."

"그런데 이 메모지에는 세자르 관장의 지문이 묻어 있더군요."

"예?"

"제가 보기엔 세자르가 마사코를 찾아간 것도 이것 때문이 아닌가 생각됩니다."

에시앙은 정현선의 얼굴을 노려보았다.

'뭔가 알고 있어.'

에시앙은 정현선의 눈빛이 흔들거리는 것을 놓치지 않았다. 그것은 동요의 눈빛이었다. 정현선은 그런 내색을 보이지 않으려고 안간힘을 쓰고 있으나, 눈빛만은 속일 수가 없었다.

"마사코의 소식은 없나요?"

정현선은 화제를 돌렸다.

"아직 모르셨군요. 마사코도 살해되었습니다."

"아!"

정현선은 두 눈을 지그시 감았다.

"옹플뢰르의 요트 안에서 변사체로 발견되었습니다. 마사코가 왜 갑자기 옹플뢰르에 간 것일까요?"

에시앙은 틈을 주지 않고 물었다.

"마사코는 아비뇽에서 곧바로 옹플뢰르로 간 게 아닐까요?"

정현선이 움찔거리며 에시앙을 쳐다보았다.

"왜 그렇게 놀라십니까?"

"아, 아닙니다."

이대로 지나칠 수 없었다. 에시앙은 어느 정도 틈을 열어주고 그녀가 수사에 협조하는 분위기로 이끌고 싶었다. 그러나 마사코의 메모지를 보고도 딴청을 피우자, 더 이상 그녀를 방치해서는 안 된다는 생각이 들었다.

"로렌 박사님, 당신은 상트니가 마사코의 전화기에 남긴 말을 듣고 아비농에 내려가지 않았나요?"

"……."

"왜 이런 사실을 경찰에 알리지 않은 겁니까?"

"……."

"단지 안에 무엇이 있던가요?"

"아무것도 없었습니다."

정현선이 체념 섞인 소리로 말했다.

"정말입니까?"

"그래요. 내가 상트니의 집에 갔을 때는 이미 그곳에 마사코가 다녀간 뒤였어요."

"그럼 마사코가 단지 안에 있는 것을 가져갔다는 소린가요?"

"그런 것 같아요."

"마사코와 동행한 사내는 누굽니까?"

"그건 나도 몰라요."

에시앙은 이 정도로 끝내는 것이 좋겠다고 생각했다. 더 이상 정현선을 다그치는 것은 현명한 방법이 아니었다. 정현선을 부른 것은 그녀를 추궁하기 위해서가 아니라 도움을 요청하기 위해서였다.

"이 메모지를 다시 한 번 봐주십시오. 세자르가 찾아낸 한국의 고서가 이 목록에 있지 않을까요?"

"그건 저도 모르겠습니다."

"알았습니다. 번거롭더라도 시간 좀 내주십시오."

4

리슐리외 도서관의 지하 별고에 들어서는 순간 정현선은 깊은 감회에 젖어들었다. 프랑스 국립도서관을 사직하고 30여년 만에 오는 곳이었다. 지하 별고에 쭈그리고 앉아 한국의 고서를 정리하던 일이 새록새록 떠올랐다. 이역만리 땅에서 마주친 한국의 고서는 그녀에게 진한 고향의 향수를 전해주었다. 파본된 고서를 하나하나 기우고 배첩할 때마다 고향의 따뜻한 숨결을 느낄 수 있었다.

그러나 그런 감회도 잠시였다. 정현선은 긴장의 고삐를 늦추지 않았다. 마사코의 살해 소식을 전해 들었을 때는 오히려 담담한 기분이 들었다.

'마사코와 함께 온 사내는 누구일까?'

아마 그는 마사코가 옹플뢰르에 간 이유나, 단지 안에 무엇이 들어 있었는지 잘 알고 있을 것이다. 혹시 그는 왕웨이가 '프랑스의 실력자'라고 지목한 자가 아닐까. 이제 사건의 열쇠는 그 사내가 쥐고 있었다.

정현선은 지하 별고 계단을 내려가는 에시앙의 뒷모습을 바라보았다. 방금 전 에시앙의 날카로운 질문에 허둥대던 자신의 모습이 떠올랐다. 에시앙의 눈빛이 매섭게 반짝였던 것은 딱 한 번이었다. 마사코가 옹플뢰르에 간 이유가 무엇인지 물었을 때, 그의 눈동자에는 붉은 핏발이 곤두서 있었다. 금방이라도 그 핏발이 망막을 찢어내고 눈 밖으로 튀어나올 것 같았다.

"피에르 부관장은 어디 갔습니까?"

에시앙이 그들을 안내한 동양학문헌실 담당자에게 물었다.

"지금 휴가 중입니다."

"휴가요?"

"예. 몸이 좋지 않은가 봅니다."

"언제부터요?"

"어제부터 도서관에 나오지 않았습니다."

에시앙은 피에르가 없는 것이 못내 아쉬웠다. 피에르를 만나면 반드시 물어볼 것이 있었다. 얼마 전 피에르가 갑자기 독일로 출국한 것이 예사롭지 않았다. 그런데 파리로 돌아오자마자 휴가를 냈다니, 어쩐지 찜찜한 기분을 지울 수가 없었다. 필히 그에게도 무언가 곡절이 있는 것 같았다.

지하 별고의 동양학문헌실 철문이 열리자, 정현선의 얼굴이 환하게 밝아졌다.

"감회가 어떻습니까?"

에시앙이 물었다.

"고향에 다시 온 느낌입니다."

변한 것은 없었다. 서가의 위치, 문헌실에서 은은하게 풍겨 나오는 고서 특유의 냄새, 천장에 습도를 조절하기 위한 통풍까지 모두 그대로였다.

"한국 고서는 이쪽에 보관하고 있습니다."

동양학문헌실 담당자는 입구 오른쪽에 있는 서가로 그들을 안내했다. 정현선은 주머니에서 흰 장갑을 꺼냈다. 여기에 있는 고서들을 대충 살피는 데만 반나절은 걸릴 것 같았다. 정현선은 마사코의 메모지를 다시 한 번 살펴보았다.

이 목록은 한국의 대표적인 금속활자본을 시기별로 정리해놓은 것이다. 정현선은 마사코의 메모지를 보는 순간, 이것이 외규장각 비소에 있던 한국 고서라는 것을 첫눈에 알아보았다. 마사코는 이 목록을 문헌일지에 기록하지 않고 따로 보관하고 있었던 것이다. 이 목록에는 그녀가 애타게 찾고 있는 『고금상정예문』도 있었다.

정현선은 먼저 외규장각 도서가 어디에 있는지를 살폈다. 조선의 의궤, 프랑스 사람들은 이 책을 보고 한국의 책 만드는 기술에 감탄을 금치 못했다. 의궤에 있는 화려한 색상이나 장정은 유럽의 어느 나라 책에서도 찾아볼 수 없는 것이었다. 이 책들은 학이 하늘을 날 듯, 물찬 제비가 비상하듯 곱고 웅장했다. 실물을 보는 듯한 이 웅장한 그림들은 조선 왕조가 얼마나 기록에 충실하고 있었는지 잘 보여주고 있었다. 당시 의궤를 그린 화공은 조선에서도 최고의 화공들만이 참여했다. 그들은 그림만 잘 그리는 것만이 아니라 기억력도 매우 뛰어난 인물이었다. 한 번 본 실물의 풍경은 다시 되풀이되지 않기 때문에 그림 솜씨 못지않게 기억력도 뛰어나야 했다.

외규장각 의궤 도서는 동양학문헌실 안에서도 특별대우를 받고 있었다. 통풍이 가장 잘되는 곳에 소장되어 있는 것이 이를 단적으로 말해주고 있었다.

정현선은 의궤 도서를 갓난아이 다루듯 쓰다듬었다. 아쉬움과 미련, 그리고 슬픔의 물결이 잔잔하게 그녀의 가슴에 몰려들어왔다. 세자르가 살아 있었다면, 이 책들은 곧 고향으로 돌아가게 될지도 모를 일이 아닌가.

정현선은 고개를 돌려 족자 형태로 된 서가 쪽을 바라보았다. 혜초의 『왕오천축국전』이 떠올랐던 것이다. 『왕오천축국전』은 두루마리로 된 족자 형태의 책이기 때문에 의궤 도서와는 달리 서가 안쪽에 보관되어 있었다.

"제가 얼마 전에 세자르가 쓴 낙서를 보여준 적 있죠?"

에시앙이 물었다.

"'HCD+227'이라는 기호 말입니다."

"네. 기억납니다."

"그것은 한국의 승려가 인도에 다녀와서 지은 책이라고 하더군요."

"……."

"한국에서는 보물 같은 책이라고 합니다."

에시앙은 정현선을 힐끔 바라보았다. 그의 시선이 점액질처럼 끈끈하게 다가왔다.

"어떤 책인지 궁금하지 않습니까?"

"……."

에시앙은 그렇게 툭 내던지고 찬바람을 일으키며 돌아섰다.

"자, 시작해봅시다!"

에시앙은 동양학문헌실 안에 있는 간이 의자에 앉았다. 이미 시간이 꽤 걸릴 것을 짐작한 듯 뒷주머니에 챙겨온 잡지책을 펼쳤다.

'드디어 에시앙도 왕오천축국전을 밝혀냈군.'

에시앙은 야금야금 정보를 흘리면서 우회적으로 그녀를 압박해오고 있었다. 그러나 아직 고금상정예문은 밝혀내지 못한 것 같았다.

정현선은 조선의 의궤 도서를 내려놓고 그 옆에 있는 한국의 고서들을 훑어보기 시작했다. 정현선의 손길이 바쁘게 움직였다. 이 고서들 중에는 그녀의 손때가 묻지 않은 책이 거의 없었다. 서가에 켜켜이 쌓아올린 고서의 위치는 30년 전과 별로 달라진 게 없었다. 그러나 꽤 오랜 시간이 지났는데도 마사코의 도서 목록은 단 한 권도 나타나지 않았다.

그때 문헌실 안쪽에 있는 유리문이 눈에 들어왔다. 동양학문헌실 내에 있는 특별 별실 같았다. 그녀가 도서관에 근무할 당시에는 동양학문헌실에 이런 별실은 없었다.

"저 유리 별실은 뭔가요?"

정현선이 문헌실 담당자에게 물었다.

"그곳에는 아직 해독되지 않거나 출처가 분명하지 않은 고서를 따로 보관하고 있습니다."

"도서관 서지 목록에는 없는 책입니까?"

에시앙이 유리 별실로 다가오며 물었다.

"아닙니다. 이 책들은 도서관에서 특별 관리하고 있기 때문에 서지 목록은 별도로 구분되어 있습니다."

"이곳을 볼 수 있습니까?"

문헌실 담당자는 잠시 망설이는 듯한 눈치였으나 곧 유리 별실 문 앞에 섰다. 그는 유리문 앞에 있는 지문인식기에 비밀 번호를 누른 뒤 엄지손가락을 갖다 댔다. 그러자 유리문이 스르르 열렸다. 정현선은 직감적으로 이 유리 별실 안에 한국의 고서가 있을 것으로 생각했다.

십여 분 정도 흐르자 처음으로 마사코의 메모지에 있는 책 한 권이 모습을 드러냈다. 그것은 『송조표전총류(宋朝表牋總類)』로, 조선 최초의 동활자인 계미자를 사용하여 간행한 책이었다. 이 책은 조선의 금속활자본을 정리한 『진권문집』에도 나와 있었다. 그리고 그 뒤에 『십칠사찬고금통요(十七史纂古今通要)』가 발견되었다. 이 책들을 시작으로 하나둘씩 모습을 드러내기 시작했다. 정현선은 마사코의 메모지와 비교를 하면서 일일이 고서들을 확인하였다. 에시앙은 유리 별실 밖에서 정현선의 행동을 유심히 지켜보고 있었다.

시간이 흐를수록 정현선의 마음은 초조해지고 있었다. 덩달아 한국고서를 더듬는 그녀의 손길도 빨라지고 있었다. 그녀의 눈길은 오직 한 권의 책에 쏠려 있었다. 그러나 아무리 책 더미를 뒤져보아도 『고금상정예문』은 보이지 않았다.

이미 도서관 밖으로 유출된 것인가. 마지막 책을 내려놓은 그녀의 손에는 힘이 하나도 없었다. 두 번, 세 번을 더 찾아보았지만 『고금상정예문』은 끝내 나타나지 않았다. 정현선은 장갑을 벗고 유리 별실을 나왔다.

"마사코의 목록에 있는 책이 맞습니까?"

정현선은 고개를 끄덕였다. 에시앙의 얼굴이 밝아졌다.

"어떻습니까? 세자르가 찾아낸 책이 여기에 있습니까?"

"그건 모르겠습니다. 그런데 마사코의 목록 중에는 한 권의 책이 보이지 않는군요."

"그게 어떤 책입니까?"

에시앙이 틈을 주지 않고 물었다.

"한국 중세에 나온 책인데, 『동국통감』이라는 고서입니다."

"그 책이 중요한 겁니까?"

"글쎄요. 보기에 따라서는 중요하다고 할 수 있죠."

"혹시, 세자르가 찾던 책이 그 책이 아닌가요?"

"……."

"뭐라 말씀 좀 해보세요!"

에시앙의 목소리에는 짜증이 섞여 있었다.

"그 책은 아닌 것 같습니다."

정현선은 힘없이 동양학문헌실을 나왔다.

"로렌 박사님."

지하 별고를 나서는데 에시앙이 바짝 옆으로 다가섰다. 그의 목소리는 방금 전과는 달리 깃털처럼 부드러웠다.

"앞으로 수사 협조를 부탁드리겠습니다. 우리는 박사님의 도움이 필요합니다."

"……."

"절 믿으십시오."

그러나 정현선은 아무 대꾸도 하지 않았다.

'『고금상정예문』은 어디에 있는 것일까?'

리슐리외 도서관을 나오자, 머리 위로 따가운 햇살이 쏟아져 내렸다. 아쉽고 허탈했다. 갑자기 불길한 생각이 그녀의 옆구리를 스치고 지나쳤다. 어쩌면 이 책은 말 그대로 영원히 '전설의 책'으로 남는 것은 아닌

가. 그때 휴대전화 벨소리가 울렸다. 헤럴드였다.

5

"오, 세자르, 세자르."

정현선은 비디오 화면에 세자르가 나타나자 가슴이 북받쳐 올랐다. 컴컴한 밤중이지만 정현선은 한눈에 세자르를 알아보았다.

"세자르가 클라쎄 신부를 만나고 나오는 길입니다."

헤럴드가 침착한 어조로 말했다. 정현선은 비디오 화면에서 눈길을 떼지 못했다. 어느새 그녀의 눈에는 이슬이 꾸물꾸물 몰려들었다. 헤럴드는 정현선의 마음이 진정될 때까지 가만히 그녀를 지켜보기만 했다.

"미안해요. 세자르를 보는 순간 저도 모르게 그만……."

정현선은 다시 마음을 가다듬었다.

"괜찮겠어요?"

헤럴드가 다정한 목소리로 물었다.

"예. 그 동양인 여자는 어디에 있죠?"

헤럴드는 빨리돌리기 버튼을 눌렀다. 잠시 후 화면에 키가 작고 목에 스카프를 두른 동양인 여자가 나타났다.

"맞아요. 마사코에요. 마사코가 틀림없어요."

"마사코가 가지고 있는 가방을 잘 보세요. 혹시 세자르의 가방이 아닙니까?”

정현선은 고개를 흔들었다.

“아니에요. 세자르의 가방이 아니에요. 세자르는 그의 딸이 생일에 선물한 가방을 끔찍이 아꼈죠.”

헤럴드는 실망스런 표정을 지었다. 그는 마사코가 가지고 있는 가방이 세자르의 가방이라 여기고 있었고, 그 안에는 세자르가 찾아낸 한국의 고서가 들어 있을 것으로 확신하고 있었다.

“저 가방 안에 세자르가 발견한 한국의 고서가 있지 않을까요?”

헤럴드의 목소리에는 자신감이 없었다.

정현선은 모니터에서 눈길을 떼고 헤럴드를 바라보았다. 그녀는 잠시 뜸을 들인 뒤 입을 열었다.

“헤럴드, 마사코도 살해되었어요.”

“예?”

“방금 전에 에시앙을 만나고 오는 길이에요. 마사코의 사체는 옹플뢰르에서 발견되었다고 하는군요.”

헤럴드 역시 마사코의 죽음을 예감한 것처럼 별 반응을 보이지 않았다.

“그리고 세자르가 찾아낸 한국의 고서를 드디어 알아냈어요. 그건 바로 『고금상정예문』이라는 책이예요.”

“그 책은…… 현존하지 않는 책 아닙니까?”

“『고금상정예문』을 알아요?”

“물론이지요. 로렌의 저서에도 그 책이 상세하게 나와 있지 않습니까.”

그랬다. 정현선이 쓴 책에는 『직지』와 더불어 『고금상정예문』도 있었다.

"주베르의 『강화도 원정기』에 있는 문구나, 세자르가 왕웨이 수첩에 적은 메모는 『고금상정예문』을 뜻하는 것이었어요. 옛것과 현재의 예의를 정리한다는 말은 바로 그 책을 직역한 겁니다. 세자르가 죽기 전에 그의 딸에게 보낸 편지에도 나와 있어요."

헤럴드는 어안이 벙벙했다. 그 책은 한국에서도 전설의 책으로 알려져 있는 책이 아닌가.

"세자르는 이 책을 발견한 뒤 파리 주재 특파원들에게 알리려고 기자간담회를 요청했던 겁니다. 마사코나 왕웨이, 그리고 상트니도 이 책의 존재를 알고 있었어요."

"그럼 30년 전 이들의 비밀이란……."

"바로 이 책의 존재를 은폐하려는 것이었죠. 그들은 이 책이 세상에 알려지는 것을 철저히 막았던 겁니다."

헤럴드는 고개를 끄덕였다.

"상트니는 자신들의 약조를 깨고 이 책을 독일과의 비밀 협상에 이용하려고 했어요. 그러다가 살해당한 겁니다. 왕웨이도 마찬가지구요."

"그럼, 이러고 있을 때가 아니죠."

헤럴드는 자리를 박차고 일어났다.

"어, 어쩌시게요?"

"그 책을 찾아야지요."

헤럴드는 종이쪽지 하나를 꺼냈다.

"그게 뭐죠?"

"마사코가 주차장 쓰레기통에 버린 겁니다. 바로 비밀의 방 금고 번호죠."

외규장각은 덩그러니 홀로 서 있었다.

산전수전 다 겪은 굴곡의 섬 강화도. 이 섬은 사방이 갯벌로 둘러싸이고, 육지와 떨어진 곳에서는 물살이 빨라 접근이 어려운 국방상 천연의 요새다. 이런 연유로 몽고군이 고려를 침략했을 때 고려 조정은 강화도로 들어가 수십 년을 버텼다. 여진족의 침략을 받았을 때의 조선 정부는 이곳에 방어 시설을 만들고 유사시에 대비하는 정책을 펴왔다. 18세기 들어와서도 조선의 왕들은 도성의 외곽을 방어하는 전진기지로서 강화도의 기능을 중시하고 이곳에 있는 행궁을 대폭 수리하거나 증축하였다. 이런 역사적인 배경 이외에도 강화도는 역사의 깊은 숨결이 배어 있는 곳이다. 정조가 외규장각을 강화에 세운 것도 이와 같은 지리학적인 안목 때문이었다.

최동규는 아릿한 시선으로 외규장각을 굽어보았다. 겉모양새는 역사의 기록대로 충실히 복원했지만, 조선의 아련한 숨결이 느껴지지 않았다. 제아무리 날고 기는 목공들이 못질 한 번 하지 않고 외규장각을 복원해도 역사의 숨결만은 복원할 수 없었다.

외규장각이 복원된 것은 2004년 가을이었다. 5차에 이르는 외규장각 발굴팀이 고문서에 나타난 사료를 바탕으로 정조가 세웠던 바로 그 자리에 6칸의 외규장각을 재현했다. 늘 그렇듯이 하나의 문화재가 세워지기까지 많은 어려움이 따르는 것은 당연한 일이었다. 사료에는 한계가 있기 마련이라 외규장각의 크기와 위치를 정하는 데도 여기저기 말이 많았다. 복원 공사가 가시화되면서 내로라하는 목공들이 하나둘씩 강화로 모여들어 외규장각의 견고함과 은근한 문양을 꼼꼼히 새겨 넣는 수고를 아끼지 않았다. 나름대로 준엄한 일가견이 있는 목공들의 자부심은 학자들 못지않아 쇠붙이 못을 사용하지 않음은 말할 것도 없었다. 외규장각의 복원도 국민들의 관심이 없었다면, 누구 하나 나서서 복원 의사조차 전달하지 못했을 것이었다. 외규장각의 복원을 구체화시키고 조선의 목공보다 더 빼어난 기술자들을 섭외하고 그들의 술추렴 자리까지 끼어들어 독려하던 인물이 바로 최동규였다.

'바로 여기가 되겠군.'

최동규는 복원된 외규장각 뒤뜰을 둘러보며 비소가 그려진 곳을 어림잡아 가리켰다. 외규장각 뒤뜰은 잡초만이 무성하게 자라 철지난 휴양지처럼 을씨년스러웠다. 140년 전의 흔적은 온데간데없었다.

그러나 최동규는 이 역사의 현장에서 용광로처럼 활활 타오르는 열기를 느낄 수 있었다. 그것은 조경환이 보내는 뜨거운 숨결과 매서운 눈빛, 그리고 어둠을 가르는 불똥이었다. 외규장각을 배경으로 불화살을 당기는 조경환의 모습이 희미하게 보였다. 그의 불화살에 놀라 혼비백

산하는 프랑스 군인들의 모습도 보였다. 그뿐이 아니었다. 외규장각 지하에 굴을 파고 그 안에 고서를 옮기는 진권회원들의 모습도 다가왔다. 바로 그곳에 '전설의 책'이 있었다.

'고금상정예문'

이 책의 존재를 알리는 정현선 박사의 목소리는 떨리고 있었다. 최동규는 다소 격앙되어 있는 정현선의 말을 믿지 않았다. 『고금상정예문』은 전설의 책이 아닌가. 이규보의 『동국이상국집』에 잠시 언급되었을 뿐 그 후 이 책을 다룬 역사서는 없었다. 그런데 세자르가 발견한 한국의 고서가 『고금상정예문』이라니, 믿어지지가 않았다. 정현선은 그런 최동규를 예상했다는 듯이 차분하게 그 책에 대해 설명했다. 두말할 나위가 없었다. 그 책은 바로 『고금상정예문』이었던 것이다.

가만히 지난 기억을 더듬어보면, 이 책은 결코 전설의 책이 아니었다. 조선의 책벌레인 진권회원들이 이 위대한 금속활자본을 그냥 방치할 리가 없었다. 그들은 이미 『직지심경』나 『고금상정예문』이 얼마나 위대한 책인지 잘 알고 있던 것이다. 조선의 금속활자본을 체계적으로 정리한 이들이 고려의 금속활자본을 놔둘 리가 없지 않은가. 정현선과 통화를 끝내고 최동규는 잠시 공황 상태에 빠져들었다. 『왕오천축국전』과 『고금상정예문』, 과연 미완의 결정(結晶)으로 남아 있는 이 위대한 유산을 찾을 수 있을까?

최동규는 한동안 외규장각에 머물다가 차에 올랐다. 그의 차는 남길준이 있는 전등사 쪽으로 향하고 있었다.

7

마들렌 성당에 어둠이 내려서고 있었다.

더 이상 소음은 들려오지 않았다. 성당 주차장 주변에 있는 덤프트럭과 공사 차량도 하나둘씩 성당을 빠져나가고 있었다. 성당 정문에는 인부들이 삼삼오오 모여 담배를 피우며 잡담을 나누고 있었다. 공사 인부들에게는 하루를 마감하는 시간이었다. 정현선과 헤럴드는 이 시간을 기다렸다는 듯 비로소 몸을 움직이기 시작했다.

본당 안으로 들어서는 그들은 간편한 캐주얼 차림이었다. 정현선은 깊은 챙 모자를 눌러썼고 헤럴드는 등산용 가방을 둘러맸다. 본당 안은 공사 장비를 챙기는 수십 명의 인부들이 떠드는 소리로 시끌벅적했다. 헤럴드는 본당 왼쪽편 길을 따라 제단 쪽으로 천천히 걸어갔다. 그 뒤를 정현선이 조용한 걸음으로 따라갔다. 제단 옆에는 마리아 막달레나 승천상이 그들의 발걸음을 내려다보고 있었다.

본당 제단 뒤에는 성당의 복도로 통하는 문이 있다. 이 문이 외부인에게 열리는 시간은 단 한 차례, 오후 7시에서 8시 사이다. 마들렌 성당에서는 공사를 끝낸 인부들을 위해 화장실과 샤워실을 개방해주었다. 정현선과 헤럴드는 이 시간이 오기만을 목이 빠지게 기다리고 있었던 것이다.

그들은 인부들 틈에 끼여 화장실로 흩어졌다. 그리고 각자 화장실 한 칸을 차지하고 문을 꼭 걸어 잠갔다. 이제 공사 인부들이 다 빠져나가기를 기다리는 일만 남았다. 정현선은 화장실 변기통에 앉아 꼼짝도 하지 않았다. 이윽고 인부들의 떠드는 소리가 점점 잦아들더니 한두 명의 소리만이 간간이 들려왔다.

"로렌!"

8시가 되자, 화장실 문밖에서 헤럴드의 목소리가 들려왔다. 정현선은 문을 열고 화장실 밖으로 나왔다. 이제부터 숨 가쁜 탐사의 시간이 될 것이다.

성당 복도는 크고 넓었다. 인부들 틈에 끼여 들어왔을 때는 잘 몰랐는데, 복도는 끝이 잘 보이지 않을 정도로 길었다. 복도 벽의 유리창은 로마네스크 양식을 본 뜬 모자이크 무늬가 아름답게 빛나고 있었다.

그들은 복도 중간에 있는 대형 유리 거울 앞에서 왼쪽으로 몸을 틀었다. 복도 모서리를 돌자 오래된 나무문이 나왔고, 헤럴드는 소리 나지 않게 문고리를 잡았다. 헤럴드의 행동이 너무 신중해 보였는지 정현선은 자신도 모르게 몸을 낮추고 두 다리에 힘을 주었다. 이번에는 가파르고 좁은 나무 계단이 나타났다. 그들은 천천히 나무 계단을 밟고 아래로 내려갔다. 사방에는 빛이 하나도 들어오지 않았다. 벽에는 작은 전등이 희미하게 불을 밝히고 있었다.

헤럴드는 지하 계단을 내려간 뒤 작은 쪽문 앞에서 걸음을 멈추었다. 쪽문에는 다이얼로 된 열쇠가 달려 있었다. 헤럴드가 열쇠 번호를 누르자, 쪽문이 스르르 열리고 제법 큰 공간이 드러났다.

헤럴드는 잠시 감회에 젖은 듯 비밀의 방을 둘러보았다. 이곳에 발을 들여놓기까지 5년의 세월이 걸렸다.

"생각보다 아담하군요."

정현선이 말했다. 비밀의 방은 작고 아담했다. 사방이 밀폐되고 지하 깊숙한 곳에 있어서 문화재를 은밀히 소장하기에는 적합한 곳이었다. 헤럴드는 토트의 비밀 회원들이 왜 이곳을 선택했는지 알 것 같았다. 성당 내부에 이런 은밀한 장소가 있으리라고는 감히 짐작조차 못하리라. 비밀의 방 천장에는 마리아가 아기 예수를 안고 있는 모습이 그려져 있었다. 마리아는 금단의 구역에 들어선 그들을 묵묵히 굽어보고 있었다.

여기는 당신들이 올 곳이 아니야. 마리아는 마치 그렇게 말하고 있는 것 같았다.

헤럴드는 비밀의 방 한가운데에 있는 대리석 문을 열었다. 그러자 그 안에는 어린 아이 크기만 한 금고가 이열횡대로 길게 늘어서 있었다. 눈짐작으로 봐도 20여 개는 훨씬 넘어 보였다. 금고의 오른쪽 상단에는 하나같이 아라비아 숫자가 또렷하게 표기되어 있었다.

헤럴드는 주머니에서 쪽지를 꺼냈다. 이 쪽지는 마사코가 주차장 휴지통에 버린 것인데, 운이 좋게도 휴지통에 그대로 남아 있었다. 헤럴드가 비밀의 방에 들어가야겠다고 결심을 굳힌 것도 이 쪽지 때문이었다.

"8번 금고로군."

헤럴드는 8번 금고 앞에서 숫자에 적힌 대로 번호를 돌렸다.

'22, 45, 67, 11……'

정현선은 숨을 죽였다. 손에는 어느새 촉촉이 땀이 배어 있었다. 전설과 현실의 경계선에 서 있는 기분이 이럴까. 이제 이 문이 열리면 '전설의 책'은 오랜 잠에서 깨어나 기지개를 힘껏 켤 것이다. 8백 년 가까이 숨죽인 전설의 시간이 비로소 현실로 돌아올 것이다. 헤럴드가 다이얼

번호를 차례대로 돌리자 육중한 금고문이 열렸다.

"……!"

"……!"

정현선의 어깨가 축 처졌다. 일말의 기대는 물거품처럼 사라졌다. 금고 안은 텅 비어 있던 것이다. 아니, 그 안에는 손바닥만 한 헝겊이 코를 박고 누워 있었다. 헤럴드가 금고 안에 있는 헝겊을 꺼냈다.

"이, 이것은……?"

정현선의 눈이 휘둥그레졌다.

"에시앙이 보여주었던 바로 그 기호예요!"

삼각형을 떠받치고 있는 물결 기호…… 상트니의 옷에서 나왔다고 하는 그 이상한 기호와 똑같았다.

"이게 어떻게 된 거죠?"

정현선이 물었다. 헤럴드는 아무 말도 못하고 멍하니 낡은 헝겊만 바라보았다. '전설의 책'이 있어야 할 금고 안에 왜 이것이 있는 것일까. 애초부터 이 금고 안에 마사코의 가방은 없던 것이 아닐까. 헤럴드는 잠깐 동안 의식의 파행을 겪고 있었다.

철커덕!

그때였다. 등 뒤에서 문이 닫히는 소리가 들려왔다. 그와 동시에 비밀의 방에 있던 작은 등의 불빛도 꺼졌다. 사방은 칠흑 같은 암흑으로 변했다. 마치 검은 물감을 뒤집어쓴 것 같았다.

"무, 문이 잠겼어요."

정현선이 낮은 목소리로 말했다. 헤럴드는 가방에서 손전등을 꺼낸 뒤 문 주위를 비추었다. 문은 꼭 잠겨 있었다. 헤럴드가 있는 힘을 다해 문고리를 잡아 밀었으나, 문은 꼼짝도 하지 않았다.

"밖에서 누군가 문을 잠근 게 틀림없어요."

정현선의 얼굴이 예상치 못한 복병을 만난 것처럼 딱딱하게 굳어 갔다. 헤럴드는 손전등으로 비밀의 방 안을 차분히 더듬었다. 비밀의 방은 하나의 거대한 밀폐 상자였다. 아무리 세세하게 더듬어도 그들이 빠져나갈 틈은 없었다. 그들은 꼼짝없이 비밀의 방에 갇힌 것이다.

정현선은 바닥에 털썩 주저앉았다.

비밀의 방에 긴 정적이 흘렀다. 아무 소리도 들리지 않았다. 규칙적인 숨소리와 이따금씩 흘러나오는 가벼운 한숨소리 이외에는.

시계는 아침 6시를 가리키고 있었다. 이곳에 들어온 지 8시간, 아직 포기하기에는 이른 시간이다. 어떻게든 이곳을 빠져나갈 묘안을 찾아야 한다. 그러나 목청 높여 소리를 지르고, 벽을 두드리고, 발을 동동 굴러도 소용이 없었다. 유일한 희망이었던 휴대전화는 깊은 지하에다가 사방이 밀폐된 탓인지 내내 불통이었다. 누군가 그들을 발견하지 않는 한 그들이 이곳을 빠져나갈 수 있는 방법은 없었다. 그들은 외부와 단절된 채 철저히 격리되어 있는 것이다.

졸음이 밀려왔다. 정현선은 벽에 기댄 채 쪼그려 앉아 있었다. 바닥에서는 서늘한 냉기가 스멀스멀 기어올랐다. 이제 곧 추위가 몰려올 것이다. 그 뒤를 이어 허기가 밀려올 것이고, 인내를 시험하는 극한의 한계에 부딪칠 것이다. 정현선은 그런 한계를 맞이할 마음의 준비를 잊지 않았다. 두려움의 가장 큰 적은 두렵다고 생각하는 마음이다.

헤럴드는 손전등을 비추며 가방에서 뭔가를 찾고 있었다. 그래도 말 상대가 있는 게 천만다행이었다. 이런 고립무원의 지대에서는 추위나 배고픔보다 더 참기 힘든 것이 외로움이었다.

"들어요. 초콜릿이에요."

헤럴드가 초콜릿을 내밀었다.

"전 됐어요."

"기다리는 것도 체력이 있어야 해요."

정현선은 마지못해 초콜릿을 받았다.

"너무 걱정하지 말아요. 토트를 추적할 때 오늘처럼 갇힌 적이 몇 번 있었죠."

"……."

"그때마다 운이 좋게 잘 빠져나왔거든요."

"당신은 왜 토트에 그렇게 집착하는 거죠?"

정현선은 그렇게 물으면서도 참으로 한심한 질문이라는 생각이 들었다. 사람이 무엇 하나에 미칠 수 있다는 것, 그것은 열정을 안고 살아가는 사람만의 특권이 아닌가!

"집착이라……. 이건 결코 단순한 집착이 아니에요. 물론 이런 집착이 생기기 전에는 호기심으로 출발했죠. 로렌도 생각해봐요. 19세기 세계의 문화재를 장악했던 비밀 조직, 비록 토트가 전설로만 떠돌던 조직이라고 해도 이는 나를 흥분시키기에 충분했죠. 그런데 토트의 흔적을 조금씩 찾아가면서부터 토트는 내게 숙명처럼 다가왔어요. 뭐랄까, 토트를 파헤치지 못하면 앞으로 나는 아무것도 할 수 없을 것이라는 생각이 든 것이죠. 기어이 끝장을 보겠다는 오기와 자존심, 그리고 내 일생을 건 도박 같은 것이 어느새 토트와 함께 맞물려 굴러가고 있었어요."

헤럴드는 잠시 말을 멈추고 긴 한숨을 내쉬었다.

"토트는 내게 있어서 허망한 늪이기도 했고, 때로는 나를 자각시켜준 인생의 등불이기도 했습니다. 알고 보면 사람이 어디 한 군데 미칠 수 있다는 것은 행복한 일이잖아요?"

정현선은 빙그레 미소 지었다.

"토트는 먹잇감을 야금야금 흘리면서 포기하지 못하도록 나를 유혹했죠. 정말 그랬어요. 분명 그들이 남긴 흔적은 있는데, 확실하게 토트를 입증할 수 있는 것은 없었죠. 꼬리만 있고 몸통은 없었던 겁니다. 후후. 그렇게 난 오랜 세월을 보냈습니다. 사실 얼마 전 파리에서 경찰이 찾아오기 전까지만 해도 나는 토트를 포기하고 있었어요. 더 이상 남은 삶을 토트에게 바치기 싫었던 거죠. 비록 10년이라는 짧지 않은 세월을 허망하게 보냈지만, 그때 깨끗하게 손을 털었습니다. 그런데 세자르가 죽은 이후 토트는 또 내게 유혹의 미끼를 던진 겁니다. 아니, 이것은 미끼가 아니라 내게는 월척으로 보였죠. 이번에야말로 끝장을 보고 싶었습니다."

"그 심정 이해가 가요."

정현선은 헤럴드의 마음을 이해하고도 남았다. 그녀 역시 한때 외규장각 의궤 도서에 단단히 빠져든 때가 있었다.

"로렌은 사랑을 해본 적이 있어요?"

정현선은 헤럴드의 느닷없는 질문에 어리둥절했다.

"사랑이요?"

"예."

"물론이죠. 그럼 이 나이가 되도록 그 흔한 사랑 한 번 못해봤을 것 같아요."

"근데 왜 독신으로 평생을 사는 거죠?"

정현선은 지그시 눈을 감았다. 오랜 기억의 상자 속에서 한 남자가 슬며시 고개를 내밀었다. 청바지가 잘 어울리고 우수에 젖은 파란 눈이 아주 매력적인 프랑스 청년이었다.

"한 사람을 지독히 사랑했죠. 프랑스에 유학 온 지 2년째 되던 해였어요. 헤럴드는 운명을 믿어요?"

"글쎄요…… 때에 따라서는 믿기도 하죠."

"지금 생각해보니 우리의 만남도 운명이었던 것 같아요. 그는 내 첫사랑이었거든요."

"첫사랑? 근사하군요. 그래서요?"

"우리는 정말 열렬히 사랑했어요. 하루라도 보지 못하면 잠이 오지 않을 정도였지요. 그런데 약혼식을 나흘 앞두고 그는 내 곁을 떠났어요. 교통사고로 목숨을 잃은 거죠. 그날은 내 생일이기도 했어요. 그때 그 사람은 한 손에 장미꽃을 꼭 쥐고 있었다고 하더군요."

"로렌의 생일 선물인가요?"

"그래요."

"오호, 그럼 독신이 된 것은 그 첫사랑 때문이로군요."

"모르겠어요. 그 뒤로도 몇몇 남자를 만나긴 했는데, 그만한 남자가 없더라고요. 그러다가 서른을 넘기면서 포기했어요."

"외롭지 않아요?"

"나이가 들면 외로움도 익숙해지나 봐요. 어느 때는 혼자 사는 게 편할 때도 많아요."

헤럴드는 재킷을 벗어 정현선에게 입혀주었다.

"고마워요."

"……."

"부인은 좋겠어요. 유머도 있고 다정한 남자를 만나서."

"안 그래요. 아내는 내가 밖으로 돌아다니는 것을 싫어했어요. 나보고 늘 빵점짜리 남편이라고 하는데요."

"그야 투철한 직업 정신 때문이잖아요."

"그런가요? 하하, 아내는 그런 나를 이해하지 못했어요. 오죽했으면 나를 보고 유령 사냥꾼이라고 했겠어요."

"유령 사냥꾼이요?"

"그래요. 아내는 토트를 유령 조직으로 알고 있었죠."

정현선은 헤럴드의 여유 있는 모습을 보자, 다소 마음이 안정되었다. 이런 최악의 상황에서 헤럴드 같은 파트너를 만난 것도 그나마 다행이었다.

"헤럴드는 왜 고고학자가 되려고 했어요?"

"음, 그것은 슐리만 때문이었죠."

"트로이 유적을 발견한 아마추어 고고학자 말인가요?"

"그래요. 고등학교에 입학한 뒤 우연히 슐리만의 자서전을 읽었죠. 슐리만은 어렸을 때부터 트로이전쟁을 다룬 호메로스의 『일리아스』를 수백번도 더 읽었죠. 그러면서 그는 트로이가 신화나 전설이 아닌 실제 역사에 존재했던 땅으로 믿게 되었죠. 그때 슐리만은 스스로 이런 결심을 했다고 합니다. '나는 트로이를, 그리고 그곳을 발굴하겠다고 한 맹세를 한시도 잊은 적이 없다.' 슐리만은 나중에 갑부가 되자 어렸을 때의 맹세를 실천에 옮겼어요. 트로이 유적 발굴 작업에 직접 나선 것이죠. 당시 슐리만은 고고학의 기초도 잘 몰랐던 순수 아마추어였어요. 사람들은 그를 보고 모두 미친 짓이라면서 거들떠보지도 않았죠. 그런데 결국 그는 모두가 신화라고 여겼던 트로이의 유적을 발굴해 세상을 깜짝 놀라게 했죠. 슐리만이 새로운 유적을 발굴할 때마다 전 세계 언론은 물론 고고학을 모르는 사람들도 열광했죠. 슐리만이 트로이 유적을 발굴했을 때가 세계 고고학계의 최고 전성기였고, 아울러 토트의 전성기이기도 했죠. 슐리만은 신화를 역사로 바꾼 인물이죠. 나를 이리로 이끈 것은 바로 슐리만의 자서전이었어요."

신화를 역사로 바꾸다……. 정현선은 문득 『고금상정예문』을 떠올렸다. 이 책 역시 전설을 역사로 바꿀 책이 아닌가!

8

"잘 봤습니다. 어르신."

최동규는 『진권문집』을 남길준 앞에 공손히 내밀었다.

"그래, 도움이 됐나?"

"그렇습니다. 이 책은 매우 진귀한 책입니다."

"허허. 그렇다면 다행이로군. 나도 자네가 돌아간 뒤 알아봤는데, 리델 신부는 조선의 고서에 꽤나 관심이 많았었다는군."

최동규는 고개를 끄떡였다.

"그리고 조경환이 말일세, 이 늙은이가 뭘 잘 알지도 못하면서 지껄였어."

남길준은 최동규 앞에 두 권의 책을 내밀었다.

"조경환은 불란서군의 첩자가 아니었어. 대원군 반란 사건으로 처형된 것도 아니었지. 거길 보게나."

무릇 천리(天理)를 거역하는 자는 반드시 망하고 국법을 어긴 자는 반드시 처벌을 받는 것이 마땅하다. 잠시의 고통을 이기지 못하여 양이(洋夷)와의 친교를 허락하고, 양이의 일시적인 협박을 이겨내지 못하여 그들에게 교역을 허락했으니 국운이 쇠퇴하는 것은 자명한 일이라. 군관이 관아를 버린 채 패주하는 상황에도 강화에는 고매한 우국충절의 지사가 있었으니 그가 바로 조경환이니라. 조경환의 용맹은 산천이 떨 정도로 양이의 간담을 서늘케 하여 천만대병과도 같았으며, 외각(外閣)을 사수하려는 고매한 선비 정신은 그 본보기가 만인의 거울로 삼기에 조금도 부족함이 없다. 비록 그 울분을 참지 못해 스스로 이승을 떠나는 신세가 되었다고 하나 그의 용맹은 대를 이어 널리 알려질 것이다. 이제 와서 한 주검을 앞에 두고 통탄한들 무슨 소용이 있으련만 그래도 그 넋을 위로하는 것이 남아 있는 자의 도리가 아니겠는가.

"이 글은 이장렴(李章濂)이 쓴 것이네."

"이장렴은 누굽니까?"

"강화 유수지. 불란서군이 강화에 쳐들어왔을 무렵에는 이인기가 강화 유수를 맡고 있었어. 그러나 조정은 이인기에게 패전의 책임을 물어 파직하고 이장렴을 유수로 임명했지. 이때까지만 해도 조경환의 사인을 잘 몰랐던 것 같아. 전에도 말했지만 불란서군이 물러간 뒤에 전란을 수습하느라 정신이 없었거든. 이 글을 쓴 날짜를 보니 조경환이 죽고 난 뒤 한참 뒤에 쓴 것이더군."

이 글을 쓴 날짜는 1867년 2월이었다. 조경환이 죽은 지 석 달이나 지난 뒤였다.

"첩자를 색출하고 전란을 수습하는 도중에 조경환의 죽음을 두고 이러쿵저러쿵 말이 많았던 게야."

최동규는 고개를 갸웃거렸다. 그건 아니다. 리델의 글에서는 프랑스군이 철수할 무렵 조경환은 스무 명의 장정을 동원할 정도로 그 위세가 높았다.

"어찌됐든 내가 잘못 본 것이 틀림없네. 이 글을 보아하니 조경환은 당시 불란서군을 물리치기 위해 대단한 활약을 한 것 같아. 이장렴이 조경환을 칭송한 것은 바로 이 때문이 아니겠나?"

"여기에 보니 조경환의 죽음은……."

"자결한 것이지."

"……."

"외규장각이 잿더미로 변한 것을 보고 얼마나 가슴이 아팠겠나. 결국 이를 지키지 못한 죄책감에 시달리다가 스스로 목숨을 끊었던 게야."

"자결한 것을 어떻게 알 수 있나요?"

"조경환의 유서가 있어."

> 하늘이 장차 대통을 제왕에게 주려고 하면 반드시 기물(器物)을 가지고 부서(符瑞)로 삼는다. 고대의 제왕들은 천구(天球)라는 옥, 큰 조개, 붉은 칼 같은 것을 곁에 두어 통치의 상물로 여겼다. 조선에서는 세종 조에 만든 활자가 국가를 전하는 부서가 되어 지금까지 대를 이어와, 인쇄해낸 책이 몇 백만 권인지 모르고 길러낸 인재가 몇 천 명인지를 모른다. 이 활자는 여러 번의 전쟁을 거쳤어도 끝내 없어지지 않고 국가와 운명을 함께 했으나, 미천한 선비에 의탁해 천수를 누리지 못하고 명을 다하고 말았다.
>
> 슬프다! 화마에 휩싸인 금보(金寶)와 은인(銀印), 옥책(玉冊)을 지켜보는 심정을 어디에 비할 수 있겠는가. 칼이 심장을 도려내는 것보다, 사지(四肢)가 찢기는 것보다 더 아프고 참담하지는 않으리라.

이제 양이는 물러갔지만 어제, 어필은 온데간데없고, 선왕의 부서는 잿더미에 묻혀 있어 통탄을 금치 못할 일이다. 하늘이 내 편이 되어주지 않고 땅조차 등을 돌리니 이 한 몸 어디에 의지하며 살아갈 수 있단 말인가. 이 한 목숨 바다 저편에 뿌리면 그만이거늘 화마에 쓸려간 선왕의 보물은 어디에서 구할 수 있을까. 비록 이승을 떠나 구천을 떠도는 신세가 되어서라도 혼백만은 가져가지 못하리니, 내 이 땅에 산천이 되어 굽이 살펴보겠노라.

"이 글은 이장렴이 조경환의 유서를 필사해서 책으로 남긴 것 같아. 낱장의 유서가 후대에까지 보존되기 위해서는 책으로 엮어져야 한다고 생각했던 거지."

"친필 유서는……?"

"그걸 어떻게 이제 와서 찾을 수 있겠나. 원래 낱장으로 된 것은 예나 지금이나 찾기가 어려워. 혹시 모르지. 이장렴이 이처럼 필사한 것으로 봐서 어딘가에 남아 있을지."

조경환의 글에는 외규장각 의궤 도서를 지키려는 절절한 마음이 잘 나타나 있었다. 조경환은 외규장각 의궤 도서뿐만 아니라 조선의 금속활자에도 대단한 자부심을 가지고 있었다. 그는 조선의 금속활자를 군주의 부서로 삼을 정도로 높이 평가했던 것이다.

처음부터 최동규는 조경환이 독살된 것에 강한 의구심을 가지고 있었다. 그런 의구심은 리델의 편지를 보면서 더욱 커져갔다.

"내가 지난번에 김탁우에 대해 말한 적이 있었지? 조경환의 검서관 동료 말일세."

"예. 기억이 납니다."

"김탁우도 뒤늦게 조경환의 죽음을 알고서 그의 무덤을 강화 행궁 쪽으로 이장했지. 외규장각이 잘 보이는 곳으로 말이야."

"그럼 지금도 조경환의 무덤이 있습니까?"

"웬걸, 그 근처의 공동묘지 빼고는 다 사라졌지."

남길준은 씁쓸한 미소를 지었다. 『진권문집』을 바라보는 그의 눈가에 잔주름이 험하게 출렁거렸다.

"자네 혹시 조생(曺生)이라는 인물 들어봤나?"

남길준이 방 안에 있는 고서를 둘러보며 물었다.

"정약용은 그를 가리켜 '백 살이 넘은 말세의 신선'이라고 했지. 이 조생이라는 자는 하도 신비해서 그의 사생활은 철저히 가려져 있었어."

"조선 후기 유명한 책장수 아닙니까?"

"허허. 제대로 알고 있군. 조생은 조선에서 책에 관한 한 자신보다 더 아는 사람이 없을 거라고 하면서 스스로 책에 성씨를 붙여 조책(曺冊)이라고 불렀지. 그 조생의 손자가 바로 조경환일세."

"예?"

"조생은 영조 말년에 쫓기듯이 강화에 들어와 자리를 잡았지. 강화에 들어온 뒤로 그의 행적이 한동안 묘연했는데, 당시 그가 가지고 있던 책을 통해 조생이 강화에 있던 걸 알게 되었네. 이런 조생의 신분을 가장 먼저 알았던 자가 바로 강화학파의 한 사람인 이건창(李建昌)일세. 그는 조생이 생전에 가지고 있던 책으로 공부를 하다가 조생의 내력을 알게 된 거지."

이건창은 조선 후기 매천야록의 저자인 황현과도 가까이 지낸 인물이었다. 김 조교가 가져온 자료에는 이건창이 조경환의 제자로 나와 있었다.

"이건창은 병인양요가 일어나던 그해에 15세의 나이로 문과에 급제한 신동이었어. 당시 강화의 문재(文才)들은 대부분 조생이 들여온 책을 가지고 공부를 했지. 조생은 죽은 뒤에도 생전에 그가 지니고 있던 많은 책으로 후학을 길러낸 게야. 조경환도 이런 조부를 두었으니 책에 대해서는 둘째가면 서러워할 친구가 아니었겠나. 그러고 보니 이건창의 집안과 조경환은 여러모로 닮은 점이 많군. 이건창의 조부가 철종 때 이조판서를 지낸 이시원(李是遠) 아닌가. 병인양요 당시 고향인 강화도에 있던 이시원은 불란서군이 침입하자 강화를 지키지 못한 것을 한탄하며 세 통의 유서를 남긴 채 양잿물을 마시고 목숨을 끊었지. 조경환처럼 말일세."

이제 비로소 조경환의 정확한 사인이 풀렸다. 그런데도 왜 이리 마음이 허전한 것일까. 남길준의 집을 나서는 최동규는 마치 가슴 한구석이 뻥 뚫린 것처럼 외롭고 허전했다.

그날 밤 최동규는 집에 들어오자마자 정현선에게 전화를 걸었다. 그동안 어떻게 진행되고 있는지 파리의 일이 궁금해서 견딜 수가 없었다. 고금상정예문과 왕오천축국전의 완간본, 과연 이 두 권의 위대한 고서를 찾을 수 있을까.

뚜우뚜우……. 그러나 반복되는 기계음만 들려올 뿐 정현선은 전화를 받지 않았다. 다음 날도, 그 다음 날도 마찬가지였다. 시간이 흐를수록 그의 머릿속에는 상상해서는 안 될 몹쓸 장면이 떠나지를 않았다.

'정 박사님에게 무슨 일이 생긴 게 아닐까?'

9

또 하루가 지나갔다. 헤럴드가 가져온 비상식량도 바닥을 드러냈다.

'이제 꼼짝없이 이곳에서 죽는 것이 아닌가!'

정현선은 문득 그런 생각이 들었다. 헤럴드도 점차 시간이 흐르자, 초조한 기색을 보이기 시작했다. 말수가 훨씬 줄어들었고, 이따금씩 땅이 무너질 듯 긴 한숨을 토해냈다. 정현선도 마찬가지였다. 헤럴드가 마음의 여유를 갖기 위해 그녀에게 간간이 보내는 농담에도 별 반응을 보이지 않았다. 춥고 피곤하고 배가 고팠다. 이곳에 들어온 지 사흘이 되었는지 나흘이 되었는지 가물가물했다. 시계는 8시를 가리키고 있었는데, 아침 8시인지 저녁 8시인지 구분이 가지 않았다. 이제 몇 시가 되었는지 확인하는 것은 무의미한 일이었다.

'세자르를 살해한 범인은 누구일까?'

정현선은 흐트러지는 마음을 바로잡았다. 약해지는 마음을 붙드는 방법은 여러 가지가 있다. 그러나 분노나 증오만큼 나약해지는 마음을 강하게 해주는 특효약은 없다. 정현선은 세자르를 살해한 범인을 떠올렸다. 그리고 『고금상정예문』을 떠올리고, 『왕오천축국전』을 떠올리고 세 자르의 손톱이 빠져 있는 사진을 떠올렸다. 그러자 또다시 가슴속이 활활 타오르는 것 같았다.

"헤럴드."

정현선이 조용한 목소리로 그를 불렀다. 헤럴드는 벽에 기대 몸을 새우등처럼 구부리고 있었다. 잠이 들었는지 꼼짝도 하지 않았다.

"……."

"자요?"

"아뇨."

헤럴드는 손전등을 켰다. 만약의 사태에 대비하기 위해 헤럴드는 손전등의 배터리를 아껴두고 있었다.

"가방에 뭐가 있어요?"

헤럴드는 대답대신 그의 가방을 정현선에게 넘겨주었다. 휴대용 칼과 밧줄, 그리고 작은 삽이 잡혔다. 정현선은 삽을 쥐고 벌떡 일어났다.

"뭐 하려고요?"

정현선은 삽으로 문을 거세게 내리쳤다. 탕탕탕, 요란한 굉음이 비밀의 방에 진동했다.

"밖에 누구 없어요! 여기 사람이 갇혔어요!"

정현선은 여러 차례 삽으로 벽을 치고 문을 치고 소리를 질렀다.

"소용없어요."

헤럴드는 그런 정현선을 측은한 눈길로 바라보았다.

"로렌, 밖에 나가면 내가 맥주 한 잔 사겠어요."

"……."

"아주 시원한 걸로."

헤럴드는 정현선을 진정시키려는 듯 농담을 건넸다. 그러나 정현선은 그런 농담을 받아들일 정도로 여유롭지 못했다.

정현선은 신경질적으로 삽을 바닥에 내동댕이쳤다. 그때였다. 삽이 곤두박질친 바닥에서 둔탁한 소리가 들려왔다. 그것은 분명 나무에 부딪치는 소리였다. 비밀의 방의 바닥은 견고한 화강암으로 되어 있었는데, 유독 그곳만이 나무로 되어 있는 것 같았다.

정현선은 손전등을 들고 삽이 떨어진 곳을 살폈다. 그곳은 벽과 벽이 맞닿은 구석진 곳이었다. 정현선은 그곳에 손전등을 비추었다.

"헤럴드, 헤럴드. 이리 와봐요."

헤럴드가 꼼지락거리며 일어났다.

"여긴 바닥이 나무로 되어 있어요."

정현선은 어른 크기만 한 나무 바닥을 주먹으로 툭툭 내리쳤다. 나무 아래 공간이 있는지 울림소리가 들려왔다.

"이, 이것은……."

헤럴드가 몸을 낮추고 나무 바닥에 귀를 갖다 댔다. 그는 빠르게 손전등으로 무언가를 찾기 시작했다.

"뭘 찾는 거죠?"

"줄이 있나 찾아봐요."

"무슨 줄이요?"

"나무 바닥과 연결된 줄이 있을지 몰라요."

정현선은 무릎을 꿇고 바닥 주위를 손바닥으로 더듬었다. 그때 벽과 바닥 모서리가 붙어 있는 곳에서 든든한 줄이 손에 잡혔다.

"헤럴드, 줄이 있어요!"

정현선이 큰 소리로 외쳤다. 바닥 모서리에 납작하게 깔려 있는 줄은 팽팽하게 당겨져 있었다. 정현선이 줄을 힘껏 당겼으나 꼼짝도 하지 않았다. 헤럴드는 줄이 이어진 곳을 손전등을 비추며 따라갔다.

"이 나무 바닥은 비밀 출구가 분명해요. 중세 스코틀랜드의 성에는 이런 비밀스런 공간에 성주만이 아는 출구 장치가 있었죠. 성주는 내부에서 반란이 일어났을 때를 대비해 이런 은신처에 자신만이 아는 탈출 공간을 만들었습니다."

헤럴드의 얼굴이 밝아졌다.

"토트 회원들이 성당 사람들의 시선을 피하기 위해 따로 이곳에 출구를 만든 지도 몰라요. 아마 그들은 문화재를 거래하거나 밀반출하려면 이런 특별한 출구가 필요했을 겁니다."

"그럼 출구가 어디에 있는 거죠. 이 나무 바닥이 출구가 아닌가요?"

"이 나무 바닥은 밖에서 잠금 장치가 되어 있기 때문에 우리 힘으로는 열 수가 없어요. 나무 바닥과 연결된 줄을 찾아야 합니다."

나무 바닥 모서리에서부터 시작된 줄은 벽을 타고 천장으로 이어져 있었다. 그리고 천장 가운데에 둥근 고리 형태의 밧줄이 대롱 매달려 있었다.

"저기예요!"

헤럴드가 소리쳤다. 그곳은 바로 마리아가 예수를 안고 그림이 그려져 있는 곳이었다.

"저 줄을 잡아당기면 나무 바닥의 문이 열릴 겁니다."

그러나 천장에 매달린 밧줄은 손을 뻗어도 닿을 수 없는 높이였다.

"어, 어떻게 하죠?"

"이상한 일이로군."

헤럴드는 고개를 갸웃거렸다. 보통 스코틀랜드의 성 안에 있는 비밀 출구 장치에는 사람의 손이 닿을 수 있는 벽에 밧줄 고리를 만들었다. 그래서 손쉽게 그 줄을 당기면 비밀 출구가 열리게 되어 있었다. 그런데 이 비밀의 방의 줄은 천장에 대롱대롱 매달려 있는 것이었다.

"로렌, 내 어깨를 타고 올라가요."

헤럴드는 한쪽 무릎을 꿇고 정현선이 어깨를 탈 수 있도록 자세를 낮추었다. 그러나 정현선은 자신이 없었다.

"어서요. 우리가 나가는 것은 이 길밖에 없어요!"

정현선은 헤럴드의 한쪽 무릎에 발을 딛고 올라가 헤럴드의 어깨에 올라탔다. 정현선을 목말 태운 헤럴드는 천천히 자리에서 일어났다.

"끄응."

헤럴드는 무릎을 펴고 있는 힘을 다해 일어섰다. 헤럴드의 어깨 위에 올라탄 정현선은 손을 내밀었다. 그러나 천장에 매달린 밧줄 고리에는 한 뼘 정도 손길이 미치지 못했다.

"안 되겠어요."

헤럴드는 다시 무릎을 꿇고 정현선을 내려놓았다.

"좋은 방법이 있어요."

정현선은 헤럴드의 가방에서 줄을 꺼낸 뒤 삽자루에 줄을 단단히 묶었다. 줄에 묶여 있는 삽을 던져 밧줄 고리에 연결시키려는 것이었다.

"헤럴드, 한 번 해봐요."

헤럴드는 줄에 매달린 삽자루를 천장을 향해 던졌다. 그러나 어림없이 빗나갔다. 그렇게 그들은 수십 차례 줄이 달린 삽을 던지고 또 던졌다.

"됐어요!"

마침내 삽의 끄트머리가 천장에 매달린 밧줄 고리 안으로 들어갔다. 헤럴드는 줄을 힘차게 당겼다. 순간 비밀의 방 구석에 있던 나무 바닥이 아래로 푹 꺼지듯이 내려앉았다. 드디어 조금의 빈틈도 허락하지 않던 이 거대한 밀폐 상자가 열린 것이다. 그와 동시에 살았다는 안도의 한숨이, 다시 빛을 볼 수 있다는 반가움이 목젖을 흔들었다.

"로렌, 이쪽으로 와요."

헤럴드는 정현선의 손을 꼭 잡고 나무 바닥 아래로 내려갔다. 나무 계단을 타고 비밀의 방을 벗어나자, 커다란 지하실이 나타났다. 헤럴드는 통로를 찾기 위해 손전등을 빠르게 휘둘렀다.

"저긴가 봐요."

지하실 끝에 계단이 보였다. 계단 중간쯤에 이르자, 어디선가 빛이 새어나왔다. 이게 얼마 만에 보는 빛인가! 한줄기 강렬한 햇살이 눈주름 속으로 파고들었다. 꽉 막힌 사방이 서서히 열리면서 희미하게 남아 있던 어둠의 잔해는 씻은 듯이 사라졌다.

정현선은 빛이 너무 밝아 두 눈을 질끈 감았다. 헤럴드도 손으로 두 눈을 가렸다.

"로렌."

헤럴드가 다 죽어 가는 목소리로 정현선을 불렀다.

"됐어요. 이제."

계단을 다 올라서자, 그들 눈앞에 성당 주차장이 보였다. 그들은 서로 마주보며 희미하게 미소 지었다. 그들의 몸은 손이 닿으면 금방이라도 허물어질 듯한 모래성 같았다.

10

집에 들어오자마자 정현선은 죽은 듯이 잠만 잤다. 잠자는 것 이외에는 아무것도 떠오르지 않았다. 비밀의 방에 갇혀 있던 시간은 사흘하고도 다섯 시간이었다. 아주 길고 지루하고 두려운 시간이었다.

너는 나를 잡지 못한다……. 낄낄낄…….

다음은 네 차례다……. 낄낄낄…….

정현선은 꿈 속에서 귀에 익지 않은 이상한 소리를 들었다. 그 소리는 불규칙적으로 흘러나오다가 간간이 멈추기도 했고, 때로는 귓전을 때릴 듯이 가깝게 들려오기도 했다. 그것은 틀림없는 사람의 웃음소리였다. 칠흑 같은 어둠 속에서 토트 문양의 가면을 쓴 인간이 흰 이를 드러내며 낄낄거리고 있었다.

잠이 든 순간에도 그녀의 머릿속에는 범인들의 환영이 떠나지 않았다. 목이 말라 새벽녘에 잠시 깨어났을 때도 범인의 얼굴이 그녀의 주위를 빙빙 맴돌면서 낄낄거렸다.

너는 나를 잡지 못한다……. 낄낄낄…….

다음은 네 차례다……. 낄낄낄…….

정현선이 잠에서 깨어난 것은 다음 날 정오 무렵이었다. 꼬박 하루하고 한 시간을 더 잔 것이다.

간단하게 허기를 채우고 정현선은 곰곰이 지난 일을 더듬었다. 비밀의 방에 갇혀 있는 동안 오만가지 잡념이 그녀의 머릿속을 떠다녔다. 이대로 생을 마감할 지도 모른다는 두려움이 내내 그녀의 가슴을 짓눌렀다. 어찌됐든 천만다행이었다. 나무 바닥의 줄을 발견하지 않았다면 어찌 되었을까? 생각만 해도 끔찍한 일이었다.

'누가 비밀의 방문을 잠갔을까?'

비밀의 방문은 저절로 닫힌 것이 아니다. 누군가 의도적으로 문을 잠근 것이다. 어쩌면 이미 그는 성당 주변에서 헤럴드와 자신이 비밀의 방에 들어가는 것을 기다리고 있었는지도 모른다.

'아무쪼록 몸조심하십시오.'

문득 자신의 안전을 염려하던 에시앙의 말이 떠올랐다.

정현선은 비밀의 방에 갇혀 있는 내내 범인의 얼굴을 그려보았다. 죽음의 문턱에서 허우적대는 순간에도 잔혹한 피의 향연을 벌이는 가면의 얼굴을 잊지 않았다. 그것은 일종의 자기최면이었다. 세자르를 살해한 범인을 떠올리면, 약해지려는 마음이 사라지고 분노의 넝쿨이 세차게 뻗어 새로운 영양분을 공급해주었다. 그것은 일찍이 경험하지 못한 낯설고 신비로운 자양분이었다.

비밀의 방에 갇힌 지 이틀째 되던 날인가, 무심코 낯익은 하나의 얼굴이 떠올랐다.

정현선은 고금상정예문을 찾았을 때처럼 다시 한 번 숨은 그림 찾기에 들어갔다. 차분하고 냉정하게, 기억의 상자 속으로 들어갔다. 이제 그의 가면을 벗겨야 할 차례다.

첫째, 범인은 프랑스 국립도서관과 관련된 인물이다. 왕웨이, 세자르, 상트니, 마사코…… 이들의 공통점은 모두 프랑스 국립도서관에 있던 사람들이다. 세자르를 제외한 나머지 세 명은 도서관 사서로 동양학문헌실에서 함께 근무한 인물들이다. 범인은 이들을 모두 잘 알고 있으며, 30년 전 그들만의 비밀과 커넥션도 잘 알고 있을 것이다.

둘째, 범인은 게마트리아 해독에 익숙한 인물이다. 게마트리아 해독법은 일상에서는 거의 쓰이지 않는다. 그런데도 범인이 세자르 명함에 게마트리아 숫자를 넣은 것은 이 분야에 매우 능통하다는 것을 의미한다. 또한 범인은 세자르의 명함에 피에르를 적어서 수사의 혼선을 유도하려고 했다. 왜 피에르를 이용하려고 했는지는 좀 더 살펴봐야할 대목이다.

셋째, 범인은 토트와 뗄 수 없는 관계이다. 전설적인 조직으로 알려진 토트, 범인은 의도적으로 토트의 문양을 사용했고, 토트의 살해 의식을 따랐다. 그것이 비록 모방범죄일지라도 그는 토트에 대해 잘 알고 있거나 이 조직을 추종하는 인물이 틀림없다. 펠리오가 돈황에서 가져온 『왕오천축국전』이나 『고금상정예문』이 유입된 통로도 토트와 은밀하게 연결되어 있다.

넷째, 범인은 한국의 고서에 밝은 인물이다. 왕웨이나 세자르, 상트니나 마사코도 한국 고서에 밝은 인물이다. 범인은 이미 'HCD+227'이 『왕오천축국전』이라는 것은 물론 『고금상정예문』이 매우 귀중한 책이라는 것도 잘 알고 있었을 것이다. 그러나 그는 이 책들이 외부에 알려지는 것을 극히 꺼려했다. 그래서 이 책의 존재를 30여 년 동안 숨겨왔고, 이 책의 존재를 세상에 알리려고 한 세자르를 살해한 것이다.

다섯째, 범인은 독일과의 문화재 비밀 협상을 잘 알고 있는 인물이다. 피에르나 상트니가 『고금상정예문』을 독일과의 협상에 이용하려 한 것도, 왕웨이가 『왕오천축국전』을 중국에 유출하려는 것도 잘 알고 있었을 것이다.

여섯째, 범인은 왕웨이와 상트니, 마사코에게 특별한 혜택을 주고 암묵적인 거래를 한 인물이다. 이들은 30년 전 베르사유 별관에서 『고금상정예문』을 발견한 뒤, 이 책이 외부에 공개되는 것을 막고 그 책을 지금까지 지하 별고에 은밀히 숨겨두었다. 이런 비밀의 대가로 마사코는 출세의 길을 걸었고, 상트니 역시 마찬가지였다. 또한 마사코나 상트니는 세자르를 살해한 범인을 잘 알고 있었다. 상트니가 마사코의 전화기에 남긴 메시지가 그것을 증명하고 있다.

일곱째, 왕웨이가 '프랑스의 실력자'라고 언급한 것은 범인이 매우 높은 직위에 있다는 것을 의미한다.

여기까지 추측이 이르자, 좀 더 구체적인 그림 하나가 떠올랐다. 그랬다. 언제부터인지 알 수 없으나 세자르의 주변을 맴돌면서 막연하게나

마 떠오르는 인물이 한 명 있었다.

"범인은 바로……."

거대한 뿌리가 소리 없이 꿈틀대고 있었다. 땅이 조금씩 갈라지고 그 틈새에서 의문으로 남겨두었던 것들이 하나둘씩 밖으로 튀어나왔다. 그러다가 갑자기 땅이 쫙 갈라지고 여러 줄기를 받치고 있는 뿌리가 땅 속에서 불끈 솟구쳐 올랐다.

기억의 상자가 열리고, 드디어 숨은 그림이 모습을 드러냈다. 정현선은 그의 가면을 훌렁 벗겼다.

"알렉스?"

그녀 앞에 알렉스의 얼굴이 악령의 화신처럼 나타났다.

'낄낄낄…… 드디어 찾아냈군. 반갑네, 로렌.'

알렉스의 환영이 그렇게 소리 없이 웃고 있었다. 정현선은 고개를 세차게 흔들었다.

'잘못 짚은 것은 아닐까.'

정현선은 다시 한 번 빈틈이 없는지 세밀하게 따져보았다. 그러나 아무리 거슬러 올라가도 빈틈이나 오류는 없었다. 오히려 빈틈을 찾아가는 과정에서 알렉스의 윤곽은 더 확실하게 드러나고 있었다.

이대로 앉아 있을 수가 없었다. 정현선은 옷을 갈아입고 외출을 서둘렀다. 어서 이 사실을 헤럴드에게 알려야 한다. 그때 초인종 소리가 들려왔다.

문 앞에는 자이팽이 우뚝 서 있었다. 자이팽은 누군가에게 쫓기고 있는 듯이 주위를 산만하게 둘러보았다.

"자이팽…… 어서 들어와요."

자이팽의 방문이 예사롭지 않았다. 딱딱하게 경직된 그의 몸은 마치 감정 없는 쇠막대기 같았다.

"로렌, 그동안 어디에 있었소?"

자이팽은 대뜸 그렇게 물었다. 정현선은 뭐라 할 말이 없었다. 사흘 넘게 죽음의 경계선에 머물러 있었다는 것을 어떻게 설명할 수 있을까.

"전화를 해도 받지 않고…… 당신 집에 온 것이 벌써 세 번째요."

"무슨 일인데요?"

자이팽은 잠시 숨을 고른 뒤 가방 속에서 큼지막한 열쇠를 꺼냈다.

"이 열쇠는 베르사유 별관의 '재생의 문'!"

정현선의 눈이 휘둥그레졌다. 열쇠 끄트머리에는 프랑스를 상징하는 수탉이 새겨져 있었다. 이 열쇠는 베르사유 별관의 지하 수장고 열쇠로, 알렉스가 프랑스 국립도서관장에 재임하고 있을 때 늘 지니고 다니던 것이었다. 그 당시 베르사유 별관의 수장고에는 수많은 고서가 있었는데, 미테랑 도서관이 건립되면서 대부분의 고서는 미테랑 도서관으로 옮겨졌다. 이 열쇠는 지하 수장고 안에 미확인 고서를 보관하던 특별 금고의 열쇠였다.

"자이팽, 어떻게 이 열쇠를 당신이 가지고 있는 거죠?"

"마사코가 당신에게 전해주라고 했소."

"마사코가?"

정현선은 어리둥절했다. 마사코는 이미 저세상 사람이 아닌가.

"난 도무지 무슨 말을 하는지 모르겠어요."

"얼마 전에 마사코를 만났소. 이건 상트니의 집에서 찾은 것이오."

"그럼 마사코와 함께 상트니 집에 나타난 사람이 당신이었군요."

"그래요. 로렌."

"이 열쇠가 단지 안에 있었던 건가요?"

자이팽은 고개를 끄덕였다.

"마사코가 왜 이 열쇠를 나에게 주라고 한 거죠?"

"그건 마사코에게 물어보시오."

"자이팽, 마사코는 죽었어요. 살해당했단 말이에요."

자이팽은 두 눈을 질끈 감았다. 그의 입에서는 거친 숨결이 새어 나왔다. 그가 다시 눈을 떴을 때는 그의 눈동자에 공포의 빛이 붉게 덧칠해져 있었다.

"로렌, 어쨌든 이 열쇠를 받아요. 난 마사코의 마지막 부탁을 들어주기 위해 당신을 찾아온 것이오. 다른 이유는 없소."

정현선은 열쇠를 받았다. 이 열쇠는 알렉스의 상징이면서 1970년대 전성기를 누렸던 프랑스 국립도서관의 상징이기도 했다.

"마사코가 다른 말은 남기지 않았나요?"

"……."

"마사코는 어디로 간다고 했죠?"

"이제 그만 일어나야겠소."

자이팽은 자리에서 일어났다.

"잠깐만요."

정현선이 자이팽을 불러 세웠다.

"당신도 알고 있었죠? 알렉스가 범인이라는 것을……."

자이팽이 얼굴이 벌겋게 달아올랐다.

"나도 짐작만 했을 뿐이오."

"그게 언제였죠?"

"……."

"자이팽!"

"왕웨이가 죽은지 며칠되지 않아 우연히 알렉스를 만난 적이 있었소. 그때 알렉스는 왕웨이의 비천상 목걸이를 가지고 있었소."

"아. 그런데 왜 그걸 지금까지 숨겨온 거죠?"

"나도 어쩔 수 없었소. 난 알렉스가 세자르도 살해한 줄은 몰랐소. 나도 마사코를 만난 뒤에야 알게 된 것이오."

"왕웨이나 세자르뿐만이 아니에요. 알렉스는 상트니나 마사코도 살해했어요."

"난 이번 사건에 개입하는 것을 원치 않아요. 당신도 알다시피 알렉스가 어떤 인물이오? 그와 대적하는 것은 계란으로 바위를 치는 것이나 다름없소."

정현선은 고개를 거세게 흔들었다.

"자이팽, 그렇다고 이렇게 가만히 있을 수는 없어요. 그는 무려 네 명이나 죽였어요. 그 사람들은 바로 당신의 동료였어요."

"그만 일어나겠소. 당신을 찾아온 것은 마사코의 마지막 부탁을 들어주기 위한 것뿐이오."

"다시 한 번 묻겠어요. 마사코는 어디로 간다고 했죠?"

"……."

"말해줘요. 자이팽."

"모르는 것이 좋소."

자이팽은 두터운 입술을 꾹 다물었다.

바다 위의 피라미드

1

숨은 그림의 중심에는 알렉스가 있었다. 토트 문양의 가면 속에는 그의 분신이 꽈리를 틀고 있었다. 더 이상 의심의 여지가 없었다. 그의 치밀한 계획 아래 모든 것이 용의주도하게 벌어졌다. 무엇 하나 빠지지 않고 톱니바퀴처럼 잘 맞물려갔다. 처음 게마트리아 숫자를 해독했을 때부터 알렉스를 마음에 두고 있었는지도 몰랐다.

순간 정현선의 팔뚝에 좁쌀만 한 소름이 돋아났다. 알렉스는 이번 사건에 자신이 끼어들 것까지 치밀하게 계산하고 있던 것이 아닌가! 그것은 누구도 흉내 낼 수 없는 고도의 전략이었다. 자신과 세자르의 관계를 알지 못한다면 그런 무모한 함정을 만들 수는 없었다. 그러나 알렉스는 세자르가 파란색 펜을 쓰지 않는다는 것은 미처 몰랐다.

"알렉스는 동양의 고서에 관심이 많은 인물이죠. 또한 그는 게마트리아 해독에도 능숙했어요. 도서관장 시절에는 게마트리아로 된 문서를 해독하기도 했죠. 그뿐이 아니에요. 알렉스는 토트의 열렬한 팬이기도 했어요. 도서관 사서 시절에 내가 토트에 대해 처음 전해들은 것도 바로 알렉스로부터였어요."

헤럴드는 거실 소파에 앉아 가만히 정현선의 말만 들었다. 정현선이 숨은 그림의 실체를 또박또박 드러내고 있어도 전혀 놀라는 눈치가 아니었다. 오히려 그의 느긋한 태도에 놀란 것은 바로 그녀였다.

"헤럴드, 범인은 알렉스라니까요. 알렉스가 세자르를 살해했어요. 왕웨이와 상트니, 그리고 마사코도……."

"로렌, 실은 나도 범인이 알렉스인 줄 알았어요."

"예?"

"바로 오늘 아침이었소. 그렇지 않아도 당신에게 연락하려던 참이었소."

"어, 어떻게……."

"이걸 봐요."

헤럴드는 수납장에서 비디오테이프를 꺼냈다.

"이것은 마사코가 나타난 이후의 테이프요. 그날 우리는 마지막 테이프를 보지 않았어요."

토머스가 마들렌 성당에서 가져온 테이프는 모두 다섯 개였다. 정현선과 헤럴드가 본 테이프는 네 개로, 한 개의 테이프가 더 남아 있던 것이다.

헤럴드는 비디오테이프를 틀었다. 비디오 화면에 중절모를 쓴 노신사가 차에서 내리는 모습이 잡혔다. 마사코가 주차장에서 사라진 지 두 시간 후였다.

"저 노신사가 알렉스 맞죠?"

정현선은 비디오 화면을 똑바로 응시했다.

"맞아요. 알렉스예요!"

"알렉스의 가방을 잘 봐요."

알렉스는 검은색 가방을 들고 있었다. 그는 주차장에서 모습을 감춘 후 십여 분만에 다시 모습을 드러냈는데, 그의 한 손은 여전히 가방을 들고 있었다.

"저 가방은 알렉스가 처음 가지고온 가방이 아니에요."

그랬다. 누가 봐도 그것은 다른 가방이었다. 헤럴드는 정지 버튼을 눌렀다.

"알렉스가 지금 가지고 있는 가방은 바로 마사코의 가방이에요."

"마사코의 가방?"

"알렉스는 자신이 가져온 가방은 비밀의 방 금고에 두고 그 대신 마사코의 가방을 가져간 겁니다."

"가방을 바꿔치기한 거로군요."

"그래요."

헤럴드는 다시 플레이 버튼을 눌렀다. 한 시간 후 이번에는 비디오 화면에 허우대가 큰 사내가 등장했다.

"저 친구는 슐츠라는 독일인입니다. 베르만의 오른팔로 불리는 인물이죠."

성당 주차장에서 내린 슐츠의 손은 빈손이었다. 슐츠는 비디오 화면에서 사라진 뒤 십여 분만에 다시 모습을 나타냈다. 그런데 빈손으로 왔던 그는 한 손에 가방을 들고 있었다.

"알렉스가 가져온 가방이로군요!"

정현선이 말했다.

"이제 알겠어요? 알렉스는 마사코의 가방을 가져갔고, 알렉스가 처음에 가져온 가방은 슐츠가 가져간 겁니다. 알렉스는 피에르와 베르만 사이의 비밀 협상을 잘 알고 있던 거예요. 그래서 마사코가 가져온 가방을 중간에 바꿔치기했고, 알렉스가 가져온 가방은 슐츠를 통해 베르만에게 들어간 거죠."

"베르만도 속은 것이로군요."

정현선은 할 말을 잃었다. 마사코도, 피에르도, 심지어 베르만도 알렉스에게 속은 것이다. 자신과 헤럴드도 알렉스의 농간에 감쪽같이 속고 말았다. 그러나 어찌 보면 이는 다행한 일이었다. 이제 『왕오천축국전』이나 『고금상정예문』은 알렉스가 소유하고 있는 게 분명해졌기 때문이었다.

"로렌, 내게 '미치광이 편집증 환자'라는 별명을 붙인 자가 누군 줄 알아요? 바로 알렉스였소."

헤럴드는 씁쓸한 표정을 지었다.

"알렉스는 앞장서서 나를 비난했을 뿐만 아니라 아예 프랑스 고고학계에 발을 붙이지 못하게 매장하려고도 했었소."

"이래저래 우리는 알렉스와 악연이 있군요. 내가 프랑스 국립도서관을 그만두게 된 것도 알렉스 때문이었어요."

정현선은 가는 한숨을 토해냈다. 알렉스의 위력은 실로 대단했다. 누구든 그의 눈밖에 벗어나면, 감당하기 힘든 고통과 좌절을 겪어야 했다.

"이러고 있을 때가 아니죠. 알렉스를 찾아야 합니다."

정현선은 자리에서 일어났다.

"어딜 가게요?"

"알렉스의 집을 알아요."

심판의 시간은 서서히 다가오고 있었다. 눈에는 눈, 이에는 이……. 정현선은 스스로 심판자이기를 주저하지 않았다. 이제 세자르를 위한 진혼제를 올려야 할 차례였다.

2

긴 침묵이 흘렀다.

서류 봉투를 개봉한 이후 아무도 말을 하지 않았다. 에시앙, 프랑수아, 셸리옹, 나머지 두 명의 수사관도 약속이나 한 듯이 입을 다물었다. 그들은 겉으로는 아무런 말도 하지 않았으나, 속으로는 무수히 많은 말을 내뱉고 있었다. 이제 어둠의 장막을 거둘 시간이었다.

처음 서류 봉투를 개봉할 때만 해도 이처럼 긴 침묵이 이어지리라고는 예상하지 못했다. 그러나 막상 서류 봉투를 뜯어내자 그들은 이 기나긴 침묵을 인정했고, 말없이 그런 침묵을 받아들였다.

셀리옹은 소파에 깊숙이 몸을 파묻은 채 꼼짝도 하지 않았다. 두 눈을 지그시 감고 있는 그의 머릿속에는 하나의 뚜렷한 얼굴이 새겨져 있었다.

'프랑스의 실력자.'

범인의 실체는 드러났다. 다른 곳에 시선을 돌려 공연히 시간을 낭비할 필요가 없다. 함정을 파든 그물을 치든 범인이 꼼짝할 수 없도록 만반의 준비를 갖춰야 한다. 수사관의 임무는 단순하다. 범법자를 잡아들이는 것, 그것이 최선의 임무다. 그가 '프랑스의 실력자'라는 것은 그 다음에 생각할 문제다.

프랑수아는 탁자 위에 놓인 사진을 물끄러미 바라보았다. 탁자 위에는 세 장의 사진이 놓여 있었다. 바로 저 사진이, 이처럼 긴 침묵을 만들어낸 주범이었다. 그러나 프랑수아는 이런 침묵이 거북하지도 불편하지도 않았다. 프랑수아는 이미 예상하고 있었다. 오늘 낮, 베를린의 한 형사로부터 중요한 정보를 전해들었다. 베를린 형사는 상트니가 실종되었을 때 콩코드 호텔에서 얼굴을 익힌 형사였다. 그는 신중하고 조심스럽게 말했다. 사진 속의 인물이 상트니가 실종되었던 호텔에 함께 묵고 있었다고. 그뿐이 아니었다. 리슐리외 도서관에서 오래 근무한 사서들을 만날 때마다 그의 얼굴이 떠올랐다. 그때는 그의 얼굴을 애써 용의선상에서 지우려 했지만, 지금은 달랐다. 그가 범인인 것이다. 이런 내막을 에시앙이 모를 리가 없었다.

'누가 이 사진을 보냈을까?'

에시앙은 세 장의 사진 중에 한 장의 사진을 손에 꼭 쥐었다. 사진 속에는 알렉스와 왕웨이가 분수대 앞에 나란히 서 있었다. 사진 아래에 적혀 있는 날짜는 3년 전, 왕웨이가 교통사고로 숨진 바로 그날이었다. 이 사진은 한 시간 전에 수사팀에 도착했다. 늘 그렇듯이 발신인의 주소는 없었다. 서류 봉투 겉장에는 모로코 국가의 국제우편 도장이 선명하게 찍혀 있었다. 이제 서류 봉투가 모로코에서 날아왔는지, 익명의 제보자가 누구인지는 더 이상 중요하지 않았다. 수사팀이 눈이 빠지게 찾으려는 인물은 살해범이지 제보자가 아니었다.

'줄리앙도 범인이 알렉스라는 것을 알고 있었을까?'

에시앙은 뒤늦게 줄리앙의 기분을 이해했다. 알렉스의 손에 은빛 수갑을 채우는 것은 쉬운 일이 아니었다. 그는 저항의 상징이었고, 양심의 상징이었다. 역사의 물줄기에 큰 발자취를 남긴 이 시대의 위대한 지성이었다.

"어떻게 할까요?"

그들의 오랜 침묵을 깬 것은 셀리옹이었다.

"뭘?"

에시앙이 시큰둥한 표정으로 물었다.

"이 사진 말입니다. 알렉스가 왕웨이를 살해한 장본인입니다."

"그런데?"

"이제 수사를 마무리할 때가 온 것 아닙니까?"

"자넨 뭔가를 착각하고 있군. 우리가 맡고 있는 사건은 왕웨이 사건이 아니야."

"30년 전 왕웨이와 마사코, 상트니가 근무할 때 도서관장은 알렉스였습니다."

프랑수아가 셀리옹을 거들고 나섰다.

"상트니가 실종되었을 때 알렉스는 베를린에 있었습니다. 훔볼트 대학 초청 행사에도 참석했고, 상트니가 실종된 콩코드 호텔에 묵고 있었습니다. 이는 베를린 형사가 방금 전 제게 알려준 정보입니다."

에시앙은 프랑수아의 말에 대꾸하지 않았다. 에시앙이 알렉스를 용의자로 지목한 것은 이미 오래전이었다. 줄리앙의 말을 전해듣고 난 뒤부터였던가, 아니면 왕웨이의 편지에서 '프랑스의 실력자'라는 글을 본 뒤부터였던가. 에시앙은 기억이 가물거렸다.

"알렉스는 왕웨이에게는 불법체류자 딱지를 떼주었습니다. 마사코에게는 파리 대학에 진학할 수 있는 길을 열어주었고, 상트니는 정식 사서로 채용했습니다. 이들 사이에는 거대한 커넥션이 있었던 겁니다. 바로 세자르가 발견한 '전설의 책'이 그들 중심에 있던 겁니다."

에시앙은 가만히 프랑수아의 설명을 듣기만 했다. 이미 다 알고 있는 사실이었다. 오히려 그 자신이 알고 있는 게 더 많았다. 알렉스는 게마트리아 숫자에도 능통했고, 토트의 열광적인 팬이었다.

"마사코의 시신이 버려진 옹플뢰르는 지난해 알렉스가 휴가를 보낸 곳이었습니다."

나머지 두 명의 수사관 중에 한 명이 말했다.

"우리가 필요한 것은 물증이야. 심증이 아니라고."

에시앙이 답답한 듯이 목소리를 높였다. 그제야 프랑수아나 셀리옹, 나머지 두 명의 수사관의 얼굴이 환하게 밝아졌다. 그들은 에시앙이 이 정도에서 수사를 종결할 것인지 염려했던 것이다. 이런 정황이라면 물증을 찾는 것은 시간 문제였다.

"증거를 찾기가 쉽지 않을 거야."

에시앙이 그들의 마음을 읽은 듯 담담하게 말했다.

"자네들이 말한 것은 누구나 다 아는 사실이 아닌가. 알렉스는 그리 허술한 사람이 아니야."

"그게 무슨 말입니까?"

"우리가 손에 쥐고 있는 것은 아무것도 없어…… 나도 범인이 알렉스라는 심증만 갈 뿐이야. 알렉스가 세자르의 넥타이에 토트 문양을 남긴 것이나 세자르의 시신을 일부러 차 안에 넣어둔 것을 벌써 잊었나? 이게 뭘 뜻하는 거겠어?"

"……."

"알렉스는 이번 게임에 자신이 있다는 것을 은근히 과시하고 있는 거야. 그는 차 안에 지문 하나 남기지 않았어. 게다가 그들만의 커넥션을 밝혀줄 사람은 아무도 없어."

"……."

"알렉스의 알리바이도 완벽해. 세자르가 살해되던 그 시각, 알렉스는 밤늦게까지 유네스코 회원들과 술을 마셨어. 샹젤리제 거리에서 말이야. 범행 장소 근처에는 얼씬도 하지 않았지."

프랑수아의 얼굴빛이 어두워졌다. 셀리옹도, 나머지 두 수사관도 마찬가지였다.

"그럼 어떻게 할 계획입니까?"

"계획? 수사가 언제 계획대로 따라준 적이 있나?"

"……."

"더 이상 제보나 심증은 통하지 않아. 30년 전의 비밀을 증언할 사람도 없어. 우리가 유일한 증인으로 여겼던 마사코도 살해되지 않았나."

에시앙의 말은 그들의 귀에 쏙쏙 들어갔다. 그렇다고 이대로 마냥 지켜볼 수도 없었다.

"세자르의 명함에 남긴 필적을 조사하는 것은 어떻습니까?"

셀리옹이 자신 있게 말했다.

"이미 조사했어. 그것은 알렉스의 필적이 아니야."

가는 한숨소리가 여기저기서 새어 나왔다. 모두 넋이 빠진 듯한 얼굴들이었다. 방금 전의 자신만만한 표정은 자취도 없이 사라졌다.

"내 말 잘 듣게."

에시앙은 그들을 둘러보았다.

"왕웨이, 상트니, 마사코, 알렉스…… 이들 사이에는 한국의 고서를 중심으로 거대한 커넥션이 존재했어. 그런데 지난 30년 동안 아무 탈이 없다가 왜 갑자기 이런 일들이 불거진 것일까?"

"……."

"바로 누군가 그들만의 커넥션을 깨려고 했기 때문이지. 바로 여기서부터 사건이 시작된 거야."

"그 커넥션을 처음으로 깬 인물이 왕웨이라는 것이군요."

프랑수아가 말했다.

"그래. 왕웨이는 한국의 고서를 이용해 『왕오천축국전』이라는 책을 중국으로 빼돌리려고 했어."

"상트니는 이 책을 독일과의 비밀 협상에 이용하려 했고요."

셀리옹이 말했다.

"세자르는 그 책을 세상에 발표하려다가 살해된 것이고요."

몸이 뚱뚱한 수사관이 말했다.

"마사코는 어떻게 된 거죠?"

다른 한 명의 수사관이 물었다.

"마사코는 유일한 증인이 될 수 있기 때문이 아닐까?"

프랑수아가 말했다.

"어쨌든 다 좋아. 자네들이 지금 말한 것처럼……"

에시앙은 잠시 뜸을 들였다.

"가장 완벽한 증거는 바로 그 한국의 고서야. '전설의 책!'"

'전설의 책' 속에는 모든 것이 담겨 있다. 30년 전 그들만의 비밀과 음충한 뒷거래, 그리고 이들의 비밀을 알고 있던 세자르의 절규가 담겨 있다. 그뿐이 아니다. 알렉스의 악령도 이 책 속에 문신처럼 박혀 있다.

이 책을 찾는 날, 알렉스의 영예는 처참하게 공중분해될 것이다. 다시는 이 땅에 발을 딛고 서 있지 못할 것이다.

3

정현선의 시선은 길 건너편 대리석으로 지어진 이층집에 고정되어 있었다. 헤럴드의 시선도 그곳에서 벗어나지 않았다. 그들은 틈이 생기면 곧바로 덤벼들겠다는 듯이 발톱을 세우고 있었다. 그러나 알렉스의 집은 고요한 침묵만이 흐르고 있었다.

'어떻게 여기까지 온 것일까.'

정현선의 마음은 착잡했다. 알렉스는 프랑스 지성의 산증인이었다. 그가 걸어온 길은 프랑스 지성의 전형적인 모델이 될 정도로 화려했다. 그는 파리 대학 재학 중에 레지스탕스의 일원으로 나치에 저항했다. 33세에는 프랑스 최연소로 꼴레쥬 드 프랑스의 학술회원으로, 40대 초반에는 프랑스 국립도서관장이 되었다. 45세에는 유네스코 세계문화유산위원회의 창립 멤버로 세계 문화유산을 보호하는 데 앞장섰다. 1994년 프랑스와 독일 간의 미술품 반환 협상 때는 미테랑 대통령을 수행하면서 협상을 성공적으로 이끌어냈다. 그는 지금도 프랑스 언론에 자주 등장해 프랑스 지성을 충실히 세계 지식인에게 전달하는 대변자였다. 여든이 넘은 나이에도 불구하고 알렉스는 여전히 프랑스 문화계를 지배하고 있었다.

'알렉스와 인연이 이리도 질기다니.'

30년 전 정현선을 도서관에서 강제 해직시킨 인물이 알렉스였다. 정현선이 외규장각 도서를 한국에 반환하려는 움직임을 보이자, 알렉스는 이를 중단하지 않으면 도서관에서 내쫓겠다고 협박했다. 그래도 정현선이 뜻을 굽히지 않자, 이번에는 그녀에게 은밀한 협상을 제안해왔다. 훗날 마사코에게 그랬던 것처럼 파리 대학을 졸업할 때까지 재정적인 지원을 아끼지 않겠다고 회유했다. 알렉스의 제안은 인종차별을 여러 차례 겪었던 그녀로서는 거부하기 힘든 제안이었다. 당시 정현선은 파리 유학 생활에 몸도 마음도 지쳐 있었다. 그러나 그녀는 알렉스의 제안을 거절했다. 개인의 영달을 위해 고국의 영혼을 팔 수는 없었다.

"로렌, 저길 봐요!"

운전석에 앉아 있는 헤럴드가 차창 밖을 가리켰다. 알렉스의 집 인도 쪽으로 낯익은 얼굴이 지나가고 있었다.

"프랑수아에요."

프랑수아의 손에는 샌드위치를 포장한 봉투가 들려 있었다. 프랑수아는 알렉스의 집 근처에 주차된 차로 들어갔다.

"잠복 근무 중이로군."

헤럴드가 홀로 중얼거렸다.

"에시앙도 알렉스가 범인이라는 것을 알아낸 건가요?"

"그럴지도 모르죠."

"일단 여길 떠나는 게 좋겠어요."

헤럴드는 시동을 걸고 천천히 알렉스의 집을 벗어났다.

"이제 어디로 가죠?"

헤럴드가 물었다. 정현선은 자이팽이 주고 간 열쇠를 떠올렸다.

"베르사유 별관으로 가요!"

파리 외곽에 있는 베르사유 별관은 1980년대까지 프랑스 국립도서관의 수장고가 있던 곳이다. 19세기 파리 왕실도서관에 입고된 책들은 대부분 이곳에 머물렀으며, 특별한 선별 과정을 거친 뒤 왕실도서관으로 옮겨졌다. 그러나 책이 파손되거나 왕실도서관에 적합하지 않은 책들은 오래도록 이 베르사유 별관 수장고에 보관했다. 외규장각 의궤 도서와 『직지』도 오랫동안 베르사유 별관에 있다가 리슐리외 도서관으로 옮겨졌다. 정현선이 이 책들을 처음 발견한 곳도, 마사코가 외규장각 비소에서 가져온 70여 권의 책을 발견한 곳도 베르사유 별관이었다. 미테랑 도서관이 건립된 이후에는 베르사유 별관에 소장된 책들은 모두 미테랑 도서관으로 이전했다. 현재 베르사유 별관의 지하 수장고는 그 형체만 남아 있을 뿐이다.

정현선은 지하 수장고로 들어서는 계단 앞에서 걸음을 멈추었다.

"여기가 대체 어딥니까?"

헤럴드가 물었다.

"프랑스 국립도서관의 특별 창고로 보시면 돼요. 지금은 수장고로 쓰이지 않지만 내가 도서관에 근무할 때는 아주 중요한 창고였어요."

정현선은 주머니에서 자이팽에게 받은 열쇠를 꺼냈다.

"이 열쇠가 아비뇽 상트니 집의 단지 안에 있던 거예요."

"단지요? 그런데 어떻게 그걸 당신이……."

"그때 마사코와 동행한 남자가 있었다고 했죠? 그 사람이 저에게 준 거예요."

"예? 그 사람이 누군데요?"

"상트니와 마사코가 도서관에 근무할 당시 동양학문헌실의 책임자였어요. 그는 이미 3년 전에 알렉스가 왕웨이를 살해한 것을 알고 있었어요."

"그런데 왜 지금까지 숨겨온 거죠?"

"아마 두려웠을 겁니다. 알렉스를 잘못 건드렸다가는 목숨이 위태로울 테니까요. 저에게도 이 정도에서 손을 떼라고 충고하더군요."

헤럴드는 열쇠를 물끄러미 바라보았다. 열쇠는 크고 투박해 보였으며, 끄트머리에는 수탉이 새겨져 있었다.

"마사코가 그와 헤어지기 전에 이 열쇠를 제게 전해주라고 부탁을 했어요."

그러나 정현선은 아직도 지하 수장고에 철제문이 있을지 의심스러웠다. 미테랑 도서관이 세워진 뒤 이 수장고는 빈 건물이나 다름없었다.

"헤럴드, 이리로 오세요."

정현선은 지하 수장고로 통하는 계단으로 내려갔다. 대리석 계단을 따라 발길을 옮길 때마다 점점 어둠의 소굴로 빨려 들어가는 느낌이 들었다. 헤럴드는 손전등을 켰다.

베르사유 별관의 지하 수장고는 어둠에 휩싸여 있었다. 정현선이 도서관에 근무할 때만 해도 이 수장고에는 온갖 고서들로 가득 차 있었다. 이 안에서 새로운 고서를 발견하는 것도 도서관 사서들의 작은 꿈이었다. 그러나 지금은 고서는커녕 아무것도 보이지 않았다. 사람의 흔적도 없어 마치 폐허가 된 건물에 들어온 느낌이었다. 어깨에 벽이 스칠 때마다 먼지가 폴폴 났다.

"어디까지 가야 해요?"

헤럴드가 물었다.

"이제 다 왔어요."

정현선은 헤럴드에게 손전등을 건네받아 지하 수장고 주위를 비추었다. 기둥과 벽 사이에는 우산만 한 거미줄이 곳곳에 진을 치고 있었다. 마침 낡아빠진 수장고 문은 활짝 열려 있었다. 정현선은 수장고 안으로 들어선 뒤 곧장 맞은편 벽으로 다가갔다. 수장고 끝에는 아기 몸통 크기만 한 작은 철제문이 벽에 착 달라붙어 있었다. 철제 문고리에는 어른 주먹보다 큰 자물통이 잠겨 있었다. 정현선은 잠시 호흡을 골랐다.

"도서관 사서들은 이 철제문을 '재생의 문'이라고 불렀어요."

"재생의 문이요?"

"예. 오래전에 이 지하 수장고에는 수많은 책들이 쌓여 있었어요. 세계 각국에서 온 고서들이 워낙 많아 이를 선별하는 것도 쉬운 작업이 아니었죠. 이 책들을 선별하다가 귀중한 고서를 찾아내면 이 철제문에 특별히 보관했죠. 그래서 '재생의 문'이라고 붙여진 거예요. 리슐리외 도서관의 지하 별고에 있는 희귀본은 대부분 이 '재생의 문'에서 잠시 머물다가 다시 도서관으로 간 책들이죠."

그러나 1970년대 들어 이 '재생의 문'은 프랑스 국립도서관장의 은밀한 공간으로 이용되어 왔다. 지하 수장고에서 찾아낸 희귀본은 발견자 이외에는 아무도 모르게 '재생의 문'으로 들어갔고, 도서관장만이 '재생의 문'을 관리했다. 언제, 어떻게 이 안에 있는 책들이 지하 별고로 옮겨졌는지 아무도 알지 못했다. 그것을 아는 사람은 단 한 사람, 도서관장뿐이었다. 그래서 고참 사서들은 이 철제문을 '폐쇄의 문'이라고 비꼬았다.

정현선은 열쇠를 꺼냈다. 베르사유 별관의 지하 수장고는 마지막 희망의 장소였다. 정현선은 마음속으로 '재생의 문' 안에 『왕오천축국전』과 『고금상정예문』이 있기를 간절히 빌었다.

철제문의 자물통은 하도 오래된 탓인지 붉게 녹슬어 있었다. 정현선은 열쇠를 자물통에 집어넣었다. 열쇠를 힘껏 비틀어대자 자물통이 맥없이 풀렸다. 정현선은 철제문을 힘껏 당겼다.

"……!"

이번에도 그녀의 간절한 바람은 이루어지지 않았다. '재생의 문' 안에는 어떤 책도 없었다. 정현선은 고개를 푹 꺾었다.

"저게 뭐죠?"

한쪽 구석에 여러 겹으로 접혀 있는 두터운 종이가 헤럴드의 눈에 들어왔다. 헤럴드는 그것을 꺼내 앞에 펼쳤다. 낡고 오래된 지도였다.

"이, 이것은……!"

지도를 바라보는 헤럴드의 눈이 섬광처럼 번뜩였다.

"헤럴드, 이게 무슨 지도죠?"

"몽생미셸……."

헤럴드는 제대로 말을 잇지 못했다.

"몽생미셸 수도원을 그린 지도예요."

"몽생미셸 수도원이요?"

몽생미셸 수도원이라면 백년전쟁에서도 무너지지 않았던 천연의 요새가 아닌가! 사자(使者)의 섬, 바다 위의 바스티유, 천공의 섬…… 그러나 헤럴드에게 몽생미셸을 표현하는 수식어는 오직 하나밖에 없었다. 장막에 가려진 토트의 비밀 장소였다.

"로렌, 이건 보통 지도가 아니에요. 여길 봐요!"

헤럴드는 지도의 중간 부분을 손으로 가리켰다. 그가 가리킨 곳에는 '지하 묘실'이라고 적혀 있었다.

"이 지하 묘실은 토트가 고대 유물을 보관했던 곳이죠. 이 역시 오래도록 전설로만 알려져 있었어요. 그런데 여기에 지하 묘실이 그려져 있다니……."

헤럴드는 흥분을 감추지 못했다. 이 지도에는 지하 묘실로 들어가는 통로가 자세히 그려져 있었던 것이다.

"이제 알겠어요."

지도를 꼼꼼히 훑어보던 헤럴드는 주머니에서 비밀의 방 금고에 있던 헝겊을 꺼냈다.

"비밀의 방에 남아 있던 두 개의 기호, 물결무늬와 삼각형은 바로 몽생미셸 수도원을 뜻하는 거예요. 물결무늬는 바다이고, 삼각형은 피라미드를 뜻하는 것이죠. 그러니까 이 기호는 바다 위의 피라미드, 몽생미셸 수도원인 겁니다."

바다 위의 피라미드!

"로렌, 우리가 찾는 책은 여기에 있을 겁니다. 바로 몽생미셸 수도원의 지하 묘실에 말이죠!"

4

'갑자기 웬 긴급 호출인가?'

수화기에서 흘러나오는 앙티네 고검장의 목소리는 착 가라앉아 있었다. 돌발 상황이 분명했다. 그건 오래도록 수사 계통에서 일한 일선 검사들의 본능이었다. 지금까지 이처럼 긴급하게 호출을 받은 적은 없었다. 없었기 때문에, 여간 신경이 쓰이는 게 아니었다.

앙티네는 뒷짐을 지고 창밖을 바라보고 있었다. 에시앙이 고검장실에 들어온 지 10분이 넘었는데도 앙티네는 이렇다 할 말이 없었다.

"자넬 부른 것은 다름이 아니라……."

이윽고 앙티네가 등을 돌리며 말문을 열었다.

"음. 어디서부터 말을 해야 할지 모르겠군."

에시앙은 앙티네가 다급하게 호출한 이유를 대충 알 것 같았다. 지금까지 앙티네는 세자르 수사에 대해 한 마디 말도 없었다. 그는 언제나 일선 검사들이 보고에 신경 쓰지 않고 맡은 일을 할 수 있도록 배려했다.

"용의자의 윤곽은 대충 잡혔습니다. 원하시면 보고서를 올리겠습니다."

에시앙은 자신 있게 말했다.

"내 말은 그게 아니고……. 자넨 범인들을 어떻게 생각하나?"

뜻밖의 질문이었다.

"아직……."

"대부분의 강력 사건은 말이야, 나름대로의 명분이 따라다니기 마련이지. 그런 명분이 개인적인 원한 관계일 때도 있고, 때로는 사회나 국가를 위한 대의적인 차원에서 이루어지기도 하지. 그런데 말이야, 그 판단 기준이라는 것을 어떻게 해석해야 할지 참으로 난감할 때가 있어."

에시앙은 앙티네가 무슨 소리를 하는지 이해를 하지 못했다.

"에시앙, 가끔 나는 이런 생각을 해. 국가를 위해 자신을 버리려는 자는 국가가 어떻게든 그를 보호해주어야 한다고. 그게 국가가 존재하는 이유가 아니겠나?"

"……."

그래도 에시앙은 감을 잡지 못했다.

"할 말이 많은 것 같군."

"아닙니다."

"자네 말고."

"예?"

"그들 말이야."

"……."

에시앙은 앙티네가 이번 사건을 잘 알고 있다고 생각했다. 앙티네도 다른 창구를 통해 수사 진행 상황을 보고받는 것 같았다.

"때로는 말이야, 수사를 하다보면 거대한 장벽과 마주칠 때가 종종 있지. 이 또한 국가가 존재하는 이유가 아니겠나. 에시앙!"

"예."

"나로서도 이런 말은 하고 싶지 않지만…… 이번 사건의 수사를 종결하게."

"그게 무슨 말씀이십니까?"

"상부의 명령이야."

"그럼 여기서 끝내라는 소립니까?"

"자네 심정을 모르는 바는 아니지만 나도 어쩔 수 없어. 수사팀도 해체시키고, 본부로 파견됐던 형사도 원래 있던 곳으로 복직시켜."

"고검장님."

"더 이상 다른 말은 않겠네. 그만 나가보게."

앙티네는 찬바람을 일으키며 돌아섰다.

가장 우려하던 일이 터지고 말았다. 과연 알렉스의 팔뚝에 수갑을 채울 수가 있을까? 알렉스를 용의선상에 올려놓은 후 가장 큰 고민거리가 바로 그것이었다.

어젯밤, 에시앙은 밤늦도록 곰곰이 생각했다. 이 엽기적인 연쇄살인범이 프랑스 최고 지성인이라는 것을 국민들에게 어떻게 설명해야 할까. 프랑스 국민이 받을 상처, 그 비통함과 충격은 가히 짐작이 가고도 남았다. 꽤 오랫동안 프랑스 전역은 비통과 충격의 물결에 잠겨 있을 것이다. 알렉스가 오래도록 쌓아온 명예와 업적, 그리고 조국을 사랑하는 그의 여정도 검은 나락으로 끝없이 추락할 것이다. 어쩔 수 없는 일이다. 법의 심판은 냉정하다. 알렉스라고 예외일 수 없다. 에시앙은 알렉스에게 수갑을 채우는 장면을 마음속으로 서서히 준비하고 있었다.

그런데 여기서 수사를 종결하라니, 이보다 더 억장이 무너지는 소리는 없었다. 알렉스는 바로 코앞에 있지 않은가. 이제 범인이 알렉스라는 것은 누구도 부인할 수 없었다. 그러나 에시앙은 앙티네의 명령을 거역할 자신이 없었다. 침묵할 수는 있어도 거부할 수는 없었다.

사무실로 돌아온 에시앙은 수사관들에게 어떻게 설명해야 할지 막막했다. 수사팀은 그동안 세자르 사건에 매달리느라 집 근처에도 가보지 못했다. 한 형사는 아내 생일날에 옹플뢰르 요트에서 마사코의 시신을 건졌고, 프랑수아는 하나밖에 없는 딸이 아픈데도 병원에 가보지 못했다. 게다가 실체도 분명하지 않은 조직에게 농락당한 수모는 수사 검사로서 도저히 참을 수 없는 일이었다.

'누군가 앙티네에게 압력을 넣은 거야.'

그것은 외부의 압력이 있다는 소리였다. 앙티네도 막을 수 없는 외부의 거대한 손이 있는 것이다. 언제나 끝을 봐야 직성이 풀리는 앙티네는 여간해서 외부의 압력에 굴복할 인물이 아니었다. 그런 앙티네마저 손을 들었다는 것은 외부의 실체가 얼마나 대단한지 짐작이 가고도 남았다.

앙티네도 알렉스가 범인이라는 것을 알고 있는 것일까? 수사를 종결하라고 지시를 내린 인물은 누구일까?

에시앙은 방금 전 앙티네가 홀로 중얼거리듯이 한 말을 떠올렸다. 국가를 위해 자신을 버리려는 자는 국가가 그를 보호해주어야 한다…….

이는 알렉스를 지칭하는 말이 아닐까.

"에시앙 검사님. 자이팽 씨가 와 있는데요."

스피커폰에서 여형사의 목소리가 들려왔다.

"자이팽?"

"예."

"자이팽은 30년 전 상트니나 마사코와 함께 근무했던 동양학문헌실의 책임자입니다."

프랑수아가 말했다.

"만나보시겠습니까?"

여형사가 재촉하듯이 말했다.

"무슨 일로 날 찾아온 건가?"

"그것은 직접 만나서 말씀드리겠다고 합니다."

"돌아가라고 해. 아무도 만나고 싶지 않아."

에시앙은 다리를 길게 뻗었다. 갑자기 목구멍이 칼칼해지고 온몸이 묵직하게 느껴졌다. 저 내면 깊숙한 곳에서는 이대로 포기하지 말라고 고래고래 소리를 지르고 있었다. 검사의 직분을 다 하라고, 알렉스를 잡아들여 법의 심판을 받게 하라고 아우성이었다. 그러나 에시앙은 이들의 소리를 조용히 잠재웠다. 앙티네의 명령은 또 다른 법이었다.

"에시앙 검사님."

스피커폰에서 여형사의 목소리가 또 들려왔다.

"자이팽 씨가 꼭 좀 만나야겠다고 하는데요."

"……."

"잠시 시간을 내주십시오. 드릴 말씀이 있습니다."

이번엔 굵은 남자의 목소리가 흘러나왔다. 자이팽의 목소리였다. 에시앙은 망설였다. 세자르 사건과 관련된 일이라면 누구도 만나고 싶지 않았다.

"로렌 박사가 위험합니다."

자이팽의 굵은 목소리가 에시앙의 가슴속을 뒤흔들었다. 이대로 또 한 사람이 희생되는 것을 지켜볼 것인가. 에시앙은 스피커폰에 대고 조용히 말했다.

"알았어요. 들어오세요."

5

차가 울타리로 둘러싸인 땅을 지나자 바다 한가운데에 웅대한 성채가 모습을 드러냈다. '바다 위의 피라미드', 몽생미셸 수도원이었다.

1천년 전 이곳은 화강암으로 이루어진 작은 섬이었다. 그때는 제방도 없고, 매립지도 없었다. 그래서 이곳에 오는 순례자는 배를 이용하거나 말뚝을 박고 그 위에 부교를 통해서만 올 수 있었다. 10세기 무렵부터 몽생미셸 수도원은 수세기에 걸쳐 서유럽의 가장 중요한 예배 장소이자 순례지가 되었다.

헤럴드는 관광버스가 줄지어 선 수도원 주차장에 차를 세웠다. 그는 운전석 유리창을 내리고 고개를 밖으로 내밀었다. 몽생미셸 수도원의 신비로운 자태가 한눈에 들어왔다. 순간적으로 아주 불길한 예감이 그의 가슴을 훑고 지나갔다. 저 수도원에 들어서면 다시는 빠져나올 수 없을 것 같은, 그런 불길한 생각이었다.

헤럴드는 옆자리에 앉은 정현선을 힐끔 쳐다보았다. 그녀의 얼굴은 마치 전쟁터에 나가는 전사처럼 비장해 보였다. 파리를 떠날 때부터 정현선은 한 번도 자세를 흩트리지 않았다.

"두렵지 않아요?"

정현선은 대답대신 가볍게 미소 지었다.

'정말 대단한 여자로군.'

비밀의 방의 죽음의 경계선에서 겨우 빠져나온 것이 얼마나 되었는가. 그런데도 정현선은 이곳에 오는데 조금도 망설이지 않았다. 제정신을 가지고 있는 사람으로서는 도저히 있을 수 없는 일이었다.

솔직히 헤럴드는 두려웠다. 그는 토트를 추적하는 동안 온갖 험한 일을 겪었고, 예기치 않은 봉변을 당하기도 했다. 리옹에서는 문화재 암거래상을 추적하다가 살해 위협을 받기도 했다. 토머스의 집에 사람의 손톱이 배달되었을 때는 두려움 대신 오기가 뻗쳐올랐다. 그러나 지금은 달랐다. 이건 목숨이 걸려 있는 게임이었다. 비밀의 방에 갇혀 있는 동안 헤럴드는 수많은 생각을 떠올렸다. 죽음의 문턱에서 돌아본 과거의 시간들은 얼마나 소중하고 아름다웠던가. 그런 소중한 시간을 놓치고 싶지 않았다. 그런데 결국 다시 이곳에 발을 들여놓고 말았다. 수도원의 지하 묘실, 그 유혹의 장소를 도저히 뿌리칠 수 없었다.

정현선이 먼저 차에서 내렸다.

수도원은 하나의 작은 마을이었다. 길 양쪽에 늘어선 상점들은 일반 관광지와 크게 다르지 않았다. 이곳은 일 년에 약 3백만 명의 관광객이 찾는 곳이다. 여름 성수기에는 하루에 7천 명가량 모여들었다. 상점 주위에는 울긋불긋한 옷을 입은 관광객들이 꿈의 궁전 앞에서 늦가을의 정취를 만끽하고 있었다.

"이곳에 온 게 꼭 5년만이로군요."

헤럴드는 하늘 높이 치솟은 수도원의 첨탑을 올려다보았다.

"몽생미셸 수도원은 한때 프랑스에서 가장 악명 높은 감옥으로도 사용되었죠."

토트 회원들에게 몽생미셸 수도원은 성지와도 같은 곳이었다. 프리메이슨 단원들의 비밀 의식의 영감도 바로 이 수도원에서 얻은 것이었다. 이 수도원은 토트가 가장 왕성하게 활동하던 19세기 중반까지는 악명 높은 형무소로 더 잘 알려져 있었다. 그래서 사람들은 프랑스 국왕의 정적(政敵)과 시국사범들을 수감한 이곳을 '바다 위의 바스티유'라고 불렀다. 토트는 일반인이 쉽게 접근할 수 없는 이곳에 그들만의 비밀 장소를 마련한 것이다. 그들은 파리에 근거지를 둔 마들렌 성당을 밀거래 장소로 이용했고, 몽생미셸 수도원은 이 유물들을 보관하는 장소로 이용했다.

"지리적으로 이처럼 완벽한 감옥도 없었겠네요."

"수도원이 복원되기 전까지 토트 회원들은 이곳 지하 묘실에 각국에서 수집한 희귀 유물과 문화재를 보관했어요. 그러나 수도원이 복원되면서 프랑스 정부에 그 자리를 빼앗기고 말았습니다. 그 이후에는 수도사로 행세했던 토트의 회원들이 이곳에 남아 유물을 관리했죠."

정현선은 헤럴드의 말에 수긍이 갔다. 그녀의 눈에는 몽생미셸 수도원이 거대한 비밀 창고처럼 보였다. 그녀는 프랑스에 오래도록 살았지만, 몽생미셸 수도원은 이번이 처음이었다.

몽생미셸 수도원이 정식으로 복원된 것은 1870년 프랑스 제3공화국 때였다. 프랑스 정부는 그동안 장기수의 감옥으로 이용했던 형무소를 폐쇄시키고, 수도원의 부속교회를 복원시켰다. 당시 프랑스 정부는 천문학적에 달하는 엄청난 자금을 수도원을 복구하는 데 투입했다. 그들이 이 수도원에 애착을 보인 이유는 간단했다. 이곳을 단순한 수도원이 아니라 점령자에 대한 저항의 상징으로 여겼기 때문이었다. 영국과의 백년전쟁 당시 몽생미셸 수도원은 프랑스의 마지막 저항지였고, 끝내 이곳은 무너지지 않았다.

수도원 입구 앞에는 돌계단 옆으로 작은 정원들과 꽤 오래됐음직한 나무들이 그들을 맞이했다. 수도원 맨 꼭대기에는 황금빛 화살이 하늘을 향해 날아갈 듯이 세워져 있었다.

"로렌, 일단 저기서 간단히 요기나 합시다."

그들은 여행객들이 서서히 빠져나가고 있는 한 음식점에 자리를 잡았다. 헤럴드는 익힌 양고기와 낙지 샐러드를, 정현선은 야채샐러드와 닭고기로 배를 채웠다.

식사를 마친 헤럴드는 시계를 보더니 자리에서 일어났다.

"잠시만 여기에서 기다리고 있어요. 수도원에 다녀올게요."

"혼자요?"

"만나야 할 사람이 있어요. 우리에게 도움을 줄 사람이죠."

"알았어요."

헤럴드가 사라지고 정현선은 홀로 남았다.

카페 차장 밖으로 몽생미셸만(灣)이 한눈에 들어왔다. 구름 한 점 없는 황혼의 저녁은 잔잔한 바다를 온통 붉은 빛으로 물들여놓고 있었다. 그러나 정현선은 이 고혹적인 광경을 보고도 아무런 감동을 느끼지 못했다. 그녀는 이곳에 관광객으로 온 게 아니었다. 세계 역사가 바뀔 '전설의 책'을 찾기 위해 온 것이다. 그랬다. 알렉스를 응징하는 것보다 그 책을 찾는 것이 먼저였다.

몽생미셸은 해가 지면 또 다른 모습으로 태어났다. 관광객이 썰물처럼 빠져나간 자리에는 천년의 세월을 간직한 수도원 특유의 신앙적인 면모가 드러났다. 한 시간 정도 지난 뒤 헤럴드가 들어섰다.

"우리의 예상이 맞았어요."

헤럴드가 숨을 고르며 말했다.

"알렉스가 수도원에 다녀갔어요. 11월 15일, 마들렌 성당에서 곧바로 이곳에 온 겁니다. 알렉스는 세자르가 살해되던 날에는 샹젤리제 거리에서 유네스코 회원들과 밤늦게 술을 마셨다고 하는군요."

"그럼 살해 현장에는 없었다는 건가요?"

"알리바이를 위해 일부러 꾸민 수작이겠죠. 이는 곧 알렉스 주위에 추종자가 있거나 또 다른 세력이 있다는 것을 의미하는 겁니다. 처음부터 이번 사건은 알렉스 혼자 할 수 있는 일이 아닙니다."

갑자기 뭔가 지저분한 것이 얼굴을 훑고 지나갔다. 알렉스의 얄팍한 잔재주가 그녀의 심기를 건드렸다.

"지하 묘실이 어떤 곳이죠?"

정현선이 물었다.

"수도원 내부에 있는 토트의 비밀 장소죠. 전해져 내려오는 소문에 의하면 이 안에 세계 각국에서 유입된 귀중한 유물을 소장하고 있다는 말이 있었습니다. 지금이야 잘 모르겠지만 20세기 초만 해도 보물 추적자들이 이곳을 접수하려고 무척이나 공을 들였죠. 이를테면 이 지하 묘실은 프랑스 국립도서관의 지하 별고나 마들렌 성당의 비밀의 방보다 더 은밀한 곳입니다."

헤럴드는 베르사유 별관 '재생의 문'에서 가져온 지도를 펼쳤다.

"상트니도 수도원의 지하 묘실을 알고 있었던 것 같아요. 이 '재생의 문' 열쇠를 단지 안에 남긴 것을 보면 알 수 있어요."

"그런데 상트니는 왜 이런 사실을 경찰에 알리려고 했을까요?"

헤럴드가 물었다.

"상트니는 뒤늦게 세자르의 살해범이 알렉스인 것을 알고 마음이 바뀐 게 아닐까요?"

"글쎄요. 상트니는 누구보다 알렉스를 추종했을지도 모릅니다. 제가 보기엔 이번 사건은 알렉스 이외에도 여러 사람이 공모하고 있는 것 같아요."

"그렇다면 정말 토트를 모방한 조직이 만들어져 있는 건 아닐까요?"

정현선이 물었다.

"그럴 수도 있죠. 어찌됐든 예까지 왔으니 앞으로의 일이나 생각합시다. 우선 수도원에 들어가기 전에 위치를 잘 알아두어야 합니다. 밤이면 방향감각을 잃을 수도 있어요."

낡은 지도에는 수도원 내부가 상세하게 그려져 있었다.

"이번이 몽생미셸 수도원에 세 번째 오는 날입니다. 첫 번째 멋모르고 왔을 때는 수도원의 위치도 알지 못해 수도사들에게 큰 봉변을 당했죠. 이 수도원은 밖에서 볼 때와는 달리 내부는 매우 복잡하게 설계되어 있습니다."

정현선은 수도원 지도를 보자 묘한 기분이 들었다. 유물 탐사 발굴단의 고고학자가 된 것도 같았고, 미지의 세계를 찾아가는 탐험가가 된 것도 같았다.

"여기가 지하 묘실에 있는 지하예배당입니다. 왼쪽은 수도원 입구를 지키는 옹성이 있고, 그 위쪽이 고문서 보관실입니다. 내가 두 번째 수도원에 왔을 때 찾아갔던 곳이 바로 고문서 보관실이었죠 그 아래에는 수도사의 필사실로 쓰였던 '기사의 방'과 '손님의 방'으로 이루어져 있습니다. 하하, 그땐 수도원의 지리도 모른 채 무작정 덤벼들었죠. 이 수도원에 지하 묘실이 있다는 것도 한참 뒤에 알았으니까요. 이젠 지하 묘실이 어디에 있는지 확실히 알겠어요. 이 지도에는 지하 묘실로 들어가는 통로까지 아주 자세히 나와 있어요."

정현선은 헤럴드의 말을 꼼꼼히 새겨들었다. 헤럴드는 손가락으로 지도를 짚어가며 지하 묘실로 들어가는 통로를 가리켰다.

"지하예배당에는 두 개의 문이 있어요. 여기를 통과할 때는 본당을 거쳐야 하고 지하예배당에 들어서면 곧 납골당이 나옵니다. 납골당을 따라 계속 거슬러 올라가면 지하 묘실이 나올 겁니다. 묘실은 세 개로 되어 있어요. 여기 굵은 점이 찍혀 있는 것으로 봐서 세 개의 묘실 중에 중앙에 있는 묘실이 토트의 비밀 장소일 겁니다. 알렉스가 그 책을 가져갔다면 틀림없이 이곳에 보관했을 겁니다. 아마 우리가 미처 알지 못하는 희귀한 유물도 잔뜩 쌓여 있을 겁니다."

헤럴드는 확신에 찬 목소리로 말했다.

"조금만 기다리면 곧 어두워질 겁니다."

밤 9시가 되자 그들은 음식점에서 나왔다. 헤럴드는 빠른 걸음으로 다시 수도원 주차장으로 내려갔다. 수도원 주차장은 관광버스가 다 빠져나가고 두 대만이 덩그러니 남아 있었다.

헤럴드는 차 트렁크에서 큰 가방을 꺼내더니 그 안에서 등산용 조끼를 꺼냈다.

"이 조끼를 입어요. 활동하기가 편할 겁니다."

헤럴드는 등산용 조끼를 정현선에게 입혀주었다. 그리고 가방 안에서 손전등과 휴대용 칼과 삽, 줄, 그리고 작은 공주머니를 꺼내 정현선의 조끼 주머니에 넣었다.

"이 손전등은 반드시 필요하고요. 이 칼도 마찬가지입니다. 이 공주머니는 최루 가스예요. 위급할 때 사용하세요."

정현선은 헤럴드를 보며 빙그레 웃었다. 헤럴드도 따라 웃었다.

"단단히 준비를 하고 가야 합니다. 뜻밖의 일이 닥칠지도 모르니까요."

"그건 비밀의 방에서 이미 경험했잖아요."

"그렇군요. 하하."

"먹을 양식도 가지고 가는 게 좋겠어요. 비밀의 방에서 먹은 초콜릿이 얼마나 큰 힘이 됐는지 몰라요."

"알았어요."

헤럴드는 마지막으로 가방 속에 깊이 묻어두었던 권총을 꺼냈다. 그것은 5년 전 파리 흑인 폭동 때 구입한 권총이었다.

"이 권총도 챙기세요. 그 안에서 알렉스를 만나게 될지도 모릅니다. 그는 더 이상 프랑스의 지성인이 아닙니다."

"전 됐어요."

정현선은 정중하게 사양했다.

"총을 어떻게 사용하는지도 몰라요."

"영화에서 보듯 목표물에 총부리를 겨누고 방아쇠를 당기기만 하면 됩니다."

헤럴드가 한쪽 눈을 감고 총을 쏘는 시늉을 했다.

"괜찮아요. 전 아무것도 필요 없어요."

비밀의 방에서 사경을 헤맨 것이 불과 이틀도 채 되지 않았다. 그런데 왜 또 이런 위험한 길을 자청해서 가는 것일까. 그곳에는 그녀가 가야 할 길이 있었다. 심판과 응징의 길, 그리고 전설을 현실로 만드는 길이 있었다. 이제 와서 그 길을 외면할 수 없었다.

정현선은 비밀의 방에서 이미 목숨을 잃었다고 생각했다. 목숨이 둘이 아닌 이상, 앞으로 남아 있는 삶은 하늘에 맡길 작정이었다. 죽고자 하면 살고 살고자 하면 죽는다(必死則生, 必生則死).

정현선은 수도원 입구를 향해 천천히 발길을 잡았다. 수도원 첨탑 끝에는 천사장상이 우뚝 솟아 있었다. 이 금동 조각상은 인간들을 한눈에 내려다보며 보호해주는 일종의 날개 달린 태양이었다.

"로렌, 혹시 거위 간 요리를 알아요?"

헤럴드가 넉넉한 표정을 지으며 물었다.

"프랑스의 최고 요리죠. 후후. 내일 점심은 내가 살 수 있도록 시간을 내주세요."

정현선은 헤럴드의 말뜻을 알아차렸다. 위기에 대처하는 미국인 특유의 농담이었다.

"아 참, 그날 맥주 산다는 것은 어떻게 되었죠?"

정현선이 입술을 삐쭉 내밀며 물었다.

"맥주라뇨?"

"벌써 잊었어요? 비밀의 방에서 나오면 맥주를 산다고 했잖아요."

"아, 그렇군요. 깜빡했어요. 이번 기회에 몰아서 사죠. 꼭!"

"좋아요. 백포도주와 곁들이면 좋겠죠?"

"물론이죠."

그들은 소리 없이 웃었다. 정현선은 긴장을 풀어주는 헤럴드의 마음 씀씀이가 고마웠다.

몽생미셸 수도원은 밤이 되면서부터 음습한 자태를 드러냈다. 천년의 세월을 고이 간직한 관광지가 아닌, 중세의 비밀을 한아름 떠안고 있는 마법의 성처럼 보였다.

수도원에 들어서자 그들은 둥근 천장을 받치고 있는 거대한 원기둥의 숲에 둘러싸여 있었다. 곧이어 나무로 깎아 만든 커다란 바퀴가 놓여 있는 광장에 이르렀다. 하늘에는 하얀 반달이 수도원 첨탑에 위태롭게 걸려 있었다.

희미한 달빛에 의지하며 그들은 천천히 돌계단을 올라갔다. 헤럴드는 베드로 성인을 모시는 소교구 교회까지 올라간 다음 왼쪽으로 돌아서 묘지 안으로 들어갔다. 벽에 붙어 있는 조명등이 덤불숲을 따라 쭉 늘어선 무덤들을 희미하게 비추고 있었다. 정현선은 무덤 앞을 지날 때는 숨을 죽였다. 그녀는 마치 어떤 초자연적인 힘에 이끌려 가고 있는 느낌이 들었다.

본당에 들어서자, 제단에 있는 성모마리아상이 눈에 띄었다. 은은한 달빛에 투영된 성모마리아상은 왼손으로 아기 예수를 안고 있었다. 그러나 아기 예수의 얼굴은 없었다.

본당 내부에는 한 사람도 보이지 않았다. 그들은 지하예배당 문 앞에 도착해서야 길게 숨을 들이마셨다. 헤럴드는 정현선을 슬쩍 바라본 뒤 눈짓으로 말했다.

'준비됐어요?'

정현선은 눈을 찡긋거리며 그의 눈빛에 화답했다.

지하예배당으로 들어서는 것은 어렵지 않았다. 의식이 진행되는 동안 신자들은 천사장의 거처이자 제7의 하늘인 대교회 안으로 들어갈 수 있었다. 순례자들은 이 거대한 문들을 통해 지하예배당으로 들어가 다른 문을 통해 수도원 건물의 맨 꼭대기에 있는 부속 교회로 올라가곤 했다.

지하예배당은 어둡고 침침했다. 수도원의 지하는 단단한 화강암으로 둘러싸여 벽면에서는 차가운 냉기가 뿜어져 나왔다. 지하 입구에 들어서자 어떤 경건함과 음침함이 동시에 엄습해왔다. 하나는 종교적이고 초자연적인 신비였고, 다른 하나는 이 안에서 외롭게 죽어갔을 죄수들의 안타까운 비명 소리였다.

지하 입구 너머로는 온통 먹빛 어둠으로 둘러싸여 있었다. 그러나 헤럴드는 손전등을 켜지 않았다. 지하 복도는 수도사들이 부속 교회와 본당으로 통하는 길이라 금방 발각될 수 있기 때문이었다. 그들은 창문 틈으로 엷게 비추는 달빛에 의지하며 복도를 걸어갔다. 곧이어 지도에 나타난 대로 납골당이 나타났다. 납골당을 지나자 지하 복도는 더욱 좁아졌고, 그들 앞에 두 개의 문이 나타났다. 이곳이 지하 묘실로 통하는 입구였다. 두 개의 문은 모두 굳게 잠겨 있었는데, 하나는 굵은 쇠사슬로 칭칭 동여매져 있었다. 헤럴드는 이미 알고 있었다는 듯 동요하지 않고 쇠사슬을 소리 나지 않게 천천히 풀었다. 그러자 생각보다 쉽게 쇠사슬이 풀어지고 문이 열렸다.

"내 손을 꼭 잡아요."

헤럴드가 작은 소리로 말했다. 이곳은 지하예배당으로 통하는 복도와는 달리 빛이 전혀 들어오지 않았다. 정현선은 갑자기 바깥 세계로부터 완전히 갇혀버린 듯한 착각이 들었다. 지하 안은 너무 조용해서 마치 벽들이 뭐라 저희들끼리 속삭이고 있는 것 같았다. 정현선은 헤럴드의 손을 잡고 계단 높이를 발끝으로 측정하면서 한 계단 한 계단 밟아 내려갔다. 헤럴드는 돌계단을 다 내려온 뒤에서야 손전등을 켰다. 정현선도 손전등을 켜고 어두운 벽면에 비추어보았다. 벽면에는 라틴어로 된 글자들이 듬성듬성 새겨져 있었다.

좁은 복도를 따라 가던 헤럴드는 발길을 우뚝 멈추었다. 그 앞에 벽돌로 쌓아올린 둥근 원모양의 우물이 나타난 것이다.

'우물이라니……!'

헤럴드는 고개를 갸웃거렸다. 헤럴드는 손전등으로 우물 안을 비추었다. 우물은 오래도록 사용하지 않은 듯 말라 있었다. 그제야 헤럴드는 지도에 그려진 둥근 원 표시가 무엇을 뜻하는지 알아차렸다. 그것은 바로 우물을 표시한 것이었다. 그렇다면 이제 지하 묘실까지 거의 다 온 셈이었다.

헤럴드는 정현선에게 엄지와 인지 손가락으로 둥근 원모양을 만들어 보였다. 이제 목적지에 다 왔다는 신호였다. 정현선은 알았다는 듯 고개를 끄떡였다.

그때였다. 우물을 가운데에 두고 오른쪽 복도에서 사람의 발자국 소리가 들려왔다. 정현선과 헤럴드는 서로 동시에 마주 보았다. 사람의 청각은 어두울 때 가장 예민하다. 어둠은 미세한 소리도 잘 감지하고 그 소리를 재빨리 고막으로 전달한다.

헤럴드는 손전등을 소리 나는 쪽으로 비추었다. 통로 벽면에서 희뿌연 먼지가 보였다. 정현선의 머리칼이 바싹 곤두섰다.

'틀림없이 누군가 있다!'

헤럴드의 몸은 금세 시큼한 땀으로 흠뻑 젖어들었다. 그는 갑작스레 밀실 공포증에 사로잡혔다.

'여기서 기다리고 있어요.'

헤럴드는 손짓으로 그렇게 말하고 소리 나는 쪽으로 천천히 걸어갔다. 정현선은 그 자리에서 발끝을 모으고 헤럴드의 뒷모습을 지켜보았다. 수도원에 들어선 뒤 처음으로 공포감이 그녀의 양어깨를 짓눌렀다. 헤럴드는 뭔가에 홀린 듯 소리 나는 쪽을 향해 하염없이 다가가고 있었다. 헤럴드의 뒷모습이 점점 작아지고 있었다.

이제 헤럴드의 모습은 보이지 않았다. 헤럴드는 그들이 왔던 길에서 오른쪽으로 방향을 튼 뒤로는 모습을 감추었다.

'홀로 남는 것이 아니었어.'

뒤늦게 헤럴드를 따라가지 않은 것이 후회가 되었다. 큰 소리로 헤럴드를 부르고 싶은 마음이 굴뚝같았다. 헤럴드를 기다리는 동안 그녀의 머릿속에는 여러 생각이 붕붕 떠다니고 있었다.

얼마나 시간이 흘렀을까. 간절한 기다림의 시간은 서서히 절망의 시간으로 변하고 있었다. 금방 돌아올 것 같았던 헤럴드는 깜깜무소식이었다.

'헤럴드에게 무슨 일이 생긴 거야.'

상상해서는 안 될 불길한 장면이 머리에서 떠나질 않았다. 정현선은 비로소 몸을 움직이기 시작했다. 이대로 마냥 헤럴드를 기다릴 수는 없는 노릇이었다. 헤럴드가 갔던 길을 따라가려다가 마음을 바꾸고 우물이 있는 오른쪽 길로 들어섰다.

우물 옆의 통로는 제법 넓었다. 정현선은 손전등으로 벽면을 비추면서 천천히 걸음을 옮겼다. 등줄기에는 식은땀이 마르지 않는 샘처럼 끊임없이 흘러내렸다. 불안감을 떨치기 위해 슬며시 조끼 안에 들어 있는 칼을 쥐어보았다. 20여 미터 정도 더 걸어가자 마당과 같은 넓은 공간이 나왔다. 왼쪽 벽면에는 사람 몸집만 한 대리석 상(像)이 있었다. 로마 병정의 옷을 입은 상이었는데, 한 손에는 큰칼을 쥐고 있었다.

이제 거의 다 온 것 같았다. 정현선은 발길을 멈추고 벽면을 손전등으로 훑어왔다. 손전등 불빛이 거대한 바윗돌을 비추는 순간 그녀는 새우등처럼 몸을 움츠렸다.

'바로 저것이 지하 묘실이 아닌가!'

세 개의 묘실은 모두 커다란 바윗돌로 입구를 단단히 막고 있었다. 바위 앞에는 작은 나무 상자가 놓여 있었다.

정현선은 가운데 묘실 앞으로 다가갔다. 이 지하 묘실은 사람의 손으로 만든 것이 아니었다. 수도원을 지을 때부터 천연의 동굴을 바위로 막아 자연스럽게 묘실을 만든 것 같았다. 묘실 입구는 큰 바위와 작은 바위가 나란히 어깨를 맞대고 있었다. 묘실 통로를 막고 있는 작은 바위를 힘껏 손으로 밀쳐내자, 어른 몸이 드나들 수 있는 충분한 공간이 나왔다.

정현선은 길게 숨을 들이마시고 묘실 안으로 발을 들여놓았다. 갑자기 호흡이 가빠지고 양다리가 후들거렸다. 발끝을 타고 올라온 서늘한 냉기가 그녀의 뼛속까지 파고드는 것 같았다. 손전등을 잡은 손이 떨려서 전등 불빛은 초점을 잃고 이리저리 흔들렸다.

"오, 이럴 수가!"

묘실 안에서 처음으로 손전등 불빛에 잡힌 것은 유리관이었다. 보석가게에서 볼 수 있는 유리 진열관이 불빛에 반사되어 그녀의 눈을 찔렀다. 아이 키만 한 높이 정도에 우뚝 박혀 있는 유리관은 모두 세 개였다. 두 개의 유리관 안에는 첫눈에 봐도 상당히 오래된 듯한 유물이 진열되어 있었다.

'헤럴드의 말이 맞았어!'

유리관에 있는 유물 중에는 이집트의 상형문자가 또렷이 새겨져 있는 황금 촛대도 있었다. 그뿐이 아니었다. 알렉산드로스 대왕이 썼다고 알려진 황금 화관, 고대 로마의 유물인 유리 등잔, 고대 그리스 병사가 쓴 투구, 트로이 유적에서 발굴한 황금관, 청동으로 된 인도의 비슈누 비상, 중국이 자랑하는 송자관음상(送子觀音像)……. 눈이 부셨다. 이 진열관은 세계 희귀 유물만을 모아놓은 또 다른 박물관이 아닌가! 유물의 숫자나 공간은 대형 박물관에 비해 턱없이 작고 좁았으나, 유물의 희귀성이나 가치 면에서는 대영 박물관이나 루브르 박물관 못지않았다.

정현선의 시선을 끈 것은 이보다 작은 나머지 유리관이었다. 이 안에는 책과 고문서, 지도 등을 따로 보관하고 있었다. 정현선은 직감적으로 이 안에 『왕오천축국전』과 『고금상정예문』이 있을 것이라는 생각이 들었다.

세계의 희귀 고문서들이 손전등 불빛 속에서 은은히 빛나고 있었다.

인류 역사상 가장 위대한 발명품인 각종 문자들이 진열장 안에서 자신의 존재를 뽐내고 있었다. 초기 게르만족이 1세기경부터 쓰던 알파벳인 룬 문자도 보였고, 히브리어 문자, 고대 인도의 문자도 보였다. 가톨릭 사제가 '악마의 부적'이라고 했던 마야의 그림 문자도 있었다. 그것은 마치 신화의 뒤안길로 사라진 고대 문명의 발자취를 불러내는 주술의 향연 같았다.

스르륵!

그때 묘실 입구에서 인기척 소리가 들렸다. 순간적으로 그녀의 손이 조끼 안으로 들어갔다. 한 손에는 칼을, 다른 손에는 최루 가스가 든 공주머니를 잡았다.

"거기 누구요?"

정현선이 외쳤다.

"헤럴드?"

"……."

아무런 대답이 없었다. 정현선은 유리관에 올려놓은 손전등을 집어 들고 입구 쪽을 비추었다. 그때 검은 물체가 그녀를 향해 쏜살같이 달려들었다. 한 손에 쥐고 있던 공주머니를 던지려는 순간, 독한 냄새가 나는 헝겊이 그녀의 입을 틀어막았다. 순식간의 일이었다. 정현선은 정신을 잃고 그 자리에 풀썩 자빠졌다.

'어떻게 여기까지 온 거야.'

검은 수도복을 입은 사내는 정현선을 어깨에 둘러메고 유유히 지하 복도를 빠져나갔다.

7

헤럴드는 눈을 부스스 떴다.

'여기가 어디지?'

가장 먼저 그의 눈 속에 하얀 반달을 품고 있는 창문이 들어왔다. 아직 날이 밝지 않은 것이다. 뒤통수가 지끈거려왔다. 지하 묘실 앞에서 누군가에게 둔기로 뒤통수를 맞고 정신을 잃고 말았다. 너무 갑작스럽게 당했던 터라 손쓸 틈도 없었다.

"로렌!"

문 앞 의자에는 정현선이 밧줄로 꽁꽁 묶인 채 쭈그려 앉아 있었다. 그녀는 정신을 잃은 듯 고개가 푹 꺾여 있었다. 문 앞으로 가려던 헤럴드의 몸이 중심을 잡지 못하고 한쪽으로 기우뚱거렸다. 헤럴드 역시 양손이 꽁꽁 묶여 있던 것이다. 벽시계는 새벽 4시를 가리키고 있었다.

"로렌, 로렌."

헤럴드는 종종걸음으로 그녀에게 다가갔다.

"끄응."

그제야 정현선도 눈을 떴다. 뿌연 장막이 걷히고 눈앞에 헤럴드의 걱정스런 얼굴이 어른거렸다. 정현선은 인상을 찡그리며 주위를 둘러보았다.

"헤럴드…… 여, 여기가 어디죠?"

"나도 모르겠어요."

그들이 있는 곳은 갖가지 고풍스런 상식물로 꾸며져 있었다. 벽에는 앵그르의 그림 「옥좌에 앉은 나폴레옹」이 걸려 있었고, 그 옆으로 커다란 세계 지도의 액자가 걸려 있었다. 입구 옆의 장식장 안에는 각종 골동품이 가지런히 진열되어 있었는데, 그 중에는 교회의 지하 창고에서 본 것도 있었다. 벽난로에는 나무 장작이 활활 타오르고 있었다.

"당신 말이 맞았어요."

정현선이 말했다.

"지하 묘실에는 진귀한 유물들이 있었어요."

"지하 묘실을 찾았어요?"

"예. 세 개의 유리관 안에 희귀 유물들이 진열되어 있었죠. 인도가 자랑하는 비슈누 비상도 있었어요."

그것은 결코 꿈이 아니었다. 그녀의 눈 끝에는 아직도 희귀 유물들의 그 찬란한 광채가 빛을 토하고 있었다.

"그 책도 있었어요? 『고금상정예문』이요."

"그것은 모르겠어요. 그 책을 찾으려는 순간 누군가 내게 달려들어 입을 막았어요."

정현선은 그 책을 직접 눈으로 확인하지 못한 것이 못내 아쉬웠다. 그러나 틀림없이 그 안에 두 권의 위대한 고서가 있을 것이다. 『고금상정예문』과 『왕오천축국전』의 완간본, 이 책들은 진열관 안의 다른 희귀 고문서와 비교해도 손색이 없었다.

"로렌, 우린 또 이렇게 갇히고 말았네요."

"그래도 컴컴한 지하보다는 낫죠?"

헤럴드는 애써 여유를 보였다.

"그렇긴 하지만 두 팔이 꽁꽁 묶여 있으니 더 답답하네요."

헤럴드는 천천히 창문 쪽으로 걸음을 옮겼다. 창문 앞의 건물은 초록색 지붕으로 덮여 있었다. 수도원 첨탑 끝에 걸려 있는 천사장상이 눈에 들어왔다.

"여긴 수도원의 별채 같군요."

그때 별채 밖에서 헛기침 소리가 들려왔다. 그 소리와 동시에 정현선의 가슴이 마구 뛰기 시작했다. 둥둥둥. 이제 곧 알렉스가 나타날 것이다. 지성인을 가장한 악령의 화신으로 나타나 토트의 살해 의식을 충실히 복원할 것이다. 아아, 정현선은 소리 없이 비명을 지르고 있었다. 그녀를 지탱해주었던 분노의 불기둥도 어느새 모두 타버려 불씨조차 남아 있지 않았다. 심판자는커녕 악령의 포로가 되고 말았다. 정현선의 마음은 여러 갈래로 찢겨나가고 있었다.

이윽고 별채 문이 열리고 낯익은 얼굴이 들어섰다.

"아!"

정현선의 입이 커다랗게 벌어졌다. 이게 누군가! 그는 악령의 화신, 알렉스가 아니었다. 바로 클라쎄 신부였다!

"시, 신부님……"

정현선은 너무 놀란 나머지 환영을 본 것이 아닌지 두 눈을 의심했다. 그러나 빙그레 웃어 보이는 사람은 분명 클라쎄 신부였다. 헤럴드도 믿을 수 없다는 듯 클라쎄의 얼굴을 뚫어지게 바라보았다.

"많이 놀랐겠군. 허허."

클라쎄는 소리 내어 웃었다.

"신부님이 여길 어떻게……."

"알렉스가 아니라서 실망했나?"

클라쎄의 목소리에는 비아냥거림이 섞여 있었다. 클라쎄 뒤를 따라 검은 수도복의 사내가 차를 가지고 들어왔다. 사내는 정현선과 헤럴드의 손을 묶고 있는 밧줄을 풀어주었다.

"자넨 문밖에서 기다리고 있게."

클라쎄는 수도복의 사내를 밖으로 내보냈다.

"로렌, 헤럴드. 자네들은 정말 대단한 친구들이야. 어떻게 여기까지 찾아왔지?"

정현선의 몸은 정확히 둘로 양분되어 있었다. 하나는 두려움이었고, 다른 하나는 놀라움이었다. 도무지 정신을 차릴 수가 없었다. 대체 숨은 그림, 토트의 가면은 누구인가.

"예까지 찾아온 걸 보면 할 말이 꽤 많겠어. 일단 차를 들게."

그러나 그들은 차에 손을 대지 않았다.

"헤럴드, 당신네 미국인들은 정말 예의가 없소. 천혜의 유적지를 찾아오는데 권총은 왜 가져오는 것이오? 하여튼 미국인들은 총을 너무 좋아해서 탈이야."

클라쎄는 헤럴드에게서 빼앗은 권총을 만지작거렸다.

"그러고 보니 당신은……?"

헤럴드는 그제야 클라쎄가 누구인지 알아차렸다. 사해사본 전시회에서 그를 보았을 때부터 어딘가 낯이 익었다. 그는 두 번째로 몽생미셸 수도원을 찾아갔을 때 고문서 보관실에서 마주친 적이 있는 신부였다.

"이제 알겠소, 헤럴드? 우린 구면이 아닌가. 하하. 그때 내가 잠깐 스치듯이 한 말이 있는데…… 기억하겠소?"

"……."

"인간 최고의 도덕은 애국심이라고 했지. 후후, 이건 나폴레옹이 남긴 말이오."

클라쎄는 비릿한 미소를 흘렸다.

"자네들은 내 경고를 무시했어. 이런 날이 올 줄 알고 미리 손을 썼는데도 눈치를 못 채더군."

"내가 쓴 책에 사람의 발톱을 붙여 보낸 것도 바로 당신이었군요."

"이제야 제대로 돌아가는군. 그러나 너무 늦었어. 비밀의 방에 갇혔을 때부터 진작 알았어야지."

"그, 그럼 비밀의 방문을 닫은 것도 바로……."

"용케도 잘 빠져나갔더군. 그곳은 한 번 들어오면 빠져나갈 수 없는 곳인데 말이야. 난 그쯤에서 자네들이 포기할 줄 알았지. 그런데 예까지 물불 안 가리고 찾아올 줄은 내 어찌 알았겠나. 하여튼 그 용기는 높이 사줄 만하네."

클라쎄의 목소리는 얼음처럼 차가웠다.

"난 결코 계획 없이 일을 처리하진 않아. 경고 메시지를 통해 상대가 인지할 수 있도록 최대한 배려하지. 속수무책으로 당하는 것만큼 불쾌한 것은 없거든. 세자르나 상트니, 마사코도 마찬가지였어. 그러나 누구 하나 나의 배려에 귀를 기울이는 사람이 없더군."

"알렉스는 어디에 있죠?"

정현선이 물었다. 앞으로의 사태가 어떻게 되든 우선 이 돌발 상황만은 제대로 짚고 넘어가야 할 것 같았다.

"로렌, 여기서 알렉스는 왜 찾는 건가? 하하. 하긴 알렉스를 찾아낸 것만 해도 대단한 일이지. 경찰은 아직 그조차 찾지 못하고 헤매고 있지 않나."

그건 아니다. 정현선은 알렉스의 집 앞에서 잠복근무에 들어간 프랑수아를 떠올렸다. 에시앙도 알렉스만은 확실하게 파악하고 있던 것이다.

"이 모든 일은 알렉스가 꾸민 것이 아닌가요? 알렉스는 어떻게 된 거죠?"

"로렌은 아직 모르고 있었나? 내가 언젠가 말한 것 같은데. 알렉스는 내 오랜 친구야. 내가 사제의 길을 걷기 전부터 알고 지냈지. 알렉스와 나는 서로 비슷한 점이 많았어. 우리 조국의 문화재를 사랑하고 지키려는 것이나, 동양의 고서에 흠뻑 빠져 있는 것도 많이 닮았지. 어디 그뿐인가. 헤럴드가 눈에 불을 켜고 찾는 토트에 대해서도 각별한 애정을 가지고 있지. 토트를 재건하고 부활시키는 것은 우리의 오랜 꿈이며 사명이기도 했어. 하하. 알렉스가 프랑스 국립도서관장에 취임했을 때 내 힘이 얼마나 컸는지 자네들은 모를 거야."

정현선은 그제야 어렴풋이 기억이 났다. 프랑스 국립도서관 재직 당시 알렉스는 가끔 한 신부에 대해 이야기를 하곤 했다. 나이나 습관, 그리고 생각하는 것도 서로 비슷하다면서 자신이 도서관장 자리에 오른 것도 그의 도움이 컸었다고 말한 적이 있었다. 나치에 저항하던 청년기에는 그의 도움을 받아 구사일생으로 살아난 적도 있었다고 했다. 그가 클라쎄일 줄은 꿈에도 몰랐다.

"그럼 세자르를 살해한 사람이 당신인가요?"

정현선이 앙칼진 목소리로 물었다.

"후후, 세자르의 죽음은 안타까운 일이야."

"어서 말해 봐요."

"나도 세자르를 제거하려고 했을 때는 마음이 아팠어. 세자르는 가끔 나를 찾아와 인생의 고민을 털어놓지 않았나. 허허. 바로 그날도 나는 세자르에게 우회적으로 몇 번이나 경고 메시지를 보냈지. 그러나 세자르는 내 말뜻을 알아차리지 못하더군. 결국 그게 화를 부른 거지."

"다시 한 번 묻겠어요. 당신이 세자르의 손발톱을 빼낸 건가요? 목숨을 뺏은 것도 부족해서 사체를 훼손하는 만행을 저질렀나요?"

"로렌. 그 얘긴 그만해. 난들 어디 마음이 편했겠나. 사실 세자르는 운이 지독히 없었어. 피에르가 조금 더 일찍 서둘렀어도 세자르는 무사했을 텐데 말이야."

"그게 무슨 소리죠?"

"당신이 찾고자 했던 그 책은 며칠 뒤 독일로 넘어갈 위기에 있었지. 피에르가 그 책을 독일과의 협상 조건으로 내걸었으니까. 로렌, 당신 같으면 우리의 위대한 유산이 독일로 넘어가는 것을 가만히 지켜보기만 하겠나? 피에르는 우리 조국의 미술품을 반환받기 위한 것이라고 하지만 방법이나 협상 품목이 틀렸어. 그건 그 책이 얼마나 소중하고 위대한 것인지 모르는 피에르의 무지에서 나온 것이지. 그런데 공교롭게도 독일과의 협상을 앞두고 세자르가 그 책을 발견한 거야. 그러니까 피에르가 당해야 할 것을 세자르가 운이 나쁘게 먼저 당한 셈이지."

"세자르의 명함에 적힌 게마트리아 숫자는?"

"알렉스는 내게서 게마트리아 숫자를 배웠어. 도서관장 시절에는 게마트리아 숫자가 적힌 고문서를 해독해달라고 내게 의뢰도 했었지."

"그럼 세자르 명함에 피에르를 적어 넣은 것도……."

"그게 내 손에 피를 묻히지 않는 방법이지. 하하. 난 당신이 그 게마트리아 숫자를 풀 줄 알았어."

교활한 늙은이…… 정현선은 입술을 깨물었다.

"로렌, 역시 당신은 대단한 여자야. 솔직히 난 당신이 그 책을 찾아낼 줄은 몰랐거든."

"그 책은 지금 어디에 있죠?"

"잘 보관하고 있으니 그건 염려하지 않아도 돼. 당신은 우리 프랑스가 이런 유산을 얼마나 끔찍이 아끼는 줄 잘 알지 않나."

"그 책이 있을 곳은 이런 수도원이나 지하 별고가 아니에요."

"당신들은 그 책을 한국의 것으로 여기고 있지만, 내 생각은 달라. 원래 문화재란 태어난 곳에서 소유하는 것이 아니라 그것을 잘 보존하고 관리해주는 곳에 있어야 하지. 그래야 문화재의 수명도 길어지고 가치도 더욱 빛나지 않겠나. 로렌, 잘 생각해보게. 국가가 관리를 잘못해서 잃어버린 인류의 유산이 얼마나 많나?"

"클라쎄, 그 책은 당신들의 군대가 무력으로 침략해서 약탈한 것이에요. 게다가 당신들은 그것도 모자라 그곳에 불까지 질렀어요."

정현선도 지지 않고 받아쳤다.

"음. 그게 사실이라면 정말 유감이로군. 하지만 그 책이나 외규장각 도서나 지금까지 안전하게 보존될 수 있는 것은 우리 덕분이 아닌가? 당신들은 그 책에 대해 이러쿵저러쿵 말을 할 자격이 없어. 이제 와서 그 책에 소유권을 주장하는 것은 논리적으로 맞지 않아."

"난 오히려 당신의 논리를 받아들일 수 없어요. 당신들은 제2차 세계대전 때 나치가 약탈한 문화재를 어떻게 되돌려 받았죠? 문화재는 인류의 공동 유산이므로 원래의 소유국에 있어야 한다고 강변하지 않았던가요? 문화재를 약탈하는 것은 인류의 가장 파렴치한 범죄라고 하지 않았던가요?"

"당신은 숲을 보지 못하고 나무만 보고 있군. 로렌, 지금쯤 그 책이 독일로 넘어갔다면 어찌 됐을지 생각해봤나? 앞으로 이 위대한 고서는 영원히 인류 앞에 나타나지 못할 게 아닌가. 그런 면에서 본다면 당신은 오히려 나에게 고맙다고 해야 하는 게 예의 아닐까?"

"……."

"어디 그 책뿐이겠는가. 프랑스 국립도서관이나 루브르 박물관이 이들 문화재를 안전하게 관리해주지 않았다면 과연 이 인류의 유산들이 어떻게 되었을까? 세계 어디에도 우리 프랑스만큼 인류의 유산을 아끼고 보호하는 나라는 없어. 당신들은 이런 유산의 소유권을 주장하기 이전에 얼마나 이를 잘 보호하고 관리했는지 먼저 반성부터 해야 해. 지난해만 해도 불타 없어지거나 전쟁 통에 사라진 문화재가 얼마나 많은가. 한 번 잿더미로 변한 문화재는 다시 복원할 수 없어. 그것은 인류에게는 크나큰 손실이며 재앙인 것이지."

"그런데 왜 그 책을 30년 넘게 외부에 공개하지 않은 것이오? 그 위대한 유산을 다 같이 공유해야 하는 게 아니오?"

헤럴드가 물었다.

"헤럴드, 그것이 바로 당신들과 우리의 차이점이야. 리슐리외 도서관에 소장된 희귀본은 모두 나름대로 가치가 있지. 우리 프랑스는 이 인류의 유산을 보호해야 할 막중한 책무가 있어. 그리고 이런 유산을 후대에게 물려주는 것 또한 우리의 사명이기도 하지. 앞으로 수백 년이 흘러도 이 유산들은 결코 빛이 바래지 않을 거야. 당신네들처럼 인류의 유산을 돈벌이에 이용하거나 국가의 체신을 위해 정략적으로 이용하려는 것과는 차원이 달라. 왕웨이가 죽은 것도 그런 이유 때문이지."

클라쎄는 마치 사전에 준비라도 한 듯 술술 내뱉었다.

"상트니나 마사코까지 살해할 이유가 있었소?"

"사람마다 평생 무덤에 가지고 가야 할 비밀이란 게 한두 가지는 있기 마련 아닌가? 알렉스에게 한 약속은 곧 나와 한 약속이고 우리 조국과 한 약속이야. 불행하게도 상트니는 그런 비밀을 지키지 못했어. 난 약속을 지키지 않는 사람을 가장 싫어하지. 온갖 혜택을 다 누리고도 신의를 헌신짝처럼 버리는 인간은 가만 내버려둘 수 없어. 사실 가만히 생각해보면 마사코도 세자르처럼 운이 없었어. 진정 대가를 치를 인물은 상트니였으니까. 상트니가 마사코를 끌어들이지만 않았어도 그런 불행한 일은 없었을 텐데 말이야. 마사코나 세자르의 죽음은 나도 유감으로 생각해."

"이번 일은 당신 혼자 한 것이오? 아니면 토트가 관여하고 있는 것이오?"

"오, 미국인 몽상가 헤럴드. 당신은 아직도 토트의 미련을 버리지 못했군. 하하. 토트야말로 진정한 애국자들이지. 헤럴드, 내 말 잘 듣게. 그들의 존재는 사라졌지만 그들의 영혼은 사라지지 않았어. 아직도 우리 가슴에 또렷이 새겨져 있지. 더 궁금한 게 있으면 천국에 가서 알아보도록 하게. 아마 그곳에 가면 당신이 궁금하게 여기는 모든 것을 알게 될 테니까. 하하."

클라쎄는 헤럴드에게서 빼앗은 권총을 움켜쥐었다. 순간 별채 안에 팽팽한 긴장감이 흘렀다.

"알렉스는 이번 사건과 무관하다는 건가요?"

정현선이 물었다.

"그럴 리가 있나. 이번 사건을 끌어들인 것은 바로 알렉스와 왕웨이가 아닌가."

"마들렌 성당의 트럭 기사를 시켜 왕웨이를 사고사로 위장한 것도 당신이지요?"

"음. 정말 많은 것을 알아냈군. 3년 전이던가, 알렉스가 나를 찾아와 도움을 요청한 적이 있었지. 당시 알렉스는 프랑스 국립도서관에 소장되어 있는 귀중한 책이 중국으로 유출될지 몰라 전전긍긍하고 있었어. 곤란에 빠진 친구의 부탁을 거절하는 것은 인간으로서 도의가 아니지. 어쨌든 왕웨이는 좋지 않은 친구였어. 비밀도 지키지 못했고, 오히려 그 비밀을 이용해 알렉스를 협박했거든. 스스로 제 무덤을 판셈이지."

돌이켜보니 심판의 칼날은 점점 클라쎄 쪽으로 기울고 있었다. 그러나 그를 응징할 수 있는 방법이 없었다. 분하고 안타까웠다. 정현선의 가슴속에 다시 분노의 거대한 불기둥이 몰려들고 있었다.

"알렉스는 생각보다 참 연약한 친구야. 처음 내게 도움을 청해왔을 때만 해도 아주 강한 인물이었는데, 세자르가 죽은 뒤로는 사람이 달라졌어. 마음이 변했는지 좀처럼 협조를 하지 않아 애를 먹었지. 게다가 상트니를 구해주려고 베를린까지 가지 않았나. 그게 얼마나 위험한 일인지 잘 알면서도 말이야. 허허. 사람 속은 정말 알 수가 없다니깐. 그 덕에 피에르는 운이 좋게도 화를 면할 수 있었지. 그러나 피에르 역시 앞으로의 삶은 보장할 수 없을 거야."

"그럼 혹시 알렉스도?"

클라쎄는 고개를 흔들었다.

"그는 내 오랜 친구야. 비록 뒤끝이 개운하지는 않았지만 시간이 흐르면 다 해결해주겠지. 이것으로 모든 것은 끝났어. 이제 다시 평온한 일상으로 돌아가는 거야. 앞으로 더 이상 희생자가 나와서는 안 돼. 알렉스가 원한 것도 바로 그것이었지. 당신들이 마지막 희생자가 되기를 바랄 뿐이야."

"경찰이 가만히 있지 않을 것이오."

헤럴드의 목소리에 힘이 실려 있었다.

"경찰? 하하. 역시 당신들은 순진하군. 진실은 고사하고 역사의 사실마저 매장당한 사건이 얼마나 많은지 몰라서 하는 소린가. 역사의 진실은 항상 강한 자, 승리자의 편이지. 아마 지금쯤 파리 경찰은 이번 사건을 종결시켰을 거야."

"그게 무슨 소리요?"

"이 모든 일은 어느 한 개인의 명예를 위한 일이 아니야. 자신의 조국을 위하는 대의의 일인데 작은 희생쯤은 감수해야 하지 않겠나?"

헤럴드의 얼굴이 파랗게 굳어졌다.

"사실 나도 이렇게까지 일이 커질 줄은 몰랐어. 지금도 세자르나 마사코에게는 미안한 생각이 들어. 당신들이 천국에 가면 세자르나 마사코에게 내 말을 꼭 전해주길 바라네."

"……."

클라쎄는 잠시 창문을 힐끔 쳐다보았다.

"당신들은 너무 깊이 들어왔어. 지하 묘실에까지 들어온 이상 나도 어쩔 수가 없지. 이건 나 홀로 결정할 수 있는 게 아니거든. 나 말고도 많은 시선들이 있어. 나 말고도……."

"그들이 누군가요?"

정현선이 빠르게 물었다.

"인류가 창조해낸 위대한 유산 속에는 그들의 피와 땀, 그리고 숭고한 영혼이 깃들어 있어. 토트의 위대한 힘을 믿고 따르는 자들이야말로 그들의 업적을 계승할 적자(適者)가 아닌가. 그들이 있었기에 그나마 인류의 유산이 지금까지 명맥을 유지해 온 것임을 명심하게."

"으윽!"

그때 별채 밖에서 자지러지는 듯한 비명 소리가 들려왔다. 곧이어 별채 문이 거칠게 열리고 두 사내가 들이닥쳤다.

"클라쎄!"

그들은 에시앙과 프랑수아였다.

"……!"

클라쎄는 의외란 듯 멍하니 그들을 바라보았다. 그는 재빨리 냉정을 찾고 입가에 희멀건 미소를 매달았다.

"이게 누구야. 에시앙 아닌가? 허허."

"총을 내려놓으시오."

에시앙의 목소리가 매섭게 울렸다.

"자네가 여긴 웬일인가? 누가 자네를 초대했지?"

클라쎄는 당황한 빛을 감추려는 듯 애써 목소리를 깔았다. 에시앙은 클라쎄에게 총을 겨누었다. 그러나 클라쎄는 동요하지 않았다.

"자넨 상부의 명령을 어겼군."

"어서 총을 내려놓으시오."

프랑수아가 클라쎄 곁으로 다가섰다.

"에시앙, 불명예스럽게 검찰에서 쫓겨날 생각인가? 그게 아니라면 지금도 늦지 않았네. 어서 자네의 자리를 찾게."

클라쎄가 점잖게 타이르듯 말했다.

"다시 한 번 경고하겠소. 어서 총을 내려놓으시오."

"으음!"

클라쎄의 얼굴이 파지처럼 일그러졌다. 클라쎄는 정현선을 힐끔 쳐다보았다. 그는 무언가 할 말이 있는 듯 입술을 우물거렸으나 입 밖으로 나오지는 않았다.

"난 항상 우리의 조국 프랑스를 생각하고 있네! 에시앙, 무엇이 우리의 조국을 위한 길인지 다시 한 번 생각하게."

클라쎄는 천천히 총을 들어올렸다. 그와 동시에 한 발의 총소리가 별채 안을 흔들었다.

"탕!"

에시앙의 총구에서 불이 뿜어졌다. 그가 쏜 총알은 클라쎄의 허벅지를 정확히 관통했다.

"클라쎄! 이제 마지막 경고요."

그러나 클라쎄는 뒤로 잠시 물러설 뿐 흔들리지 않았다. 클라쎄의 허벅지에서 붉은 피가 흘러내렸다.

"에시앙."

클라쎄의 얼굴에는 핏기가 하나도 없었다. 그는 잠시 뭐라고 홀로 중얼거렸으나 무슨 소리인지 알아들을 수 없었다. 이윽고 그의 중얼거림이 멈추고 그의 입에서 긴 한숨이 새어나왔다. 클라쎄는 분열된 의식을 애써 정돈하려는 듯 가지런히 양 무릎을 꿇었다. 마치 그의 모습은 어떤 독특한 의식을 치르는 듯이 경건하고 엄숙해 보였다. 이윽고 클라쎄는 고개를 추켜올렸다.

"내가 사라진다고 해도 달라질 것은 없어…… 결코 당신들의 뜻대로 되지는 않을 거야."

클라쎄의 말이 끝나자마자 또 한 발의 총성이 울렸다.

"탕!"

이번엔 클라쎄의 총구에서 불이 뿜어졌다. 총구의 붉은 불똥과 함께 클라쎄는 고목나무 쓰러지듯 앞으로 고꾸라졌다. 나폴레옹의 그림에 붉은 피가 파편처럼 튀었다. 클라쎄가 자신의 관자놀이를 쏜 것이다.

날이 밝아오고 있었다.

몽생미셸 수도원의 첨탑 위로 뿌연 하늘이 드러나고 있었다. 정현선은 수도원 주차장에서 걸음을 멈추었다. 제방 위에 빽빽하게 줄지어 서 있던 관광버스들은 한 대도 보이지 않았다. 아직도 그녀의 귓가에는 총성이 울리고 있었다. 처음이었다. 권총을 직접 눈으로 본 것도, 그 총구에서 불을 뿜은 것도, 그 총알을 맞고 사람이 죽은 것도, 모두 처음이었다.

"우리는 이 차로 올라가겠습니다."

헤럴드가 차 문을 열며 말했다. 그는 수도원 주차장에 내려올 때까지 정현선의 어깨를 감싸 안았다.

"괜찮겠어요, 로렌 박사님?"

에시앙이 부드러운 목소리로 물었다.

"고마워요. 에시앙."

에시앙은 살짝 미소를 지어 보였다.

"그럼 파리에서 뵙겠습니다."

"에시앙!"

정현선이 돌아서는 에시앙을 불러 세웠다.

"알렉스는 어떻게 되는 거죠?"

"지금으로서는 저희도 뭐라 말씀드릴 수가 없습니다."

"……."

"알렉스가 선택할 수 있는 길은…… 그 자신이 더 잘 알고 있겠죠."

에시앙은 그렇게 여운을 남기고 경찰차에 올랐다. 그들이 모두 사라지고 주차장에는 정현선과 헤럴드만이 남았다.

"아까 무슨 생각을 했소?"

헤럴드가 시동을 걸며 물었다.

"음…… 세자르가 우리를 구해줄 것이라고 생각했어요."

"정말이요?"

"예. 세자르의 목소리를 들었어요. 자신이 구해줄 테니 아무 염려하지 말라고……. 에시앙이 그 소리를 들었나 봐요. 당신은요?"

"난 갑자기 아내 얼굴이 떠오르더라고요."

"애처가시네요."

"영화에서 위기에 처했을 때 아내나 자식들을 찾는 기분을 이제 알 것 같아요. 그런데 에시앙이 방금 전에 말한 자이팽이 누구죠?"

"마사코와 함께 상트니 집에 내려간 사람이에요."

"'재생의 문' 열쇠를 준 그 사람 말이오?"

"그래요."

"자이팽이 아니었으면 큰일 날 뻔했군요. 우린 생각보다 명줄이 꽤 긴가 봐요. 허허."

정현선은 클라쎄가 마지막으로 남긴 말을 떠올렸다. 자신 말고도 이를 지켜보는 수많은 시선이 있다는 그의 말이, 가시처럼 그녀의 가슴에 박혀왔다. 그것은 이번 사건이 영원히 미궁으로 빠져들 것임을 암시하는 말이었다.

정현선은 차 안에서 뒤를 돌아보았다. 몽생미셸 수도원은 여전히 고고한 자태로 서 있었다.

날이 훤하게 밝았다.

알렉스는 조용히 수화기를 내려놓았다. 몽생미셸 수도원에서 걸려온 전화였다. 고문서 보관실의 수도사는 방금 전 클라쎄 신부가 숨을 거두었다고 전해주었다. 알렉스는 클라쎄의 최후가 어땠는지 묻지 않았다. 수도사는 정현선과 헤럴드 그리고 에시앙이 다녀갔었다고, 묻지도 않은 말을 해주었다. 알렉스는 그 말이 무슨 뜻인지 알아차렸다. 모든 흔적을 없애는 유일한 길, 그것이 남아 있는 자들을 위한 자신의 몫이었다.

클라쎄의 죽음은 안타까운 일이었다. 그로서도 어쩔 수 없었다. 에시앙이 수도원 별채에 들어섰을 때부터 이미 예고된 일이었다. 이번 일이 깨끗이 마무리되면, 낚시를 가자고 하던 클라쎄의 말은 요원한 바람일 뿐이었다. 이제 아무런 흔적도 없었다. 모두 이 땅에서 사라졌다.

알렉스는 서재에서 뒷짐을 진 채 정원을 물끄러미 바라보았다. 이제 갓 두 살이 지난 증손자 녀석이 고사리 같은 손을 흔들어 보였다.

모든 마음의 준비는 끝났다. 이 땅과 마지막 작별을 고하는 시간도 얼마 남지 않았다. 그새를 참지 못하고 클라쎄의 영혼이 머리맡까지 찾아와 동행을 재촉했다. 그러나 알렉스는 고개를 내저었다. 지금은 날이 너무 밝았다. 알렉스는 클라쎄의 영혼에게 나지막이 속삭였다. 날이 어두워질 때까지 조금만 기다려달라고.

애초부터 남아 있는 자들을 위해 그들이 선택할 수 있는 길은 오직 하나였다.

그날 밤 정현선은 한 통의 전화를 받았다. 에시앙에게 온 전화였다. 에시앙은 간단하게 알렉스의 소식을 전해주고 전화를 끊었다. 방금 전 알렉스가 자신의 서재에서 권총으로 자살했다는 소식이었다.

한 달이 지났다.

파리의 하늘은 높고 푸르렀다. 오전에는 간간이 진눈깨비가 뿌리더니 오후 들어서는 구름 한 점 없는 맑은 날씨로 얼굴을 바꾸었다. 콩코드 광장에는 이틀 전에 대형 크리스마스트리가 세워졌다.

리슐리외 도서관 이층에서는 특별 전시회가 열리고 있었다. 이번 전시회의 주빈은 외규장각 도서, 조선의 의궤였다. 지금까지 3백여 권에 이르는 조선의 의궤가 한꺼번에 일반인에게 공개된 적은 없었다. 영국 대영도서관이 소장한 『기사진표리진찬의궤』도, 미테랑 대통령이 한국에 반환했던 『휘경원 원소도감의궤』도 자리를 함께 했다. 전시장을 찾은 관람객들은 이 책들의 화려한 장정에 놀랐고, 우아한 색상에 탄성을 질렀다. 그들은 하나같이 19세기에도 이런 멋들어진 책을 만들 수 있다는 사실을 놀라워했다.

이번 전시장에서 가장 주목을 받는 인물은 정현선이었다. 그녀는 관람객들에게 둘러싸여 조선의 의궤 도서를 설명하느라 정신이 없었다.

"박사님!"

전시장 입구에서 최동규가 밝은 표정을 지으며 그녀 앞으로 다가왔다. 그는 한 달 새 몸이 더 마른 것 같았다.

"최 교수, 언제 왔나?"

"방금 전에 도착했습니다. 공항에서 내리자마자 곧바로 이리로 오는 길이죠."

"이번 협상은 어떤가? 잘될 것 같은가?"

"협상 분위기는 좋습니다."

"이번엔 꼭 좀 성사시켜 내 마지막 소원 좀 들어주게나."

지난주 프랑스와 외규장각 도서 반환 협상 일자가 잡혔다. 우여곡절 끝에 이루어낸 성과였다. 협상 일정이 잡힌 뒤로 정현선은 프랑스의 분위기를 최동규에게 수시로 전해주었다. 특히 프랑스 협상 대표로 내정된 사바티엥의 자료를 집중적으로 보내주었다.

"박사님, 조경환 말입니다."

정현선은 조경환 소리를 듣자 어깨를 움찔거렸다.

"왜 그러세요?"

"아, 아닐세. 갑자기 조경환은 왜? 설마 이번에도 수수께끼를 가지고 온 것은 아니겠지?"

정현선의 말투에는 장난기가 섞여 있었다.

"조경환의 유서가 발견되었습니다. 친필로 쓴 유서죠."

"음."

정현선의 얼굴이 숙연해졌다.

"최교수도 조경환의 기(氣)를 좀 받게나. 그토록 외규장각의 도서를 지키고자 했는데…… 조경환의 한을 풀어주어야 하지 않겠나?"

"알겠습니다."

"저 친구가 바로 사바티엥이네. 미리 인사라도 건네는 게 어떤가?"

정현선은 전시장 창가에 서 있는 키 큰 신사를 가리켰다.

"참, 『고금상정예문』은 어떻게 되었습니까? 『왕오천축국전』은요?"

"그 얘긴 나중에 하세. 나도 최교수에게 할 말이 많네."

『고금상정예문』은 끝내 발견되지 않았다. 『왕오천축국전』도 마찬가지였다. 사흘 후 다시 찾아간 몽생미셸 수도원의 지하 묘실 안은 깨끗이 치워져 있었다. 그 안에서 찬란한 광채를 내뿜었던 고대 유물도, 희귀 고서도 흔적 없이 사라졌다. 너무도 감쪽같아서 정현선은 이 지하 묘실에 왔었는지조차 의심스러웠다. 그러나 묘실 입구 바닥에는 아직도 그 긴박했던 날의 증표가 희미하게 남아 있었다. 그것은 유리 진열관 앞에서 정현선이 떨어뜨린 손전등의 유리 파편 조각이었다. 그것이나마 유일하게 남아 생사의 고비를 넘나들었던 그날의 악몽을 생생하게 증언하고 있었다.

알렉스의 시신은 그의 서재에서 곧바로 경찰의 손에 수습되었다. 알렉스의 자살은 그의 가족과 시신을 수습한 경찰, 그리고 몇몇 정부의 고위 간부만이 알고 있었다. 그의 장례식에 참석한 프랑스 대통령도 알렉스의 비통한 최후를 알지 못했다.

알렉스의 사인은 교통사고로 처리되었다. 프랑스 경찰은 주도면밀하고 빈틈없이 알렉스의 죽음을 교통사고로 위장했다. 심하게 파손된 알렉스의 차는 「르 몽드」지 일면에 대문짝만하게 실렸다. 이들의 완벽한 위장 시나리오에 이의를 제기하는 사람은 없었다. 프랑스 국민은 이 위대한 지성인의 갑작스런 사고를 안타깝게 여겼고, 그의 죽음을 진심으로 애도했다. 알렉스의 추모 행렬은 열흘 동안 이어졌지만, 그의 정확한 사인을 밝히려는 사람은 아무도 없었다.

피에르는 도서관 부관장직을 박탈당하고 재판에 계류 중이었다. 그런데 그가 재판에 회부된 사유는 이번 사건과는 전혀 관계가 없었다. 도서관 지원 자금을 횡령했다는 것이 그 이유였다. 알렉스의 자살과 함께 세자르 사건은 종결되었다. 프랑스 정부는 베르만이나 피에르에게도 그 책임을 묻지 않았다. 그들 사이의 비밀 협상도 잠시 수면 아래로 가라앉았다. 클라쎄 신부는 몽생미셸 수도원 공동묘지에 묻혔다. 그의 사인은 외부에 알려지지 않은 채 마들렌 성당에서 비공개적으로 장례 미사가 치러졌다. 자이팽은 그날에 대해서는 끝내 입을 열지 않았다. 클라쎄나 알렉스에 대해서도, 몽생미셸 수도원의 지하 묘실에 대해서도 입을 굳게 다물었다. 자이팽이 정현선에게 들려준 말은 단 한 마디였다. 비밀을 알려고 하는 자는 그 끝이 불행해진다.

프랑스 언론은 철저히 침묵했다. 이번 사건은 프랑스 언론에 단 한 줄도 기사화되지 않았다. 정현선의 얘기를 귀담아듣는 언론사는 단 한 곳도 없었다. 파리 경찰도 마찬가지였다. 그들은 그 책을 마지못해 찾는 시늉만 할 뿐, 그 어떤 노력도 기울이지 않았다. 몽생미셸 수도원에서 일어난 일을 수사하기는커녕 그곳에 남아 있던 흔적마저 깨끗이 치웠다. 그들에게 그날의 사건은 아예 없던 것이었다.

에시앙은 상부의 명령을 거역했다는 이유로 프랑스 남부의 작은 도시로 좌천되었다. 에시앙은 정현선에게 다음과 같은 말을 남기고 파리를 떠났다. 진실을 밝히는 것보다 진실을 덮는 것이 더 어렵다고.

"그날 거위 간 요리는 어땠소?"

등 뒤에서 낯익은 목소리가 들려왔다. 헤럴드는 환한 미소를 지으며 양팔을 벌렸다.

"헤럴드!"

그들은 마치 오랜만에 만난 연인처럼 진하게 포옹했다.

"평생 그보다 더 훌륭한 요리는 없었어요."

그날의 만찬을 어찌 잊을 수 있을까. 파리에 도착한 후 헤럴드는 약속대로 거위 간 요리를 샀다. 그들은 지옥의 문턱을 다녀온 사람들답지 않게 깨끗이 음식을 비웠다.

"한 달 사이에 얼굴이 더 좋아진 것 같네요. 여행은 즐거웠어요?"

정현선이 물었다.

"물론이죠. 세상이 이렇게 아름다운 줄은 미처 몰랐어요. 하하."

헤럴드는 만찬 다음날 아내와 함께 세계일주 여행을 떠났다. 그의 세계 일주는 예정에 없던 여행이었다. 거위 간 요리를 먹으면서 헤럴드는 그날의 심경을 솔직히 털어놓았다. 몽생미셸 수도원에서 무사히 살아나간다면, 아내와 함께 세계 일주를 하겠다고 마음속으로 몇 번이나 되새겼다고 했다.

"전시회 반응은 어때요?"

"보다시피 대성황이에요."

“하하. 정말 보기 좋군요.”

“헤럴드. 앞으로 어쩌실 거예요?”

“뭘요?”

“토트 말이예요. 계속 추적할 건가요?”

“물론이죠, 토머스도 잔뜩 벼르고 있어요.”

토머스는 자신의 기사가 신통한 반응을 얻지 못하자, 아예 책을 펴낼 생각으로 집필에 열중하고 있었다. 수사는 종결되었지만, 그들이 가야 할 길은 아직 끝난 것이 아니었다.

“여기 오기 전에 소식 들었어요. 그 책들은 끝내 발견되지 않았다면서요?”

정현선은 고개를 끄떡였다.

“로렌은 어떻게 할 거예요, 그 책을 찾을 겁니까?”

“당연하죠. 목숨보다 더 소중한 책인데…… 여기서 멈출 수는 없어요.”

정현선은 그동안 『고금상정예문』과 『왕오천축국전』을 찾기 위해 분주하게 뛰어다녔다. 그녀는 순례자의 심정으로 삶과 죽음을 강요했던 경계선을 찾아다녔다. 마들렌 성당 주위를 배회했고, 몽생미셸 수도원에서 하루를 꼬박 지새우며 그 음습한 자태를 목격했다. 아직도 그곳에는 밋밋한 열기가 남아 그녀의 발길을 조심스럽게 받아들였다. 그러나 전설을 현실의 길로 인도하려는 순례자의 길은 멀고도 험난했다. 그렇다고 여기서 순례의 길을 접을 수는 없었다. 이 위대한 고서를 언제까지 전설의 상자에 묻어둘 수는 없었다.

"당신이 세계 일주를 하는 동안 아주 특별한 것을 찾아냈어요."

"그게 뭡니까?"

"필름이요. 세자르가 지하 별고에서 촬영한……."

"루앙에게 감정을 의뢰했던 그 사진 말이오?"

"맞아요. 그걸 찾았어요. 세자르가 필름을 현상한 곳은 루브르 골동품 상가에 있는 스튜디오였어요."

"그것 잘됐군요. 파리 경찰엔 보여주었소?"

정현선은 고개를 흔들었다.

"그들은 이 책이 알려지는 것을 원치 않아요. 어쨌든 이 책의 존재를 알았으니 부지런히 찾는 일만 남았죠."

"앞으로 우리의 싸움은 더욱 힘들고 험난할 겁니다. 우리로서는 상상할 수 없는 거대한 장벽과도 종종 마주치게 될 테니까요."

"그렇군요."

"전시회 끝나고 저녁식사 어때요?"

헤럴드가 물었다.

"좋아요. 오늘은 제가 모시죠."

정현선은 잠시 전시회장을 빠져나왔다. 그녀는 도서관 광장 앞에 우뚝 서서 리슐리외 도서관 전경을 물끄러미 바라보았다. 숨 가쁘게 돌아가던 지난날의 아찔한 살풍경이 도서관 지붕 위로 서서히 떠오르고 있었다.

지난 가을은 뜨겁고 치열하고 황홀한 나날이었다. 그 격랑의 현장에서 그녀는 아무도 밟지 않은 전설의 문을 두드렸다. 난마처럼 얽혀 있던 전설의 문이 소리 없이 열리고 그 안에서 두 권의 빛바랜 고서가 슬며시 모습을 드러냈다.

그것은 결코 전설의 책이 아니었다.

國政亦如此。凡事有害民之甚者。姑息之不革。而及民敗國危。而後急欲變更。則其於扶顚也難哉。可不愼耶。

雷說

天鼓震時。人心同畏。故曰雷同。予之聞雷。始爲喪膽。及反覆省非。未見所媿。然後稍肆體矣。但一事有累媿者。予嘗讀左傳。見華父目逆事。未嘗不非之。故於行路中遇美色。則意不欲相目逆。低頭背面而走。然其所以低頭背面。是近不能無心者。此獨自疑者耳。又有一事未免人情炊新然後心方安也。

理屋說

家有頹廡不堪支者凡三間。予不得已悉繕理之。先是其二間爲霖雨所漏寢久。予知之。因循未理。一間爲一雨所潤。亟令換瓦。及是繕理也。其漏寢久者。榱桷棟梁皆腐朽不可用。故其費煩。其經一雨者。屋材皆完固可復用。故其費省。予於是謂之曰。其在人身亦爾。知非而不遽改。則其敗己不啻若木之朽腐不用。過勿憚改。則未害復爲善人。不啻若屋材可復用。非特此耳。